DANIELA ARNOLD

DAS GLETSCHER MÄDCHEN

DANIELA ARNOLD

DAS GLETSCHER MÄDCHEN

ISLAND THRILLER

ÜBER DIE AUTORIN

Die Thriller-Autorin Daniela Arnold wurde 1974 geboren und lebt mit ihrer Familie im schönen Bayern. Daniela Arnold hat Journalismus studiert und viele Jahre als freie Autorin für zahlreiche und namhafte Zeitschriften gearbeitet.

Sie schrieb mit *Lügenkind* und *Scherbenbrut* zwei Kindle-Top 1 Bestseller und Bild-Bestseller.

Mit ihrem Thriller *Die Nacht gehört den Schatten* schaffte es die Autorin unter die Finalisten des Kindle Storyteller Award 2020.

Das Gletschermädchen ist der 37. Thriller der Bestseller-Autorin.

Nach dem Tod ihrer Eltern ist Susannes Bruder für sie zum einzigen Halt geworden. Doch dann gerät ihr Leben über Nacht komplett aus den Fugen, als eine junge Frau spurlos verschwindet und die Suche der Polizei direkt zu ihm führt. Verzweifelt klammert Susanne sich an seine Unschuldsbeteuerungen, bis das Blut der Vermissten in seiner Wohnung gefunden wird.

Ist ihr geliebter Bruder tatsächlich ein kaltblütiger Killer?

Als es zu einem brutalen Todesfall kommt, macht Susanne sich auf, um im fernen Island Antworten auf all ihre Fragen zu finden.

Dort kommt sie einem schrecklichen Geheimnis auf die Spur, das nicht nur mit dem Verschwinden der jungen Frau in Deutschland verwoben zu sein scheint, sondern auch mit ihrer eigenen Vergangenheit und der ihrer Familie.

Susanne begreift viel zu spät, dass die Wahrheit das abgrundtief Böse birgt und dass es daher manchmal besser ist, Vergangenes ruhen zu lassen.

FÜR SUSANNE UND EVA …

*Ich hoffe, ihr habt Spaß dabei, herauszufinden, welche Geschichte
ich mir für euch ausgedacht habe.*

*Und natürlich auch für euch da draußen. Ich freue mich über jeden
einzelnen Leser meiner Bücher. Ohne euch könnte ich nicht das tun,
was ich am meisten liebe …*

Habt tausend Dank!

Und natürlich wie immer:

FÜR MEINEN SOHN TIM!

PROLOG

Schweiß rann ihr den Nacken hinunter bis zum Rücken, sammelte sich in der kleinen Kuhle oberhalb ihres Hinterns. Ihre Gefühle hingegen waren widersprüchlich. Zwar schwitzte sie von der Anstrengung des Tretens der Pedale, dennoch spürte sie ein leichtes innerliches Frösteln. Anfangs nur in ihrer Brust, breitete es sich in Sekundenschnelle in ihrem gesamten Innern aus.

Sie presste die Lippen fest aufeinander, verfluchte sich in Gedanken selbst dafür, um diese Uhrzeit und obwohl es bereits dunkel war, die Abkürzung durch den Wald genommen zu haben.

Als ihr bewusst wurde, dass sie sich schon gestern aus demselben Grund über sich selbst geärgert hatte und auch an den Tagen zuvor, lachte sie.

Leugnen hatte eben keinen Sinn.

Fakt war, dass sie sich jeden Tag vornahm, am Abend nach Dienstschluss den längeren Weg an der Straße entlang nach Hause zu nehmen, doch dann war sie nach acht Stunden Arbeit in der Praxis so kaputt, dass sie sich am Ende doch für die Abkürzung entschied. Zwar war sie noch im ersten Jahr ihrer Ausbildung zur Arzthelferin, aber der stressige Praxisalltag forderte auch jetzt schon seinen Tribut.

Als sie auf die Stelle zufuhr, an der ihr Nachhauseweg rechts und links von dichten Büschen gesäumt war, spürte sie, wie sich ihr Magen verkrampfte und sich die feinen Härchen im Nacken aufrichteten.

Im Sommer war der Weg durch den Wald bis circa zehn Uhr abends noch einigermaßen hell. Doch in den dunkleren Monaten von Oktober bis März konnte man bereits gegen sieben Uhr kaum noch seine eigene Hand vor Augen sehen. Und genau diese Stelle, die sie jetzt passierte, war ihr immer am unheimlichsten, weil sie hier auch mit Licht kaum etwas erkennen konnte.

Ein Zischen ließ sie innehalten. Es war unmittelbar vor ihr. Keine Sekunde später spürte sie, wie ihr Oberkörper von einem Widerstand abgebremst und aus dem Sattel gehoben wurde. Ihre Hände schmerzten, als sie noch verzweifelt versuchte, den Lenker festzuhalten.

Vergeblich.

Mit Wucht wurde sie nach hinten katapultiert, flog durch die Luft, knallte schließlich rücklings auf den kalten Waldboden, schlug so hart mit dem Kopf auf, dass ihr für den Bruchteil eines Augenblicks schwarz vor Augen wurde und die Luft wegblieb.

Nachdem die Benommenheit nachgelassen hatte, hörte sie ein Klappern vor sich, dann das Geräusch von Rädern, die über Kies und Steine scharrten.

Sie erschrak, als ihr bewusst wurde, was das zu bedeuten hatte.

»Hallo?«, rief sie mit zitternder Stimme, hielt schließlich abwartend die Luft an.

Da war jemand!

Sie war absolut sicher.

Und dieser Jemand befand sich genau vor ihr und

machte sich an ihrem Fahrrad zu schaffen, schob es vom Weg ins Dickicht.

Sie wollte sich gerade aufrappeln, als sie einen festen Tritt gegen den Brustkorb bekam und zurück auf den Boden knallte. Sie stöhnte.

»Was soll das?«, brachte sie mit vor Schmerz zusammengebissenen Zähnen hervor, konnte nicht verhindern, dass ihr die Tränen kamen.

Sie schrie auf, als sich wie aus dem Nichts Hände an ihrem Körper zu schaffen machten. Behandschuhte Finger rissen an ihren Lippen, dann spürte sie, wie der Angreifer ihr ein Tuch in den Mund stopfte, es anschließend mit Klebeband fixierte. Sie fing an zu strampeln, schrie gegen den Knebel an, doch sie hatte keine Chance. Ihr Angreifer hatte sie derartig überrumpelt, dass jeder Muskel in ihrem Körper sich vor Panik verflüssigt zu haben schien. Plötzlich spürte sie Hände an ihren Schenkeln, sie wanderten nach unten, zerrten schließlich an ihrer linken Wade, sodass sie ein Stück über den Waldboden rutschte. Keine Sekunde später ergriff ein zweites Paar Hände ihr anderes Bein.

Es sind zwei … schoss es ihr durch den Kopf.

Zwei Irre, die sie vom Weg ins Dickicht zerrten.

Ihr Puls fing an zu rasen.

»Bitte«, stammelte sie, »lasst mich gehen. Ich sage auch keinem was davon.«

Ein Kichern ertönte. Schließlich ließen die Hände von ihr ab. Sie hörte Äste knacksen, begriff, dass die Angreifer näher kamen. Näher zu ihr.

Dann plötzlich wurde es heller. Einer von ihnen hielt ihr eine Taschenlampe vor die Nase, blendete sie.

Sie kniff die Augen zu, fing an zu weinen.

»Bitte«, versuchte sie es erneut, »lasst mich gehen.«

Die Lichtquelle wurde gedimmt.

Sie blinzelte ein paar Mal und dann konnte sie

tatsächlich die Umrisse zweiter Menschen vor sich ausmachen.

Beide waren ganz in Schwarz gekleidet. Als ihr Blick zu den Köpfen der Gestalten hochglitt, entwich ihr ein Schrei. Ihre Angreifer trugen Masken zweier bekannter Horrorfilmpersönlichkeiten.

Sie schloss die Augen, fing an zu beten. Dann hörte sie ein Klicken, riss die Augen wieder auf. Etwas Glitzerndes, Längliches schwebte über ihr durch die Luft. Ein Messer …

Sie spürte, wie es unter ihr nass wurde.

Oh Gott, dachte sie entsetzt.

Sie hatte sich vor Angst eingenässt.

Einer der beiden gluckste amüsiert.

Das Messer kam langsam auf sie zu, was nur bedeuten konnte, dass einer der Angreifer sich zu ihr herunterbeugte.

Wie aus dem Nichts wurde sie von einer ungeheuren Wut gepackt. Sie stemmte rechts und links ihre Ellbogen in den Boden, stieß sich heftig ab, wirbelte mit dem Oberkörper nach oben, schnappte dann mit ihrer rechten Hand nach dem Messer.

Sie erwischte den Angreifer am Arm, zerrte daran, brachte ihn zu Fall.

Ein Körper, schmächtig und nicht allzu schwer, knallte auf den ihren.

Sie musste den Angreifer aus der Reserve gelockt haben, denn es dauerte eine Weile, bis er sich von ihr hoch und auf die Seite rollte.

Ein Lichtstrahl erfasste sie.

Sie blinzelte gegen die Helligkeit an, erschrak, als sie die Klinge des Messers sah.

Sie war nicht mehr hell und metallisch glänzend, sondern rot, beinahe schwarz. Frisches Blut tropfte hinunter und erst jetzt wurde ihr bewusst, dass sich ihr

Hals seltsam feucht und klebrig anfühlte. Sie tastete nach der warmen Flüssigkeit, die sich inzwischen bis zu ihrer Brust ausgebreitet hatte, spürte ein leichtes Pulsieren an der Stelle kurz oberhalb des Schlüsselbeins.

Der Angreifer musste von ihrem Versuch, sich zu befreien, vollkommen überrascht worden sein, sodass er beim Sturz nach vorne auf die Klinge gefallen war. Unglücklicherweise hatte diese ihren Hals durchbohrt.

Hoffentlich nicht die Hauptschlagader, dachte sie panisch. Doch alle Hoffen half nichts. Ihr wurde zuerst ganz schwummerig, dann spürte sie, wie sie von einer bleiernen Schwere erfasst wurde.

Sie kämpfte dagegen an, schnappte nach Luft, bemerkte entsetzt den Geschmack nach Kupfer in ihrem Mund.

Ein Röcheln ertönte und es dauerte eine Weile, ehe ihr bewusst wurde, dass dieses erschreckende Geräusch von ihr selbst kam.

»Scheiße, verdammt!«

Sie zuckte zusammen.

Diese Stimme …

Sie klang überhaupt nicht bedrohlich und bösartig, stattdessen panisch und voller Angst.

Doch da war auch noch etwas anderes …

Diese Stimme … Die kam ihr bekannt vor.

Beinahe automatisch öffnete sich ihr Mund. Sie wollte etwas sagen, bekam jedoch kein Wort heraus. Das Atmen fiel ihr von Sekunde zu Sekunde schwerer.

Schließlich wurde es ihr sogar zu anstrengend, ihre Lider offen zu halten und zu blinzeln.

Sie wusste, dass sie verloren hatte.

Ihr gerade siebzehnjähriges Leben würde hier und heute enden. Auf dem kalten und muffig riechenden Waldboden.

Plötzlich war es, als würde die Welt um sie herum

stillstehen. Sie sah die Gesichter ihrer Eltern vor ihrem inneren Auge, und ihr wurde schrecklich schwer ums Herz.

Mama … dachte sie, *es tut mir leid.*

»Sie blutet wie ein Schwein.« Die Stimme drang wie aus weiter Ferne in ihre Ohren.

Schlagartig wurde ihr eiskalt.

»Denkst du, dass ich das nicht sehe?«, kam es kaum wahrnehmbar zurück.

Ihre letzten Kraftreserven bündelnd wollte sie noch etwas sagen, doch außer einem Blubbern kam kein Laut aus ihrem Mund.

In ihrem Kopf drehte sich alles.

Dann stoppte der Schwindel abrupt und ihr Körper fühlte sich auf einmal ganz leicht an.

»Wir müssen den Notarzt rufen.« Am Klang der Stimme erkannte sie, dass einer der Angreifer kurz davor stand, die Nerven zu verlieren.

Beinahe hätte sie über dessen Dummheit und Naivität gelacht. Es stand vollkommen außer Frage, dass es dafür längst zu spät war.

Ihr Mund verzog sich zu einem Lächeln, als sie ein Licht vor sich wahrnahm.

»Sie verblutet«, kam es vom anderen. »Das Einzige, was wir jetzt noch tun können, ist, sie für immer verschwinden zu lassen, hörst du? Wir müssen sie irgendwo hier im Wald vergraben, sodass niemand sie jemals findet.«

Das Licht kam näher … immer näher, dann wurde sie ins Nichts gespült.

EINS
AUGSBURG
APRIL 2022

Ungläubig sah sie sich um. Dieses Haus, die Kleidung, die sie trug, alles wirkte auf merkwürdige Weise fremd auf sie. Sie strich mit der Hand über den Stoff des Hauskleides, das sie trug, fragte sich, woher sie dieses Teil hatte. Es entsprach weder ihrem Stil noch konnte sie sich daran erinnern, etwas Derartiges zu besitzen.

Und dann dieser Raum. Sie drehte sich einmal um die eigene Achse, begriff, dass es eine Küche war, in der sie stand, eine alte Küche, bestehend aus einem Holzherd, ein paar zusammengezimmerten Regalen an der Wand und einem Esstisch mit vier Stühlen in der Mitte.

»Wo zur Hölle bist du da nur gelandet?«, stieß sie aus, spürte eine Welle der Panik über sich hinwegschwappen.

Sie wollte schon den Mund aufmachen und nach ihren Eltern rufen, nach ihrem Bruder, doch wie aus dem Nichts war da plötzlich dieser erschreckende Gedanke in ihrem Kopf.

Sei leise, damit sie dich nicht hören!

Verwirrt schüttelte sie den Kopf.
*Damit **WER** mich nicht hört?*

Sie schluckte, warf einen Blick aus dem Fenster hinaus, erstarrte, als sie begriff, dass es stürmte und schneite.

Irgendwas passte hier ganz und gar nicht.

Es war viel zu dunkel da draußen.

Viel zu kalt hier drinnen.

Und dann, auf einen Schlag, begriff sie.

Weg!

Sie musste ganz dringend hier raus.

Aber der Schneesturm …

Egal!

Ihre innere Stimme duldete keinerlei Widerspruch.

Plötzlich war da die Gewissheit in ihr, dass sie auf keinen Fall zur Tür hinaus konnte.

Er hat abgeschlossen!

Und obwohl sie weder wusste, wer mit ER gemeint war und wieso dies wichtig war, räumte sie wie selbstverständlich die Fensterbank in der Küche ab, drehte den Riegel, nahm sich einen der Stühle zur Hilfe, um auf den Sims zu steigen. Als sie schon halb draußen war, wurde ihr klar, dass sie etwas vergessen hatte.

Eine Jacke oder zumindest einen warmen Pullover. Wie sollte sie bei diesem Wetter da draußen auch nur eine Stunde überleben?

Sie wollte schon umkehren, doch etwas hielt sie davon ab. Es war wie eine dunkle Vorahnung, die sie weiterklettern ließ, und als sie schließlich in ihren Pantoffeln in den Schnee sprang, biss sie die Zähne zusammen und sprach sich in Gedanken Mut zu.

»Du schaffst das, schließlich bist du nicht allein.«

Und auf einmal wusste sie wieder alles.

Sie musste zur Straße laufen, es bis zur nächsten Kurve schaffen und dort wartete er.

Sie rannte los, spürte, wie die Freude und Erleichterung darüber, es aus dem Haus geschafft zu haben, sie immun gegen die Kälte machten. Sie rannte und rannte und rannte, bis sie schließlich in einigen Metern Entfernung das Moped sah.

Ein altes Model, sicherlich weit älter als fünfzig Jahre. Er stand daneben, genau wie er es versprochen hatte, und wartete auf sie.

Heftig atmend stoppte sie kurz vor ihm, sah ihren Bruder an. »Danke, dass du mir hilfst«, sagte sie und wollte schon aufsteigen, als er sie am Arm zurückhielt.

»Zieh das erst an.« Er reichte ihr ein Bündel, das sich als ein dicker Pullover und eine Reithose herausstellte. »Ich dachte mir schon, dass es für dich zeitlich knapp wird, deswegen hab ich vorgesorgt. Wir wollen ja nicht, dass du erfrierst.«

Als sie endlich hinter ihm saß, ihn mit ihren Armen umschlang und sich das Gefährt mit knatterndem Motor in Bewegung setzte, schloss sie erleichtert die Augen, kämpfte gegen die Tränen an.

Sie hatte es geschafft, war frei, würde nie wieder zurückblicken.

Merkwürdigerweise erreichten Freude und Erleichterung ihr Innerstes nicht. Es war, als existierten ihr Geist und ihr Körper getrennt voneinander, und während ihr Kopf sich einredete, dass alles gut würde, machte ihr Körper durch seine Reaktion deutlich, dass er längst wusste, dass es eben nicht so war.

Sie zwang sich, an etwas Schönes zu denken, die beißende Kälte auszublenden, doch je weiter sie fuhren, desto bewusster wurde ihr, wie hirnrissig ihre Flucht doch war. Das Schneetreiben wurde von Minute zu Minute schlimmer, die Straße verwandelte sich in einen Schotterweg und bald schon fragte sie sich, ob sie überhaupt jemals eine Chance gehabt hatten.

Als sie ein von hinten kommender Lichtkegel streifte, wurde das Moped langsamer.

Ihr Bruder schien genau wie sie zu wissen, dass es vorbei war.

Als der dunkle Wagen schließlich neben ihnen anhielt und sich die Fahrertür öffnete, verkrampften sich ihre Eingeweide.

Ein Mann stieg aus.

Er.

Riesengroß, kräftig, ein wahres Monster.

Und obwohl sie sein Gesicht nicht sehen konnte, wusste sie, dass er boshaft grinste, sich über ihren dilettantischen Fluchtversuch amüsierte.

Sie senkte den Blick, zuckte zusammen, als ein dumpfer Schlag ertönte und ihr Bruder neben ihr zusammensackte.

Ein Schrei gellte durch die Luft.

Verzweifelt und voller Angst.

Es dauerte ein paar Sekunden, ehe ihr klar wurde, dass er aus ihrem Mund gekommen war.

Sie drehte den Kopf, sah den leblosen Körper neben sich am Boden, Schnee, der sich innerhalb von Sekunden dunkelrot, fast schwarz einfärbte.

Sie sah auf, sah eine riesige Pranke auf sich zukommen, spürte, wie die Beine unter ihr nachgaben …

Dann fiel sie ins Bodenlose.

Keuchend schreckte sie aus dem Schlaf, sah sich verwirrt um. Als sie begriff, dass sie sich in ihrem Schlafzimmer befand, dass Licht der Straßenlaterne von draußen zu ihr ins Zimmer schien und es nicht stürmte und schneite, ließ sie sich erleichtert zurück in die Kissen fallen.

»Alles ist gut«, murmelte sie leise und lauschte dem hektischen Klopfen ihres Herzens, das von Sekunde zu Sekunde langsamer wurde, so als würde es, genau wie sie selbst, endlich begreifen, dass alles nur ein böser Traum gewesen war.

Sie stieß die Luft aus, fragte sich, ob es ein böses Omen war, dass sie den Tod ihres Bruders hatte träumen lassen.

Seit ihre Eltern vor zehn Jahren bei einem Lawinenunglück in den Schweizer Alpen ums Leben gekommen waren, hatte sie immer wieder mal mit schrecklichen Albträumen zu kämpfen, doch noch niemals war in einem dieser Träume ihr Bruder zu Schaden gekommen.

In Gedanken ging sie noch mal den Traum durch, wunderte sich, dass sie sich tatsächlich an jedes einzelne Detail erinnern konnte. An das hässliche Hauskleid, das sie am Leib getragen hatte, an die spärliche Einrichtung des Hauses, an den vielen Schnee, die karge, kalte Landschaft.

Sie hatte schon ein paar Mal einen ganz ähnlichen Traum gehabt, doch keiner davon hatte sich so bedrohlich und echt angefühlt wie dieser. Und genau das war es, was ihr Angst machte.

Der Traum musste etwas zu bedeuten haben.

Ging es ihrem Bruder gut?

Sie wusste, dass er zur Nachtschicht im Krankenhaus war und er es nicht mochte, wenn sie ihn während des Dienstes anrief, dennoch kam sie nicht gegen den Drang an, ihm wenigstens eine Nachricht zu schreiben.

Sie angelte nach ihrem Smartphone auf dem Nachtkästchen, tippte ein paar Worte ein, klickte dann auf Senden. Anschließend wartete sie, das Handy in den Händen haltend.

Ihr Herz schlug immer noch heftig und schnell in ihrer Brust, beruhigte sich jedoch unmittelbar, als in dem freien Feld drei kleine Pünktchen erschienen.

Tränen der Erleichterung traten ihr in die Augen.

Daniel geht es gut, dachte sie und spürte, wie sich endlich auch ihre verkrampften Gliedmaßen entspannten.

»Viel los heute Nacht, wir sehen uns am Nachmittag, wenn ich ausgepennt hab, okay?«

»Klar«, schrieb sie zurück, schickte noch ein Smiley hinterher, dann legte sie das Gerät zurück auf seinen Platz, sank ins Kissen. Sie war gerade dabei, langsam wieder wegzudämmern, als ein Geräusch sie hochfahren ließ.

Was war das?

Es hatte sich angehört, als sei unten in Daniels Wohnung etwas umgefallen.

Oder war das Geräusch von draußen gekommen?

Als würde der Kater ihre Panik spüren, sprang Speedy zu ihr aufs Bett, stupste mit seinem Näschen gegen ihre Wange.

Alles okay, schien er sagen zu wollen, *mach dir keine Sorgen,* doch irgendwas an diesem Geräusch ließ ihr keine Ruhe. Sie schlug die Bettdecke zur Seite, schwang die Beine aus dem Bett, schlüpfte in ihre Pantoffeln. Zögernd machte sie sich auf den Weg in den Gang hinaus, horchte.

Nichts.

Sie schlich auf ihre Wohnungstür zu, presste ihr Ohr an das Holz, lauschte angestrengt.

Da war nichts.

Sie machte sich auf den Weg ins Wohnzimmer, sah in Richtung Hundebett, in dem Sandy, ihr Pittbull, selig schlummerte, atmete auf.

Solange die Hundedame nicht misstrauisch und wachsam auf und ab lief oder gar bellte, war alles in bester Ordnung.

Und dennoch …

Susi stieß ein genervtes Brummen aus, als ihr klar wurde, dass zwar alles okay zu sein schien, ihr innerer Monk aber dazu drängte, sich selbst davon zu überzeugen.

Sie ging zur Tür, riss sie auf, nahm den Schlüssel zu Daniels Wohnung vom Brett, machte sich auf den Weg ins Erdgeschoss, das ihr Bruder seit dem Tod ihrer Eltern allein bewohnte.

Zumindest im Moment.

Bis vor wenigen Wochen war da noch seine Freundin gewesen, Eva, die mit Daniel gemeinsam die drei Zimmer bewohnt hatte.

Und dann, eines Tages, hatte sich plötzlich herausgestellt, dass Eva fremdgegangen war.

Wer weiß, wie oft schon im Laufe der Jahre.

Bis heute verstand Susi nicht, wie Daniel Eva diesen Vertrauensbruch hatte verzeihen und weiter an der Beziehung festhalten können. Schließlich war es Eva selbst gewesen, die Daniel den Boden unter den Füßen weggerissen hatte.

Das war jetzt knappe drei Wochen her.

Und seitdem lebte ihr Bruder mehr oder weniger in einer Art Trauerblase. Er ging arbeiten, kam heim, schlief, aß zu wenig und trank zu viel.

Und er hoffte.

Hoffte, dass Eva zur Vernunft kam.

Hoffte, dass sie ihnen noch eine Chance gab.

Hoffte trotz allem noch auf eine gemeinsame Zukunft.

Er tat ihr leid.

Nein.

Mehr noch, sie litt mit ihm, hätte alles dafür gegeben, ihm ein wenig von seinem Kummer abnehmen zu können.

Daniel war der netteste und liebenswerteste Mensch, den sie kannte, und sie sah das nicht nur so, weil er ihr Bruder war und sie nach dem Tod der Eltern die letzten Jahre ihrer Teenagerzeit quasi aufgezogen hatte.

Daniel war so viel mehr als nur ein Bruder für sie.

Er war ihr Seelengefährte. Ihr allerbester Freund. Ihr Anker im Sturm. Ihr Halt beim größten Gefühlsbeben. Mit ihm konnte sie über alles reden, weil er nicht nur zuhörte, sondern auch mitfühlte.

Sie war so dankbar, einen Menschen wie Daniel an ihrer Seite zu haben, dass selbst der bloße Gedanke, ihn zu verlieren, oder ein beschissener Traum sie zu Tode erschreckten.

Als sie unten angekommen war und seine Tür aufgeschlossen hatte, stieg ihr ein schwerer Geruch in die Nase.

Eine Mischung aus Parfum, Putzmitteln und … Kupfer.

Sie runzelte die Stirn.

Schaltete das Licht im Korridor an, ging mit klopfendem Herzen von Zimmer zu Zimmer, doch es schien alles in bester Ordnung zu sein.

Einzig der komische Geruch war in einigen Zimmern so stark, dass ihr beinahe übel wurde.

Dann fiel ihr ein, dass Daniels Putzperle am Nachmittag da gewesen war.

Sie stieß die Luft aus, nickte nachdenklich.

Genau, das musste des Rätsels Lösung sein. Die Frau trug meist streng riechende Parfums und benutzte Mittelchen, die im Handel nicht zu bekommen waren. Sie bestellte ihre Utensilien im Internet und Susi hatte sich schon oft darüber gewundert, wie ein Putzmittel nur so gotterbärmlich stinken konnte.

Sie trat aus der Wohnung, warf einen letzten Blick über die Schulter zurück, schloss ab, machte sich dann wieder auf den Weg nach oben.

Sie hätte erleichtert sein müssen, doch es war merkwürdig, dass da tief in ihr noch immer diese Unsicherheit war.

Ihr Verstand hatte die passende Erklärung parat: *Du realisierst gerade, dass du mutterselenallein in diesem großen Haus bist.*

Ihr Mund verzog sich zu einem Lächeln, als sie das hinnahm und weiter analysierte. Sie war eigentlich keine ängstliche Person, hatte kein Problem damit, alleine zu sein, doch der Traum vorhin musste sie sensibilisiert haben.

Als sie das Surren ihres Handys vernahm, lief sie ins Schlafzimmer, riss es vom Nachtkästchen, lächelte, als sie sah, dass es ihr Bruder war.

»Ich denke, du bist im Stress?«, fragte sie mit einem Schmunzeln in der Stimme.

»Bin ich auch. Aber ich wollte trotzdem mal hören, wie es dir geht. Kannst du nicht schlafen?«

Daniel kannte sie so gut … Manchmal war es, als würde er sie sogar besser kennen als sie sich selbst.

»Ich hatte einen Albtraum.«

»Um was gings? Um Mom und Dad?«

Weil sie nicht wusste, was sie sagen sollte, beschloss sie, zu lügen.

»Hab ich vergessen«, gab sie daher lapidar zurück, verzog das Gesicht angesichts dieser Lüge.

Daniel am anderen Ende der Leitung schwieg.

»Ich hab es wirklich vergessen.«

»Okay.«

»Soll ich heute Abend für dich mitkochen?«, fragte Susi, weil sie die Stille zwischen ihnen mit etwas Nettem durchbrechen wollte. »Ich mache meinen berühmten Meeresfrüchteeintopf.«

Daniel lachte leise. »Dir ist schon klar, dass ich momentan keine besonders gesellige Person bin?«

»Lass mich einfach machen.« Susi schmunzelte. »Ich hab es bisher immer geschafft, dich aufzumuntern. Und ganz ehrlich, keine Frau der Welt ist es wert, dass du dich ihretwegen fertigmachst und aufreibst.«

»Wirklich keine Frau? Nicht eine einzige?«

Susi verzog das Gesicht zu einem Lächeln, als sie an seiner Stimme erkannte, dass er sie tatsächlich aufzog.

»Na ja, außer ich vielleicht … aber das ist ja was anderes, großer Bruder.«

ZWEI
AUGSBURG
APRIL 2022

Acht Tage später …

»Kann ich jemanden zu dir reinschicken?«

Lara hob widerwillig den Kopf, sah ihren Kollegen an. »Du weißt schon, dass ich gerade die Akten und Protokolle der letzten Wochen abhefte? Kannst du – was auch immer – nicht selbst übernehmen?«

Er sah sie an, schüttelte dann den Kopf. »Die Frau möchte mit einer weiblichen Polizistin sprechen, keine Ahnung, um was es geht.«

Lara lehnte sich zurück, nickte schließlich. »Okay, dann schick sie rein.«

Sandro nickte, verschwand. Keine Minute später klopfte es an der Tür und eine Brünette trat ein. Lara schätzte sie auf Mitte bis Ende dreißig. Die Frau wirkte nervös und blickte sich unsicher um.

»Bitte nehmen Sie Platz«, forderte Lara sie auf und deutete zu dem freien Stuhl auf der anderen Seite ihres Tisches. »Um was geht es?«, fragte sie freundlich.

»Ich bin Tatjana Lindner und es geht um meine Freundin. Ihr Name lautet Eva Wilhelm und ich mache mir schreckliche Sorgen um sie.«

»Was ist mit ihr? Ist etwas vorgefallen?«, hakte Lara nach.

»Eva ist verschwunden, und das mittlerweile seit über einer Woche.«

»Was meinen Sie mit verschwunden? Können Sie etwas konkreter werden? Wann haben Sie sie zuletzt gesehen oder mit ihr gesprochen?«

»Gesehen haben wir uns zuletzt vor neun Tagen in der Firma, an einem Freitag. Eva wollte am nächsten Abend zu mir kommen, doch sie kam nicht. Ich hab mehrfach versucht, sie zu erreichen. Doch sie geht weder ans Handy noch öffnet sie ihre Wohnungstür.«

»Vielleicht ist sie weggefahren?«

»Das hätte sie mir gesagt. Außerdem … Eva ist nicht so. Sie würde niemals einfach der Arbeit fernbleiben.«

Lara zog die Brauen empor. »Ach, sie ist nicht zum Dienst erschienen, ohne sich krankgemeldet oder Urlaub genommen zu haben?«

»Genau«, bestätigte Tatjana Lindner. »Eva hatte zwar in den letzten Wochen ein paar Probleme und sie hat eine schwere Trennung hinter sich, dennoch passt diese Unzuverlässigkeit nicht zu ihr. Niemals zuvor ist sie unentschuldigt der Arbeit ferngeblieben. Und sie hat sich auch noch niemals zuvor so lange nicht bei mir gemeldet.«

»Wie nahe stehen Sie beide sich?«

»Eva und ich haben uns im Kindergarten kennengelernt, waren bis zur Grundschule eng befreundet. Wegen meines Umzugs nach München hatten wir uns viele Jahre aus den Augen verloren, doch nach meiner Rückkehr war es Eva, die mir den Job besorgt und mich mit offenen Armen empfangen hat. Seither ist es zwischen uns wie früher.«

»Demnach, sind Sie beide mehr als nur Kolleginnen? Sind Sie befreundet?«

Nicken.

»Was ich mich frage …« Lara brach ab, überlegte, wie sie ihre Worte formulieren konnte, um nicht respektlos zu klingen. »Warum hat außer Ihnen noch niemand Bedenken oder Sorge hinsichtlich Evas Verschwinden geäußert? Könnte es nicht sein, dass Eva nicht wollte, dass Sie …«

»So ist das nicht«, unterbrach Tatjana Lindner sie. »Eva und ich stehen uns nahe. Ich bin ihre engste Freundin. Sie hat noch einige entfernte Bekannte, doch mit denen hat sie, wenn überhaupt, nur alle paar Wochen mal Kontakt. Niemand von denen käme auf die Idee, hierherzukommen, nachdem Eva sich zwei, drei Wochen nicht gemeldet hat. Bei mir ist das was anderes. Eva und ich haben sonst täglich Kontakt, durch den Job, aber auch privat des Öfteren. Nie zuvor hat sie sich so lange nicht gemeldet.«

»Hat sie keine Familie, die sich sorgt?«

»Ihre Familie …« Tatjana schnaubte. »Naja, Eva hat eine Schwester, die im Ausland lebt. Sie telefonieren ab und an mal, doch es kann vorkommen, dass ein Jahr vergeht und beide nichts voneinander gehört haben. Sie stehen sich nicht so nahe, verstehen Sie?«

»Und was ist mit Evas Eltern?«

»Der Vater ist seit Jahren tot und die Mutter ist seit ihrer Erkrankung im Pflegeheim untergebracht. Sie leidet unter Alzheimer. Eine besonders aggressive Form. Die Frau weiß oft nicht einmal, wer Eva ist, wenn sie sie besucht.«

»Okay, ich verstehe. Aber wäre es nicht dennoch

möglich, dass Eva sich einfach nur für den Augenblick von allem zurückgezogen hat? Vielleicht braucht sie Zeit für sich. Manche Menschen neigen dazu, nach einer Trennung vollkommen zusammenzubrechen.«

»Eva war es, die sich von Daniel getrennt hat. Sie wollte nicht über den Grund der Trennung sprechen, aber vermutlich hing es mit den Problemen zusammen, die sie mit sich herumschleppte.«

»Was für Probleme?«

»Darüber wollte sie nicht reden. Zumindest nicht bis zum letzten Freitag. Ich hatte den Eindruck, dass sie zu mir kommen wollte, um sich mir endlich anzuvertrauen. Doch dann ist sie ja verschwunden.«

»Vielleicht hat sie es sich anders überlegt?«

Der Gesichtsausdruck der Frau veränderte sich von besorgt zu wütend. »Ich hab meine Hausaufgaben gemacht, okay? Eva war zuverlässig, was ihren Job anging. Doch noch penibler war sie im Umgang mit ihrer Mutter. Es hat sie mitgenommen, sie so krank zu sehen, trotzdem hat sie sie mehrmals die Woche im Heim besucht. Seit Jahren hat sie keine Woche ausgelassen. Keine, bis auf die letzte.«

»Sie haben nachgefragt?«

Nicken. »Bevor ich hergekommen bin, war ich im Heim, habe die Schwestern nach Eva gefragt. Und wie befürchtet, hat sie auch von ihnen niemand gesehen in der letzten Woche, und das ist wirklich ungewöhnlich. Ich mach mir nicht grundlos solche Sorgen.«

»Sie sagen, Eva scheint Probleme gehabt zu haben … Irgendeine Ahnung welche Art Probleme? Finanzielle Sorgen? Oder könnte sie krank gewesen sein?«

»Ich weiß es wirklich nicht.«

Lara sah Tatjana Lindner ernst an. »Glauben Sie, Eva könnte sich etwas angetan haben?«

Das Gesicht der Frau wurde kalkweiß. »Das würde sie niemals tun, da bin ich sicher. Eva weiß doch, dass ihre Mutter …«, stammelte sie und schüttelte heftig den Kopf.

»Was wollen Sie sagen?«

»Dass ihre Mutter niemanden hat außer ihr. Sie würde ihre Mutter niemals einfach im Stich lassen.«

»Sind Ihnen psychische Erkrankungen bei Eva bekannt?«

»Nein.«

»Dann denken Sie, es könnte ihr etwas zugestoßen sein?«

»Eine andere Erklärung gibt es für ihr Verschwinden nicht.«

»Und der Ex? Sie sagten, Eva hat sich von ihm getrennt?«

»Ja, das ist jetzt etwa einen Monat her.«

»Wissen Sie, wie er das aufgenommen hat?«

»Schlecht, denke ich. Eva und er waren verlobt. Sie hatte zwar ihre Wohnung noch, lebte aber die meiste Zeit über bei ihm. Als sie Schluss machte, hab ich einmal mitbekommen, wie er nach Feierabend auf sie gewartet hat. Es kam zum Streit und ich hab Eva gefragt, ob alles okay ist, sie Hilfe braucht, doch sie meinte, ich könne ruhig gehen, sie käme schon klar.«

»Wie lange ist dieses Aufeinandertreffen von Eva und ihrem Ex jetzt her?«

»Vielleicht drei Wochen? Das war kurz nach der Trennung.«

»Kam es Ihnen so vor, als habe Eva Angst vor ihrem Ex?«

Kopfschütteln. »Eva sah an jenem Tag genervt aus, aber keinesfalls ängstlich.«

»Und diese Beziehung … wissen Sie, ob es zu Gewalttätigkeiten gekommen ist?«

»Das kann ich mir nicht vorstellen. Daniel war so verliebt in Eva, er hat sie geradezu angehimmelt. Ich kann mir nicht vorstellen, dass er ihr auch nur ein Haar gekrümmt oder jemals ein böses Wort zu ihr gesagt hat.«

»Und die Trennung … könnte ein anderer Mann dahintergesteckt haben?«

Lara beobachtete, dass Tatjanas Gesichtsfarbe sich verdunkelte.

»Möglich«, gab sie dann zu. »Aber ich weiß nichts Genaueres.«

»Also hat Eva etwas in dieser Richtung angedeutet?«

»Sie war in den letzten Wochen schon etwas komisch.«

»Wie hat sich das geäußert?«

»Sie war verschlossener als sonst, hat niemanden mehr an sich rangelassen. Es war, als verberge sie etwas.«

»Haben Sie eine Ahnung, was das gewesen sein könnte?«

»Nicht wirklich. Ich habe nur einmal ein Telefonat mitbekommen, bei dem klar war, dass es nicht Daniel sein konnte, mit dem sie spricht.«

Lara nickte. »Haben Sie einen Schlüssel zu Evas Wohnung?«

»Leider nicht, sonst hätte ich bereits nachgesehen, was los ist.«

»Wissen Sie, wer einen Schlüssel haben könnte? Dieser Daniel vielleicht?«

»Das kann ich mir nicht vorstellen. Sie wollte keinen Kontakt mehr zu ihm, das hat sie ziemlich deutlich gemacht.«

Lara räusperte sich. »Geben Sie mir Evas Adresse und ihre Handynummer. Ich werde zuerst versuchen, im Gebäude jemanden zu finden, einen Hausmeister vielleicht, der einen Schlüssel hat. Vielleicht klärt sich dann ja schon einiges auf. Und falls nicht, wäre es hilfreich, wenn Sie mir auch Ihre Handynummer geben, unter der Sie rund um die Uhr erreichbar sind.«

»Das bedeutet also, Sie kümmern sich darum?«

Lara nickte. »Allerdings wird es nicht ganz so einfach werden, uns Zugang zu ihrer Wohnung zu verschaffen. Eva ist erwachsen und hat das Recht dazu, sich zurückzuziehen oder unterzutauchen. Und solange es keinen ernst zu nehmenden Hinweis darauf gibt, dass ihr tatsächlich etwas passiert ist, bewegen wir uns in einer Grauzone.«

»Aber angenommen, sie liegt verletzt in ihrer Wohnung … dann ist sie auf Hilfe angewiesen. Und Grauzone hin oder her, wir müssen doch zumindest nachsehen und uns davon überzeugen, dass in der Wohnung alles okay ist.«

Lara hob beschwichtigend die Hände. »Wie gesagt, ich kümmere mich darum, aber ich kann nicht sagen, wie schnell ich einen Beschluss bekomme, die Wohnung offiziell betreten zu dürfen.«

»Und wie geht es danach weiter?«, wollte Tatjana wissen. »Also angenommen, in ihrer Wohnung ist sie auch nicht …«

Lara zog die Stirn in Falten.

»Dann setzen wir uns mit ihrer Schwester in Verbindung, vorausgesetzt, wir machen sie ausfindig. Wir werden auch versuchen, mit der Mutter zu sprechen, sofern deren Krankheit dies zulässt. Wir würden auch mit Evas Vorgesetztem reden, vielleicht weiß der ja doch etwas mehr als Sie. Und danach können wir versuchen, Evas Handy zu orten. Den Ex befragen. All so was eben.« Lara brach ab, musterte Tatjana, deren Augen in Tränen schwammen. »Aber ich kann Ihnen versichern, dass die meisten Vermissten innerhalb kurzer Zeit von selbst wieder auftauchen. Womöglich ist das auch bei Ihrer Freundin der Fall.«

Tatjana verzog das Gesicht. »Eva ist aber inzwischen schon seit über einer Woche weg. Und ich glaube, dass das ein wirklich sehr schlechtes Zeichen ist.«

DREI
AUGSBURG

APRIL 2022

Ein ohrenbetäubendes Hämmern riss Susanne aus dem Schlaf. Sie schreckte hoch, blinzelte verwirrt, als ihr klar wurde, dass es gerade erst acht Uhr morgens war.

Sofort fing Sandy an zu knurren, brach schließlich in dröhnendes Gebell aus. Auch Speedy schien das laute Geräusch zu dieser frühen Stunde zu beunruhigen. Er war aufs Bett gesprungen, starrte Susanne aus weit aufgerissenen Augen an. Sie strich ihm sanft übers Fell, wartete ein paar Sekunden, bis ihr Herzschlag sich beruhigt hatte, dann schlug sie die Decke zurück, stand auf.

Wieder ein Hämmern.

Sie begriff, dass es von der Haustür unten kommen musste.

Über Sandys Bellen nahm sie mehrere Stimmen wahr.

Sie ging in den Gang hinaus, packte Sandy am Halsband, öffnete die Wohnungstür, lugte hinaus.

Warum ging Daniel denn nicht an die Tür?

Ihr fiel ein, dass er diese Woche Nachtdienst hatte und jetzt wahrscheinlich tief und fest schlief.

Sie ging zurück ins Schlafzimmer, schlüpfte in ihre

Klamotten vom Vortag, machte sich dann mit Sandy im Schlepptau auf den Weg nach unten. Durch das Milchglas in der Tür erkannte sie die Umrisse mehrerer Leute. Unerklärlicherweise fühlte sie plötzlich Panik in sich aufsteigen.

Nach nochmaligem Durchatmen schob sie den Sicherheitsriegel zurück, zuckte zusammen, als ihr bewusst wurde, dass es sich bei den Störenfrieden um eine Frau Ende vierzig und einen etwas jüngeren Mann handelte, die sie noch nie zuvor gesehen hatte.

»Lara Widmann, Kriminalpolizei Augsburg«, erklärte die Frau forsch und hielt ihr einen Ausweis vor die Nase. Dann drehte sie den Kopf zu dem Mann neben sich, der ihr ebenfalls einen Ausweis entgegen hielt. »Das ist mein Kollege. Wir würden gerne mit Daniel Lang sprechen. Gehe ich richtig in der Annahme, dass er hier wohnt?«

»Daniel ist mein Bruder«, gab Susanne zurück und konnte nichts dagegen tun, dass ihre Stimme panisch und dünn klang.

Was wollte die Polizei von ihrem Bruder?

»Daniel hat diese Woche Nachtdienst. Er ist Krankenpfleger in der Notfallambulanz im Klinikum. Ich vermute, dass er erst gegen sieben Uhr ins Bett gekommen ist und deswegen nicht mitbekommen hat, dass Sie an die Tür gehämmert haben.«

»Wären Sie so nett, ihn zu wecken? Es ist wirklich unvermeidbar, dass wir kurz persönlich mit ihm sprechen.«

Susanne nickte, trat dann beiseite. »Kommen Sie doch bitte ins Haus. Ich sehe sofort nach, ob ich ihn wach bekomme.«

Als die beiden im Flur standen, sah sie unschlüssig zur Tür von Daniels Wohnung. »Warten Sie bitte kurz?«

Die Kriminalpolizistin nickte und gerade als Susanne nach der Klinke von Daniels Wohnungstür greifen wollte,

kam ihr Bruder vollkommen schlaftrunken herausge-
schlurft. »Wer zum Teufel nervt um diese Zeit?«

»Die Polizei will etwas von dir«, zischte Susanne ihm
rasch zu, um ihn zu stoppen.

»Die Polizei?« Ungläubig riss er die Augen auf, sah
von Susanne zu dem Paar, das hinter ihr stand.

»Kriminalpolizei«, erklärte Lara Widmann. »Es geht
um Eva Wilhelm.«

»Um Eva?«

Susanne beobachtete, wie Daniel schlagartig die
Farbe aus dem Gesicht wich. »Was ist mit Eva?«

»Das wüssten wir auch gerne«, gab die Polizistin
zurück. »Sie ist inzwischen seit zehn Tagen spurlos
verschwunden.«

Susanne sah, dass Daniel schwankte, war im Bruchteil einer Sekunde bei ihm, umklammerte seinen Arm.

»Alles okay?«, fragte sie, doch er beachtete sie gar
nicht, starrte einfach weiter die Polizistin an. »Sie wird
vermisst?«

»Wann haben Sie sie zuletzt gesehen?«, fragte die
Polizistin.

Susanne beobachtete sie besorgt, fand, dass die
Stimme der Beamtin etwas Lauerndes hatte.

Daniel schien das jedoch nicht aufzufallen. »Lassen
Sie mich nachdenken«, antwortete er mit gekrauster
Stirn. »Das muss vor drei Wochen gewesen sein. Ich hab
vor der Firma, in der sie arbeitet, auf sie gewartet.«

»Waren Sie verabredet?«, fragte die Polizistin.

»Das nicht, aber ich wollte wissen, was los ist, weil sie
mir ja ansonsten vollkommen aus dem Weg ging.«

»Was meinen Sie damit?«

Daniel sah hilflos zu Susanne, dann zu der Beamtin.
»Was ich damit meine?« Er schnaubte. »Es hat mich
eiskalt erwischt, dass sie mich abserviert hat.«

»Gab es dafür Gründe, ist etwas vorgefallen?«

»Kann man so sagen, ja. Eigentlich verstanden wir uns super, sie hat sogar meinen Antrag angenommen, hat zugestimmt, bei mir einzuziehen. Und dann, eines schönen Tages, komme ich dahinter, dass sie mich betrogen hat. Ich hab sie gefragt, warum, wollte wissen, ob sie mich noch liebt, und sie hat ja gesagt.«

»Sie haben ihr verziehen? Sie blieben zusammen?«

»Ja, was sonst. Aber dann, Tage später, hat sie mich aus heiterem Himmel verlassen. Sie hat mir einfach den Ring zurückgegeben und gemeint, sie will mich nie wiedersehen. Und ich … ich wusste nicht, was los war, hab ihr tagelang nachtelefoniert, doch sie ist nie an ihr Handy gegangen. Deswegen hab ich sie eben vor der Firma abgepasst, wollte wissen, was genau ihr Problem ist, doch selbst da hat sie noch verweigert, sich mit mir zu unterhalten. Sie blockte ab, meinte, es gäbe da jemand anders.«

»Der Mann, mit dem Sie sie betrogen hat?«

Daniel schüttelte unwirsch den Kopf. »Das war es nicht. Es muss einen anderen Grund gegeben haben. Irgendwas hatte Eva verändert. Das hab ich schon früher gespürt. Sie schleppte etwas mit sich herum, und das auch schon, bevor es zum Äußersten gekommen ist.«

Die Polizistin nickte leicht. »Etwas Ähnliches sagte auch die Frau, die sie als vermisst gemeldet hat. Tatjana ist ihr Name. Kennen Sie sie?«

Daniel nickte. »Klar, sie sind ziemlich eng miteinander.«

»Aber nicht so eng, als das Eva ihr von ihren Problemen erzählt hätte.«

Daniel verzog das Gesicht. »Eva ist manchmal schwierig, was den Umgang mit anderen Menschen angeht, gerade in den letzten Wochen war das extrem. Sie schaffte es kaum noch, sich auf ihr Umfeld einzulassen und Menschen zu vertrauen, selbst dann nicht, wenn es sich um enge Bezugspersonen handelte.«

»Dann haben Sie sie seit Ihrem Aufeinandertreffen vor drei Wochen nicht mehr gesehen?«

Daniel senkte den Blick. »Sie hat ziemlich deutlich gemacht, dass sie mich nicht mehr sehen will, nachdem ich sie dieses eine Mal nach der Arbeit abgefangen habe. Danach habe ich mich von ihr ferngehalten, hab weder angerufen noch ihr Nachrichten geschickt. Es fiel mir natürlich schwer, ihren Wunsch nach Abstand zu respektieren, doch im Endeffekt hatte ich keine Wahl. Ich hatte die Hoffnung, dass sie, wenn sie merkt, wie überzogen ihr Handeln war, doch zur Vernunft kommt. Immerhin waren wir ein paar Jahre liiert, so was wirft man nicht aus einer Laune heraus weg.«

»Und dieser Mann, mit dem sie Sie betrogen hat? Wissen Sie, wer es war?«

Daniel schüttelte den Kopf. »Sie meinte nur, dass ich ihn nicht kenne und dass es auch nicht wichtig sei.«

»Sind Sie wegen der Trennung wütend auf Eva?«

Daniel senkte den Blick. Als er wieder aufsah, bemerkte Susanne die Tränen in seinen Augen. »Wut trifft es nicht im Ansatz. Ich bin traurig und verletzt, kann mir das alles nicht erklären. Wir waren glücklich und dann hat sie sich auf einmal so extrem verändert. Das war wirklich von einem Tag auf den anderen. Und ich weiß bis heute nicht, warum.«

Lara Widmann dachte einen Augenblick lang nach. »Dürfen wir vielleicht kurz reinkommen?«, bat sie dann. »Wir haben noch ein paar Fragen und ich würde mich gerne setzen und Notizen machen. Vielleicht finden wir in Ihren Antworten ja etwas, was uns weiterhilft, bei der Suche nach ihr.«

Daniel nickte, sah panisch zu Susanne. »Meine Schwester … Ich will, dass sie dabei ist. Ist das okay?«

Lara Widmann nickte knapp. Dann folgte sie Daniel ins Innere der Wohnung. Er steuerte das Wohnzimmer an, setzte sich dann auf das Sofa, bot den Polizisten die beiden Sessel an. Die Polizistin nahm Platz, doch ihr Kollege verneinte und wollte lieber stehen bleiben.

»Erinnern Sie sich, ob Eva irgendwas davon erwähnte, dass sie wegwollte?«, führte Lara Widmann die Befragung fort.

Daniel schüttelte den Kopf. »Hat sie zu dir etwas in dieser Richtung gesagt?«, wandte er sich an Susanne.

»Nein«, gab sie zurück.

»Und Sie beide haben ebenfalls keine Ahnung, was sie bedrückt haben könnte?«

Susanne sah zu Daniel, dann zu der Beamtin. »Zu mir hat sie nichts gesagt.«

»Und mich hat sie auch in den Wochen und Tagen vor der Trennung kaum noch an sich herangelassen. Und das meine ich nicht nur in körperlicher Hinsicht. Sie erfand Ausreden, weshalb sie nicht zu mir kommen konnte, blockte meine Anrufe ab, distanzierte sich.«

»Also kam die Trennung doch nicht so aus heiterem Himmel«, merkte die Polizistin an.

Daniel zuckte hilflos mit den Schultern. »Ich dachte, es renkt sich alles wieder ein. Ich hätte dranbleiben sollen, vielleicht hätte sie sich mir ja doch noch geöffnet.«

Susanne legte beschwichtigend eine Hand auf Daniels Schulter und wandte sich an die Polizistin. »Was haben Sie bislang unternommen, um sie zu finden?«

»Wir haben uns ausführlich mit ihrer Freundin Tatjana unterhalten, die sie auch als vermisst gemeldet hat. Wir waren im Pflegeheim, bei ihrer Mutter, haben auch dort unser Glück versucht, etwas herauszufinden, doch ich nehme an, dass Sie beide wissen, unter was für eine Krankheit Frau Wilhelm leidet. Außerdem haben wir Kontakt zu ihrer Schwester aufgenommen, weil wir dachten, dass sie sich vielleicht kurzfristig entschlossen hat, sie zu besuchen. Als Nächstes haben wir mit ihrem Chef und einigen Kollegen gesprochen und uns einen Beschluss besorgt, der es uns erlaubt, ihre Wohnung auch ohne ihr direktes Einverständnis zu betreten.«

»Und all das war nicht von Erfolg gekrönt?«, fragte Daniel.

»Bisher nicht, nein.« Lara sah Daniel fest an. »In ihrer Wohnung deutete nichts darauf hin, dass sie verreist sein könnte. Alles wirkte so, als sei sie nur kurz mal weggegangen. Wir haben auch ihre Bankaktivitäten überprüft und es gibt, seit sie verschwunden ist, keine Kontobewegungen mehr. Auch mit ihrer Kreditkarte hat sie kein Geld abgehoben. Wir haben ihre Internetaktivitäten kontrolliert, da ist es genau dasselbe. Sie war seit über einer Woche weder auf Facebook noch auf Instagram, hat sich auch nicht mehr in ihr E-Mail-Postfach eingeloggt. Und was ihr Handy angeht ...«

»Entschuldigen Sie bitte«, unterbrach Laras Kollege. »Aber dürfte ich mal kurz Ihr Badezimmer benutzen?«

Daniel nickte. »Aus dem Wohnzimmer nach links und dann die zweite Tür auf der rechten Seite.«

Daniel sah dem Polizisten kurz hinterher und wandte sich dann wieder an Lara. »Sie erwähnten Evas Handy, was ist damit?«

»Wir haben es von einem Spezialisten-Team orten lassen und das letzte Signal nachverfolgt. Das Handy befand sich im Mülleimer eines Rastplatzes.«

Susanne bemerkte, dass Daniel heftig zusammenzuckte. »Was kann das bedeuten?«

Lara Widmann stieß ein Seufzen aus. »Ehrlich gesagt, teilen wir inzwischen die Sorge ihrer Freundin Tatjana. Vieles deutet darauf hin, dass ihr etwas zugestoßen sein könnte. Vor allem die Tatsache, dass sie kein

Geld mehr abgehoben und scheinbar nichts mitgenommen hat. Dann die Sache mit dem Handy …«

Susanne bemerkte, dass die Polizistin ihren Bruder mit stechendem Blick fixierte.

»Wollen Sie andeuten, dass mein Bruder etwas mit Evas Verschwinden zu tun hat?«

Lara antwortete nicht.

Als ihr Kollege nach einer gefühlten Ewigkeit wieder ins Wohnzimmer kam, veränderte sich erneut die Stimmung. Susanne fröstelte, als sie seinen finsteren Blick bemerkte.

»Kommst du mal eben?«, bat er seine Kollegin.

Susanne wollte schon aufspringen und mitgehen, doch Daniel schüttelte beinahe unmerklich den Kopf.

Als nach einigen Minuten beide Polizisten wieder ins Zimmer kamen, wirkte auch Lara distanziert und streng.

Sie taxierte Daniel geradezu.

»Mein Kollege hat im Badezimmer etwas entdeckt«, erklärte sie. »Und auch im Korridor und in der Küche. Erlauben Sie, dass wir uns auch hier im Wohnzimmer einmal umsehen?«

»Was genau hat ihr Kollege denn gefunden? Wenn es Fingerabdrücke von ihr sind, dann hat das nichts zu bedeuten«, warf Daniel ein. »Bis vor wenigen Wochen lebten wir ja hier beinahe jeden Tag zusammen.«

»Keine Fingerabdrücke«, antwortete der Polizist. »Im Mülleimer im Bad befanden sich ganz unten, gut versteckt quasi, blutgetränkte Papiertücher. Darf ich fragen, woher die stammen? Haben Sie sich kürzlich verletzt?«

Daniel sah verwirrt zu Susanne, dann zu der Polizistin. Schließlich verneinte er.

»Und dann am Türrahmen im Badezimmer, unterhalb des Waschbeckens, am Rahmen der Küchentür und am Kühlschrank. Überall befinden sich braune Abdrücke, die von Blut stammen könnten. Hätten Sie etwas dagegen, wenn wir jemanden anrufen, der mit einem Spezialgerät genauer nachsieht?«

Daniel erstarrte. »Denken Sie etwa, dass es Evas Blut ist?«

Der Beamte verließ den Raum, kam nur Sekunden später mit dem Badezimmer-Mülleimer zurück. Er stellte ihn vor Daniel hin, zog sich einen Latexhandschuh über und griff hinein, holte mehrere Ballen zusammenge-knüllte Tücher voller Blutflecken hervor. »Das hier sieht schon danach aus, als sei jemand ziemlich stark verletzt gewesen. Und da Sie es nicht gewesen sind, wie Sie eben sagten, muss das Blut von jemand anderem stammen.«

»Ich schwöre, dass ich Eva nichts getan habe«, sagte Daniel leise.

»Dann ist es doch sicher okay für Sie, wenn wir uns hier gründlicher umsehen«, kam es von Lara Widmann.

Daniel hob resigniert die Schultern, stand auf. »Tun Sie, was sie tun müssen. Ich werde inzwischen in die Wohnung meiner Schwester gehen und mich ein wenig hinlegen. Mir ist jetzt nämlich ziemlich übel, wie Sie sich sicherlich vorstellen können.«

Knappe zwei Stunden später – inzwischen waren zwei weitere Polizisten hinzugekommen – bezweifelte Susanne, dass Daniels Entscheidung, die Polizisten schalten und walten zu lassen, klug gewesen war.

»Du hättest einen Anwalt verlangen und die beiden rauswerfen sollen. Nicht zustimmen, dass die deine Wohnung auf den Kopf stellen.«

Daniel sah sie an. »Ich hab Eva nichts angetan. Und ich will auch, dass sie sie wohlbehalten finden. Deswegen hab ich mich dazu entschieden, zu kooperieren.«

Susanne stieß die Luft aus.

Dann stand sie auf. »Du kannst ja hier sitzen bleiben und Däumchen drehen, aber ich geh jetzt da runter und sag denen meine Meinung.«

Ohne auf eine Antwort zu warten, machte sie sich auf den Weg nach unten.

Sie stieß die nur angelehnte Wohnungstür ihres Bruders auf, trat in den Korridor, wunderte sich, dass es trotz der Tageszeit stockfinster im Innern der Wohnung war.

»Was geht hier vor?«, fragte sie Lara Widmann, die im abgedunkelten Wohnzimmer ihres Bruders stand und auf einige blaue Flecken auf dem Sofabezug starrte.

Lara sah zu ihr auf. »Ich muss Sie bitten, die Wohnung zu verlassen. Das hier ist eine offizielle polizeiliche Untersuchung an einem möglichen Tatort.«

»Warum?«, rief Susanne zornig. »Was ist los?«

»Das geht Sie nichts an.«

»Sie dürften gar nicht hier herumschnüffeln«, stieß Susanne aus. »Normalerweise hätte mein Bruder das Recht, einen Anwalt hinzuzuziehen. Und dieser würde Ihnen ganz sicher sagen, dass es nicht rechtens ist, dass sie ohne ausdrücklichen Durchsuchungsbeschluss die Wohnung meines Bruders auf den Kopf stellen.«

Lara stand auf. »Wir brauchen keinen Durchsuchungsbeschluss. Daniel hat uns die Erlaubnis gegeben, uns umzusehen, schon vergessen?«

»Weil Sie ihn vollkommen überrumpelt haben!«

Lara seufzte, winkte sie dann zu sich heran. »Sehen Sie die blauen Flecken hier auf dem Stoff des Sofas?«

Susanne nickte. »Was ist das?«

Lara verzog das Gesicht. »Blut. Wir haben es mit Luminol sichtbar gemacht. Diese Flecken sind überall in der Wohnung verteilt, mal stärker, mal schwächer. Für das bloße Auge kaum zu erkennen, doch mithilfe von Luminol …«

»Was bedeutet das?«, fragte Susanne und bemerkte, dass ihre Stimme brach.

»Das bedeutet, dass wir Ihren Bruder mit aufs Präsidium nehmen und ihn dort noch einmal offiziell zu Eva Wilhelm befragen müssen. Währenddessen wird sich ein Team der Forensik um eine Analyse der Blutproben kümmern und diese mit den Proben vergleichen, die wir aus Evas Wohnung mitgenommen haben. Sollte es zu Übereinstimmungen kommen, dann hat Ihr Bruder ein großes Problem. Und was rechtlichen Beistand angeht, vielleicht ist es Zeit, dass Ihr Bruder sich jetzt darum bemüht.«

VIER

AUGSBURG

APRIL 2022

»Bist du soweit?«

Laras Blick zuckte hoch. Sie grinste Sandro an, stand auf, nahm ihren Aktenordner, folgte ihrem Kollegen. »Denkst du, dass wir heute mehr Glück haben? Ich habe irgendwie den Eindruck, dass Herr Lang auch dieses Mal nicht sonderlich kooperativ sein wird.«

»Er wird einknicken«, sagte Sandro und warf ihr einen Blick über die Schulter zu. »Daniel Lang ist seit drei Tagen hier. Ich vermute, dass er seine Unschuldsbeteuerungen nicht viel länger durchziehen wird. Die Luft wird dünner für ihn, und das weiß er. Alles spricht gegen ihn. Der Streit mit Eva, den deren Freundin mitbekam. Das Blut in seiner Wohnung. Die Tatsache, dass es kein Lebenszeichen von ihr gibt.«

»Dein Wort in Gottes Ohr«, gab Lara zurück. »Ich frage mich nur, warum die Analyse so lange dauert.«

»Das Blut in der Wohnung ist nicht frisch, immerhin ist Eva schon eine Weile verschwunden. Und der Abgleich mit ihren Haaren, die wir aus der Wohnung haben, dauert zusätzlich. Du musst Geduld haben, vielleicht gibt er ja vorher schon alles zu.«

»Und was ist mit Hanau? Kommt er im Laufe des Gesprächs heute mit dazu?«

Sandro nickte. »Ich schlage vor, dass wir zuerst allein mit Daniel reden und Fabian erst in ein paar Minuten dazuholen. Vielleicht bringt es was, wenn er anschließend allein mit Lang redet.«

Vor der Tür zum Vernehmungszimmer blieb Lara stehen, holte Luft. Sie sah ihren Kollegen an. »Seine Schwester ist absolut überzeugt davon, dass Daniel nichts getan hat.«

Sandro verzog das Gesicht. »Du kennst die Familiengeschichte doch. Die Eltern starben, da war Susanne ein Teenager. Und ihr Bruder, damals gerade volljährig, hat ohne zu zögern das Sorgerecht beantragt, sich um seine Schwester gekümmert und so verhindert, dass sie in einer Einrichtung untergebracht werden musste. So was schweißt zusammen. Natürlich traut sie ihrem Bruder keinen Mord zu. Sie sieht ihn als Helden und durch eine rosarote Brille.«

Lara nickte. Dann griff sie nach der Klinke, drückte sie hinunter, trat ein. Auf Anhieb fiel ihr Daniels zusammengesunkene Statur auf. Der junge Mann war am Ende, das konnte ein Blinder sehen.

Fast empfand sie so etwas Mitleid mit ihm.

Sie verzog ihr Gesicht zu einem Lächeln. »Guten Morgen Herr Lang, möchten Sie eine Tasse Kaffee, bevor wir anfangen?«

Daniel sah zu ihr auf, schüttelte müde den Kopf.

»Kann ich sonst etwas für Sie tun?«

Er stieß ein bitteres Lachen aus. »Ja, Sie können mich gehen lassen, weil ich nichts getan habe.«

»Das geht leider nicht«, gab Lara bestimmt, aber weiterhin freundlich zurück. »Da ist immer noch eine junge Frau von gerade dreißig Jahren, die als vermisst gilt. Und meine Kollegen und ich setzen alles daran, herauszufinden, was ihr zugestoßen ist.«

Daniel nickte. »Mir liegt auch daran, dass Eva gefunden wird. Wie Sie sich vielleicht erinnern, handelt es sich um meine Ex-Verlobte, die ich noch immer sehr liebe. Und solange Sie Ihre Zeit hier mit mir verschwenden, suchen Sie nicht nach ihr. Und das macht mich fertig. Sollte ihr etwas zugestoßen sein oder jemand ihr etwas angetan haben, schwindet die Chance, sie lebend zu finden, mit jeder Sekunde, die Sie mich hier mit Ihren dämlichen Fragen festhalten.«

Lara fixierte das Gesicht des Mannes mit ernstem Blick. »Sie finden unsere Fragen dämlich?«

»Das tue ich«, gab Daniel zurück. »Ich habe Ihnen mehrmals gesagt, dass ich unschuldig bin und Eva kein Haar gekrümmt habe. Trotzdem löchern Sie mich weiterhin mit Ihren Fragen, statt nach ihr zu suchen.«

»Und das Blut im Mülleimer? Die Blutspuren in Ihrer Wohnung?«, gab Lara zurück. »Sie haben selbst gesagt, dass Sie sich nicht an eine Verletzung erinnern, also keine Erklärung dafür haben. Eva ist nach wie vor verschwunden. Was also sollen wir denken?«

»Ich weiß es doch auch nicht«, sagte Daniel. »Ich habe Eva nichts zuleide getan. Und ich habe keine Ahnung, woher das Blut stammt.«

»Aber Eva und Sie hatten eine Auseinandersetzung, wie ihre Freundin Tatjana bezeugt. Um was ging es bei diesem Streit?«

»Wie ich Ihnen bereits mehrfach sagte, war das kein Streit. Ich habe auf Eva gewartet, weil ich wusste, wann sie Feierabend hat. Ich wollte noch mal mit ihr sprechen, sie zur Vernunft bringen, weil man eine jahrelange Bezie hung nicht aus einer Laune heraus wegwirft. Ich wollte verstehen, was Eva zu dieser Entscheidung bewogen hat. Doch sie weigerte sich, mir zu sagen, was in ihr vorgeht.

Bei diesem Gespräch wurde es immer lauter, das gebe ich zu. Wir waren beide aufgebracht, trotzdem habe ich ihr nichts getan. Ich liebe sie, wollte sie zurück.«

»Und trotzdem ist sie nach wie vor verschwunden.«

»Ich will sie genauso sehr finden wie Sie.«

»In Ihrer Wohnung befanden sich unzählige Flaschen hochprozentigen Alkohols. Alle leer. Wollen Sie dazu etwas sagen?«

Daniel verzog spöttisch das Gesicht. »Ist es jetzt etwa verboten, Alkohol zu trinken? Ich hab eine schwere Zeit durchgemacht, nachdem Eva mich verlassen hat, hab meinen Kummer mit Hochprozentigem betäubt. Ist das so verwerflich?«

»Das ist es nicht«, gab Lara zu. »Aber es handelt sich um eine beachtliche Anzahl leerer Schnapsflaschen. Wäre es denn nicht möglich, dass Sie doch etwas mit Evas Verschwinden zu tun haben und sich nur nicht mehr daran erinnern?«

Daniel schüttelte den Kopf. »Ich hab immer nur zu Hause getrunken. Nach dem Dienst. Danach bin ich ins Bett.«

»Sie sind also nach der Trennung weiterhin zur Arbeit, von da aus nach Hause, haben sich betrunken und sind zu Bett gegangen. Und das jeden Tag seit der Trennung?«

Daniel nickte. »Deswegen hatte ich auch den ein oder anderen Streit mit Susanne. Sie bekam das mit der Trinkerei natürlich mit und versuchte gegenzusteuern. Sie machte sich Sorgen um mich.«

»Aber sie kann nicht bezeugen, dass sie tatsächlich nach ihrem Feierabend im Krankenhaus immer in ihrer Wohnung waren. Ich glaube, mich zu erinnern, dass sie aussagte, dass Sie hin und wieder auch auswärts getrunken haben. Im Luggi, ihrer Stammkneipe.«

»Das Luggi ist keine Kneipe. Es ist eine Sportbar. Ich

bin dort auch kein Stammgast, sondern mit dem Besitzer befreundet. Luggi ist einer meiner besten Kumpels. Er kennt Eva im Übrigen auch und kann bestätigen, dass ich ihr nie etwas antun würde.«

»Was ich damit sagen möchte«, schob Lara nach, »ist, dass Sie nicht beweisen können, dass Sie wirklich immer zu Hause waren. Es wäre durchaus möglich, dass Sie im volltrunkenen Zustand das Haus verlassen, unterwegs Eva getroffen, sie mit zu sich genommen haben und sich jetzt einfach nicht mehr erinnern. Ihre Schwester und Sie leben zwar im selben Haus, aber Susanne sagte aus, dass sie, wenn sie fest schläft, nicht unbedingt mitbekommt, was unten vor sich geht.«

»Blödsinn«, stieß Daniel aus. »Hätte ich Eva tatsächlich irgendwelche Verletzungen in meiner Wohnung zugefügt, dann hätte Susi das sehr wohl mitbekommen. So dick sind die Wände auch wieder nicht.«

»Ich hab eine hypothetische Frage«, sagte Lara und sah Daniel fest in die Augen. »Angenommen, es stellt sich heraus, dass das Blut in Ihrer Wohnung von Eva ist. Wie wollen Sie dann weitermachen?«

Daniel hob die Schultern. »Das ändert nichts, weil ich nichts getan habe. Auch nicht im Vollrausch. Ich weiß, wer ich bin, und Gewalt in jedweder Form ist mir vollkommen fremd. Ich bin unschuldig und das ist auch der Grund, weshalb ich den Anwalt, den meine Schwester mir besorgt hat, weggeschickt habe. Ich brauche keinen Anwalt, weil ich niemandem auch nur ein Haar gekrümmt habe.«

»Hätten Sie etwas dagegen, mit unserem Polizeipsychologen zu sprechen? Sein Name ist Fabian Hanau und ich denke, es könnte nicht schaden, wenn Sie beide ein paar Worte wechseln.«

Lara beobachtete, wie Daniel über ihre Frage nachdachte und schließlich nickte.

»Klar, warum nicht. Vielleicht ist der ja nicht so verbohrt wie Sie beide.«

»Und, was denken Sie«, fragte Lara Fabian, als er nach knapp vierzig Minuten aus dem Vernehmungszimmer kam. »Schwieriger Fall, muss ich gestehen. Daniel Lang kommt einerseits vollkommen kooperativ und offen rüber. Auch seine Liebesbeteuerungen wirken aufrichtig und sein Verhalten passt dazu. Sein Blick war unruhig und irrte oft umher, hielt dem meinen nur selten stand. Er wirkte extrem verunsichert, fast schon ängstlich. Aber wenn ich offen sein darf, das alles kommt mir auf beängstigende Weise gestellt rüber, so als wolle er nur den Eindruck vermitteln, hilflos zu sein. Auch dass er keinen Anwalt will, ist meiner Meinung nach Teil seines Schauspiels. Er will den Eindruck erwecken, ein harmloses Lämmchen zu sein, doch wenn Sie mich fragen, saß da eben ein Wolf im Schafspelz vor mir.«

Lara schluckte, nickte dann. Schließlich sah sie den Psychologen ernst an. »Bekomme ich diese Einschätzung auch schriftlich von Ihnen?«

Hanau nickte. »Und wie geht es jetzt weiter, wenn ich fragen darf?«

»Wir werden wohl ein bisschen mehr Druck ausüben müssen.« Lara sah den Psychologen ernst an. »Die Forensik hat angerufen, während Sie sich mit Lang unterhalten haben.«

»Mit welchem Ergebnis?«

»Tja«, sie machte eine bedeutungsschwangere Pause. »Das Ergebnis der Analyse deckt sich mit dem, was Sie sagen. Das Blut in seiner Wohnung stammt eindeutig von Eva Wilhelm, was bedeutet, dass Daniel Lang uns seit drei Tagen Märchen erzählt.«

FÜNF
AUGSBURG

APRIL 2022

Das Surren ihres Handys drang wie durch dichten Nebel in ihr Bewusstsein. Schlaftrunken tastete sie nach dem Gerät, schaffte es kaum, die Augen zu öffnen. Seit ihr Bruder sich in Untersuchungshaft befand, fühlte Susanne sich wie ein Tier im Käfig. Sie fand weder körperlich noch geistig Ruhe, stand rund um die Uhr unter Strom. Seit Tagen lag sie stundenlang in der Nacht wach, fiel erst kurz vorm Morgengrauen in einen unruhigen Schlaf.

Hinzu kam, dass ihr Bruder, stur wie er nun einmal war, auf einen Anwalt verzichten wollte, aus, wie er glaubte, nachvollziehbaren Gründen. Er hatte nichts getan und die Tatsache, dass er auf rechtlichen Beistand verzichtete, sollte dies untermauern.

Natürlich hatten sowohl der Anwalt, sein Name war Dr. Martin Behrens, als auch sie selbst versucht, Daniel umzustimmen. Allerdings vergeblich. Er habe sich nichts zuschulden kommen lassen und brauche daher auch keinen Anwalt.

Susanne hatte Dr. Behrens gebeten, dranzubleiben, in der Hoffnung, dass Daniel einlenkte, doch bisher war nichts dergleichen passiert. Ihr Bruder befand sich noch immer in Polizeigewahrsam und es gab keine Aussicht, dass sie ihn bald gehen lassen würden. Susanne wusste, was los war. Diese Polizistin, Lara Widmann, sie sah so freundlich aus, wirkte nach außen hin sehr nett, doch insgeheim hatte sie Daniel längst als Irren abgestempelt. Und Daniel selbst?

Aus reiner Naivität hatte er zugelassen, dass alles überhaupt erst so weit gekommen war.

Als sie es endlich geschafft hatte, die Augen zu öffnen, und diese sich an die Helligkeit gewöhnt hatten, registrierte sie, dass es der Anwalt war, der anrief. Ihr Magen verknotete sich.

Sie drückte auf Annehmen.

»Gut, dass ich Sie erreiche«, kam Behrens sofort auf den Punkt. »Es hat sich etwas getan in Bezug auf Ihren Bruder. Die schlechte Neuigkeit zuerst. Das Blut in Daniels Wohnung stammt tatsächlich von Eva. Aber es gibt auch was Gutes.« Der Anwalt machte eine Pause, wohl um ihr die Möglichkeit zu geben, das Gesagte zu verdauen. »Ihr Bruder hat endlich eingelenkt und einer anwaltlichen Vertretung durch mich zugestimmt. Ich bin bereits auf dem Weg zum Präsidium und werde mich später noch mal bei Ihnen melden.«

In Susannes Kopf drehte sich alles. Das Blut war von Eva … Was bedeutete das?

Wie war so etwas überhaupt möglich?

Sie schloss die Augen, drängte die aufsteigenden Tränen zurück. »Daniel hat ihr nichts getan«, brachte sie mühsam hervor. Ihre Stimme klang brüchig. »Sie müssen alles tun, um das zu beweisen. Mein Bruder liebt Eva, das macht gar keinen Sinn.«

»Dass er erst jetzt einer Vertretung zustimmt, macht es nicht einfacher«, erklärte Behrens. »Ich muss die Akte einsehen, mich darüber informieren, was der Polizei an Hinweisen und Beweisen vorliegt, und was Ihr Bruder bisher ausgesagt hat. Ich hoffe, er hat sich nicht schon um Kopf und Kragen geredet.«

»Werden Sie es schaffen, ihn rauszuholen?«

Eine Weile herrschte Schweigen am anderen Ende der Leitung. »Ich werde zumindest alles in meiner Macht Stehende dafür tun.«

Der letzte Tag war an Susanne mehr oder weniger vorbeigezogen. Zwar hätte sie sich auf das kommende Semester und die letzte Klausur vorbereiten müssen, doch ihre Konzentration war mittlerweile vollständig im Eimer. Die Buchstaben vor ihren Augen verschwammen, der Sinn ihrer Notizen erschloss sich ihr kaum.

Schließlich gab sie auf. Zornig wischte sie den Stapel vollgeschriebener Heftordner und loser Blätter vom Tisch, stieß einen Schrei aus.

Hier herumzusitzen, während Daniel von der Polizei in die Mangel genommen wurde, für etwas, was er nicht getan hatte, fühlte sich selbst für sie zermürbend an.

Doch was ihr am meisten zusetzte, war das, was Behrens ihr heute Morgen am Telefon offenbart hatte.

Dass das Blut in Daniels Wohnung von Eva stammte, ging ihr einfach nicht in den Kopf.

Wann immer sie die Augen schloss, hatte sie wieder dieses grauenhafte Bild vor sich.

Der Polizist mit dem Mülleimer in der Hand. Er griff hinein, holte mehrere Ballen zusammengeknülltes und blutdurchtränktes Verbandsmaterial und Zellstoff daraus hervor.

Dann die Flecken auf dem Sofa. Der größte davon hatte einen Durchmesser von zehn Zentimetern gehabt und war nur deshalb nicht mehr für das bloße Auge zu sehen gewesen, weil jemand daran herumgeschrubbt hatte und der Bezug des Sofas sowieso dunkelbraun war.

Evas Blut war also von irgendjemandem weggeschrubbt worden.

Aber von wem?

Daniel hatte, als er das Verbandszeug aus dem Müll gesehen hatte, genauso verwirrt und geschockt ausgesehen wie sie. Seine Gesichtszüge hatten definitiv Überraschung widergespiegelt, was bedeutete, dass er nicht wusste, wie das Zeug dorthin gekommen war. Ebenso hatte er beteuert, nicht zu wissen, woher die überall in der Wohnung gefundenen Blutflecken kamen.

Sie glaubte ihm.

Doch für die Polizei musste es so aussehen, als würde er lügen, als würde ein Schuldiger versuchen, seinen Kopf aus der Schlinge zu ziehen. Diese Beamten kannten Daniel nicht. Sie wussten nicht, was für ein wahnsinnig guter Mensch ihr Bruder war, wie sehr er Eva noch immer liebte.

Doch Tatsache war: In der Wohnung ihres Bruders waren Blutspuren einer Vermissten gefunden worden, mit der er nur kurze Zeit vorher einen Streit gehabt hatte.

So schwer es ihr fiel. Sie musste sich eingestehen, dass es nicht gut aussah für Daniel.

Susanne legte den Kopf in den Nacken, dachte angestrengt nach. Sie glaubte nach wie vor an die Unschuld ihres Bruders. Dennoch stand außer Frage, dass es merkwürdig war, dass überall in seiner Wohnung Evas Blut war.

Dafür musste es doch verdammt noch mal eine nachvollziehbare Erklärung geben. Eine, die selbst die Polizei nicht von der Hand weisen konnte.

Doch je mehr sie darüber nachdachte, desto klarer wurde ihr, dass es aussichtslos war.

Sie musste einfach dem Anwalt vertrauen, hoffen, dass er seinen Job machte und Daniel aus der Untersuchungshaft bekam.

Sobald ihr Bruder draußen war, würden sie gemeinsam darüber nachdenken, wie es dazu hatte kommen können, was für eine Erklärung es für all das geben könnte.

Sie zuckte zusammen, als das Handy surrte, hielt instinktiv die Luft an, als sie sah, dass es Behrens war.

»Gute Nachrichten«, dröhnte die Stimme des Mannes aus dem Hörer. »Es war unkomplizierter, als ich dachte. Mit hineingespielt hat sicher auch, dass ich mit dieser Polizistin, Lara Widmann, schon einmal Probleme wegen eines Mandanten hatte. Widmann ist bekannt dafür, mit Kanonen auf Spatzen zu schießen, wenn Sie verstehen.«

»Äh«, stammelte Susanne.

»Sie hat schon öfter mal Verdächtige in U-Haft gesteckt, bei denen sich dann im Nachhinein herausstellte, dass dies nicht rechtens war. Auch im Falle Ihres Bruders ist es nicht rechtens gewesen. Tatsächlich hatte die Polizei außer der Aussage von Eva Wilhelms Freundin gar nichts in der Hand. Dass von Eva jede Spur fehlt, es seit über eine Woche kein Lebenszeichen gibt, ist kein Beweis dafür, dass sie nicht mehr am Leben ist oder schwer verletzt irgendwo eingesperrt wurde. Die Polizei hat bis auf die Blutspuren in seiner Wohnung nichts gegen Daniel in der Hand. Und nachdem Eva und Daniel ein paar Jahre liiert waren, muss das Blut von ihr nicht zwangsläufig bedeuten, dass er mit ihrem Verschwinden zu tun hat.«

»Das bedeutet, dass sie ihn gehen lassen?«

Eine Weile herrschte Schweigen in der Leitung, dann erklang ein leises Lachen. »Ich hab ihn gleich mitgenommen«, kam es schließlich von Behrens. »Ihr

Bruder sitzt neben mir im Wagen. Ich stell mal auf Lautsprecher.«

»Daniel?«, stieß Susanne erleichtert aus und konnte nicht verhindern, dass ihr die Tränen kamen. »Dann kommst du gleich nach Hause?«

»Hi, meine Kleine«, meldete sich Daniel.

Susanne fand, dass er müde klang und ausgelaugt. Kein Wunder nach allem was er durchgemacht hatte.

»Ich fahre noch kurz mit zu Dr. Behrens in die Kanzlei und dann komme ich. Obwohl … kann sein, dass ich noch auf einen winzigen Abstecher bei Luggi vorbeisehe. Spätestens zum Abendessen bin ich zu Hause.«

»Du willst zu Luggi? Ich weiß nicht, ob das eine gute Idee ist … Die Polizei wird dich sicherlich im Auge behalten, und wenn du da weitermachst, wo du aufgehört hast …«

»Ich will nur auf einen Drink dorthin, und den habe ich mir wahrlich verdient«, kam es gereizt von Daniel.

»Okay«, gab sie schließlich nach, »versprichst du, dass du zum Abendessen zu Hause bist? Ich koche dein Lieblingsessen.«

»Das musst du nicht. Ich will nicht, dass du meinetwegen so viel Arbeit hast.«

»Ich mach das gerne für dich, mein Bruderherz, sofern du dein Wort hältst und nicht bei Luggi versumpfst.«

Mittlerweile war es fast zehn Uhr abends und von Daniel noch immer nichts zu sehen. Susanne hatte es schon ein paar Mal auf seinem Handy versucht, doch er war nicht rangegangen. Sie erklärte sich das mit dem Lärmpegel, der bei Luggi abends herrschte. Wahrscheinlich hatte er das Klingeln nicht gehört.

Sie atmete tief durch, überlegte, was sie tun sollte.

Einerseits war sie wütend auf ihren Bruder, weil es ihm wichtiger war, in der Bar abzuhängen als nach Hause zu kommen, um mit ihr noch mal in Ruhe über alles zu reden. Andererseits verstand sie, dass er das wohl im Moment brauchte. Dass es ihm wahrscheinlich gut tat, dem Albtraum der vergangenen Tage für ein paar Stunden zu entfliehen. Dennoch …

Er wusste, dass sie auf ihn wartete, sogar für ihn kochte, er hätte also zumindest anrufen und Bescheid sagen können, dass es später wird.

Ob er mit Absicht vermieden hatte, sie anzurufen, weil er wusste, wie sie darauf reagieren würde?

Sie atmete tief durch, stieß dann ganz langsam die Luft aus.

Wenn da nur nicht dieses miese Gefühl in ihrem Innern wäre. Eine böse Vorahnung, die sie sich kaum erklären konnte. Etwas, was ihren Bruder betraf.

Dieses Gefühl erschwerte ihre Atmung, es machte ihr Bauchschmerzen, ließ sie unruhig durch die Wohnung laufen.

Vielleicht sollte sie noch einmal nach unten gehen und nachsehen?

Gut möglich, dass er inzwischen nach Hause gekommen war und sie ihn nur nicht gehört hatte.

Sie verwarf den Gedanken. Wenn dem so wäre, dann würde er natürlich nach oben kommen, zu ihr, genau wie er es versprochen hatte.

Vielleicht sollte sie noch einmal bei Behrens anrufen. Ihn fragen, was Daniel zu ihm gesagt hatte, kurz bevor er die Kanzlei verlassen hatte.

Sie schüttelte den Kopf.

Der Anwalt hielt sie wahrscheinlich eh schon für eine

vollkommen durchgeknallte Glucke. Vor allem, weil sie ihn bereits gegen acht schon einmal auf seinem Handy angerufen hatte.

Immerhin hatte Behrens es geschafft, sie kurzzeitig zu beruhigen. Er hatte ihr gut zugeredet, ihr gesagt, dass sie Daniel vertrauen und ihm seinen Freiraum geben müsse, auch wenn er im Augenblick vielleicht wie ein hilfloses Kind auf sie wirke. Schließlich hatte sie ihm recht gegeben, es für eine Weile auch gut sein lassen können. Doch nun …

Ihr Blick wanderte zur Uhr. Halb elf.

Sie konnte das nicht. Entschlossen nahm sie ihr Handy, suchte Luggis Nummer, wählte.

Keine Sekunde später vernahm sie die Stimme von Daniels Kumpel. »Kannst du mir meinen Bruder mal geben? Er geht nicht an sein verdammtes Handy.« Susanne hörte selbst, wie zickig ihre Stimme klang, und verfluchte sich innerlich dafür.

»Daniel? Der ist doch seit Stunden weg. Er war auf ein Bier bei mir und meinte dann, dass er heim will, weil du was für euch kochst.«

Susannes Innerstes verkrampfte sich. »Er ist schon weg?«

»Wie gesagt, ne ganze Weile schon.«

»Aber er ist nicht hier.« Susanne keuchte, kämpfte gegen die Panikattacke an. »Hat er gesagt, dass er vorher noch woandershin wollte?«

»Nein«, kam es wie aus der Pistole geschossen von Luggi. »Er ist kurz vor acht hier weg und wollte nach Hause. Mehr weiß ich auch nicht.«

»Ist er alleine aus der Bar raus?«

»Soweit ich mich erinnere, ja.«

»Okay«, flüsterte Susanne und spürte, wie ihre Finger zitterten. »Falls du ihn siehst, er noch mal vorbeikommt, dann richte ihm bitte aus, dass er sich melden soll, weil ich mir schreckliche Sorgen mache.«

»Klar, aber ich denke nicht, dass er noch mal kommt.«

Susanne wollte gerade auflegen, als ihr noch etwas einfiel. »Du sagst, er hat nur ein Bier gehabt?«

»Ja, er meinte, er wolle es nicht übertreiben.«

»Dann war er tatsächlich noch nüchtern, als er gegangen ist?«

»Absolut, ja.«

SECHS

AUGSBURG

APRIL 2022

Das Klingeln ging Lara durch Mark und Bein.

Sie tastete in der Dunkelheit nach ihrem Handy, verfluchte sich in diesem Moment dafür, das Ding nicht einfach im Wohnzimmer liegen gelassen zu haben.

Ihr Mann auf der anderen Seite des Bettes brummte unwirsch.

»Ist gleich aus«, murmelte sie. Als sie das Gerät endlich gefunden hatte, sah sie auf dem Display den Namen ihres Kollegen. Sie stöhnte, als ihr bewusst wurde, dass es noch nicht einmal vier Uhr war. Hastig schlug sie die Decke zurück, stand auf. Als sie aus dem Schlafzimmer raus war, schloss sie die Tür leise hinter sich, dann nahm sie das Gespräch an. »Was ist los?«, fragte sie und hörte selbst, wie zickig sie klang.

»Sorry, meine Liebe, aber die Nacht ist vorbei«, kam es munter vom anderen Ende der Leitung.

»Im Ernst?« Lara stieß die Luft aus. »Geht es um den Fall der Vermissten?«

»Leider nicht«, antwortete Sandro. »Stattdessen gab es einen Vorfall auf der B 17.«

»Wieder Jugendliche, die was runterwerfen?«

»Laut Meldung geht es um einen Personenschaden. Da muss wohl jemand von der Brücke gestürzt sein.«

»Scheiße«, fluchte Lara und war schlagartig hellwach. »Gibt es weitere Betroffene?«

»Ich hab mit den Kollegen von der Streife vor Ort gesprochen und wie es aussieht, ist die Person vor einen fahrenden Lkw gestürzt und von diesem überrollt worden. Ein weiteres Fahrzeug ist in diesen Vorfall involviert. Deswegen musste die komplette Straße in beide Richtungen gesperrt werden. Wir sollten also schleunigst los.«

Knappe zwanzig Minuten später war Lara an der Unfallstelle. Ihr bot sich ein Bild des vollkommenen Chaos und ließ sie ahnen, welche Katastrophe sich hier abgespielt haben musste..

Ein Lkw stand quer über beiden Fahrbahnen, ein zweiter Lkw war in dessen Auflieger gebrettert.

Die Feuerwehr, ein Rettungsteam sowie das THW waren bereits vor Ort und versuchten, den Fahrer des zweiten Lkw aus der völlig zusammengedrückten Fahrerkabine zu bergen.

Der Mann schien schwer verletzt, aber am Leben zu sein, was, wie Lara wusste, nicht bedeutete, dass er den Zusammenstoß auch überlebte. Sie seufzte, sah Sandro an, der mit zusammengekniffenem Mund neben ihr stand.

Schließlich gingen sie auf einen Streifenpolizisten zu, der gerade dabei war, sich mit einem der Sanitäter sowie dem Fahrer des quer stehenden Lkw zu unterhalten.

Als der junge Mann sie bemerkte, sah er ihnen mit düsterem Gesichtsausdruck entgegen.

»Sieht übel aus«, sagte er und reichte zuerst Lara,

dann Sandro die Hand. »Ich bin Jan Winkler, wir haben vorhin telefoniert.«

Sandro nickte. »Weiß man schon, wie das passiert ist?«

»Sprechen Sie mit dem Fahrer des ersten Lkw, er steht dort drüben. Er ist einigermaßen gefasst.«

Der Lkw-Fahrer, Lara schätzte ihn auf Anfang sechzig, sah völlig mitgenommen aus, schien aber vernehmungsfähig zu sein, wie der Streifenpolizist richtig eingeschätzt hatte.

»Dieser Typ ist aus heiterem Himmel vor meinen Laster gefallen. Ich hab ihn nicht kommen sehen, konnte nicht rechtzeitig reagieren, bin voll drüber. Danach bin ich vollkommen schockiert in die Eisen gestiegen und dann ist auch schon der Kollege von hinten in meinen Auflieger gedonnert.«

»Und Sie haben niemanden auf der Brücke stehen sehen?«, fragte sie nach.

Der Mann schüttelte den Kopf.

Lara sah den Sanitäter an. »Das Unfallopfer ist männlich?«

Der Sanitäter nickte. »Der Mann war sofort tot, kein Wunder, ist ja mindestens ein Lkw drübergefahren, wenn nicht alle beide. Meine Kollegen sind gerade dabei …« Er hielt inne, schien um Fassung zu ringen. Dann senkte er den Blick, holte Luft. Als er wieder aufsah, hatte sich sein Gesichtsausdruck noch weiter verdüstert. »Er wurde quasi in mehrere Teile zerrissen. Seine Überreste liegen über beide Fahrspuren bis in die Gegenfahrbahn verteilt. Sein Oberkörper …« Wieder brach er ab. »Ich mach meinen Job jetzt seit einigen Jahren, aber so etwas hab ich noch nicht gesehen.«

Als Lara mit Sandro im Schlepptau knappe sieben Stunden später die gerichtsmedizinische Abteilung des Klinikums Augsburg verließ, fühlte sich ihr Magen noch immer flau an.

Der Rettungssanitäter hatte nicht übertrieben, als er ihnen den Zustand des Unfallopfers beschrieben hatte.

Glücklicherweise hatte der Mann seine Papiere bei sich gehabt. Die Papiere ihres Verdächtigen Daniel Lang.

Lara hatte bereits seine Schwester angerufen und an deren panischer Stimme erkannt, dass Daniel nach seiner Entlassung aus der U-Haft nicht nach Hause gekommen war. Zwar fehlte noch der DNA-Abgleich, für eine endgültige Identifizierung, doch es war allen klar, dass es sich bei dem Toten um Daniel Lang handelte.

»Was denkst du, wieso er es getan hat?«, fragte Sandro sie auf dem Weg zu ihrem Wagen.

»Du bist davon überzeugt, dass es Selbstmord war?«

»Du nicht?«

Lara hob die Schultern.

»Wir haben uns die Brücke von oben angesehen. Ein versehentlicher Sturz ist ausgeschlossen, weil das Geländer mannshoch ist.«

Lara nickte. »Aber wenn er freiwillig gesprungen ist, verstehe ich nicht, wieso der Lkw ihn nicht vor dem Geländer hat stehen und dann springen sehen.«

»Es war dunkel, der Blick des Mannes war mit Sicherheit auf die Fahrbahn gerichtet.«

»Möglich«, murmelte Lara.

»Denkst du etwa, dass er runtergeworfen wurde? Wie soll das gehen? Daniel Lang ist zwar für einen Mann ziemlich schlank und auch nicht gerade ein Riese, trotzdem würde es schwierig, jemanden, der sich heftig wehrt, über ein Geländer in dieser Höhe zu schmeißen.«

»Und wenn es mehrere Täter waren und sie ihn zuvor bewusstlos geschlagen haben?«

Sandro schüttelte den Kopf. »Der Typ hat seine Ex auf dem Gewissen und konnte nicht damit leben. Deswegen ist er gesprungen.«

»Aber wieso hat er dann während der gesamten Untersuchungshaft vehement seine Unschuld beteuert? Warum war er so erleichtert, als sein Anwalt ihn rausbekommen hat?«

Sandro lachte bitter. »Weil er nicht im Knast versauern wollte. Er wusste die ganze Zeit über, was er mit Eva gemacht hat. Und deswegen wollte er raus, um sich jetzt ebenfalls umzubringen, was er ja letztendlich auch geschafft hat. Der Typ war irre. Er konnte es nicht verkraften, dass seine Eva einen anderen hat oder zumindest nichts mehr von ihm wollte. Deswegen hat er sie getötet und irgendwo verscharrt. Und dann kam er mit seiner Tat einfach nicht klar, ist durchgedreht. So was kommt doch immer wieder vor.«

»Klar«, gab Lara zu, »nur Daniel Lang kam mir während unserer Gespräche nicht wie ein potentieller Selbstmörder vor. Dass er was mit Evas Verschwinden zu tun hat, bestreite ich ja gar nicht. Aber wie jemand, der kurz vor dem Suizid steht, wirkte er auf mich keinesfalls.«

Lara legte sich in Gedanken ein paar angemessene Worte zurecht, während sie auf die Haustür der Familie Lang zuschritt.

Sie wusste um die Familiengeschichte von Daniel und seiner Schwester, ahnte, dass Susanne zusammenbrechen würde, wenn sie vom Tod ihres Bruders erführe.

Schließlich drückte sie den Klingelknopf, wartete.

Nach einer Weile vernahm sie im Innern des Hauses das Zuschlagen einer Tür, wenig später stand die junge

Frau vor ihr. Lara bemerkte, dass Susannes Augen rot umrandet waren, ihr Gesicht verquollen aussah. »Ihm muss etwas zugestoßen sein«, sagte Susanne mit brüchiger Stimme und trat zur Seite, um die Polizistin ins Haus zu lassen.

Lara schwieg, während sie der Frau nach oben in deren Wohnung folgte. In der Küche setzte sie sich auf einen Stuhl, sah Susanne Lang betreten an. »Das ist es tatsächlich«, erklärte sie schließlich. »Ihr Bruder ist in einen Unfall verwickelt worden.«

»Einen Unfall?«

Lara nickte.

»Die beiden Lastwagen auf der B 17 vor zwei Tagen?«

»Leider ja«, gab Lara zurück. »Ich hätte mich gerne schon früher bei Ihnen gemeldet, aber wir mussten auf die endgültigen Ergebnisse warten.«

»Welche Ergebnisse?«

»Wir mussten einen DNA-Abgleich machen, um die Identität Ihres Bruders eindeutig bestimmen zu können.«

Susanne klappte den Mund auf, starrte Lara an. Als ihr bewusst wurde, was gemeint war, brach sie in Tränen aus.

Lara ließ ihr Zeit, hielt sich zurück. Als die junge Frau ihre Fassung wiedererlangt hatte, sah Lara sie mitfühlend an. »Soll ich Ihnen jemanden vorbeischicken? Wir haben ausgezeichnete Psychologen bei der Polizei, die im Falle eines Traumas für die Angehörigen da sind.«

Susanne schüttelte den Kopf. »Wie ist er gestorben?«

Lara sog die Luft ein, überlegte, was sie sagen sollte. »Er wurde von beiden Fahrzeugen überrollt, und was das bedeutet ...« Sie brach ab, sah Susanne Frau an.

»Musste er leiden?«

»Laut den Rettungskräften ist er noch am Unfallort verstorben.«

»Kann ich ihn sehen? Mich von ihm verabschieden?«

Lara zuckte leicht zusammen, hoffte, dass Susanne es nicht bemerkt hatte, doch diese starrte sie mit weit aufgerissenen Augen an.

»Davon möchte ich Ihnen dringend abraten«, sagte Lara leise. »Sein Anblick … Sie sollten ihn nicht so in Erinnerung behalten müssen.«

Susanne senkte den Blick, begann erneut zu weinen.

»Wie es ist passiert?«, fragte sie dann. »In den Nachrichten hieß es, dass ein Mann von einer Brücke auf die B 17 gestürzt ist. War das mein Bruder? War das Daniel? Wieso? Wie konnte das passieren?«

»Wir vermuten, dass es Suizid war.«

Suanne richtete sich stocksteif auf, sah Lara schockiert an. Dann schüttelte sie entschlossen den Kopf. »Das würde Daniel niemals tun.«

»Aber es gibt keine andere Erklärung«, antwortete Lara. »Die Stelle, von der aus ihr Bruder auf die B 17 stürzte, ist von einem hohen Geländer umgeben. Ein Unfall kann es also nicht gewesen sein.«

»Dann hat jemand ihm das angetan. Jemand hat ihn gestoßen. Dieselbe Person, die für Evas Verschwinden verantwortlich ist.«

Lara sah Susanne an, schüttelte dann den Kopf. »Wir haben im Blut ihres Bruders Rückstände von Drogen gefunden. Er hat sich, wie es aussieht, zuerst mit Medikamenten und anderen Substanzen vollgedröhnt und ist dann gesprungen. Ob diese Aktion geplant war oder er im Drogenrausch übergeschnappt ist, werden wir leider nie erfahren, ich vermute aber, dass die Wahrheit irgendwo dazwischen liegt.«

»Mein Bruder hat in seinem Leben noch nie etwas mit Drogen zu tun gehabt. Okay, er hat in letzter Zeit zu viel getrunken, aber als ich das letzte Mal mit seinem Kumpel Luggi, dem Barbesitzer, telefoniert habe, meinte der, dass Daniel nüchtern war, als er gegangen ist, und dass er nach Hause wollte, zu mir.«

»Es tut mir wirklich leid«, sagte Lara und sah Susanne an. »Und ich weiß, dass es schwer ist, zu akzeptieren, dass ein geliebter Mensch aus eigenem Willen aus dem Leben geschieden ist. Vielleicht hatte Ihr Bruder ja so große psychische Probleme, nachdem Eva weg war, dass er einfach keinen Sinn mehr in seinem Leben sah. Sie als Schwester waren vielleicht zu nah dran, um erkennen zu können, wie es ihm tatsächlich ging. Deswegen ist es wichtig, dass Sie begreifen, dass Sie es nicht hätten ändern können. Daniel war es, der sich hätte Hilfe suchen müssen.«

Susanne straffte die Schultern, sah sie fest an. »Mein Bruder war nicht verrückt. Und er hat auch Eva nichts getan, genauso wenig wie er sich umbringen wollte. Er und ich standen einander so nahe, dass er sich mir auf jeden Fall anvertraut hätte, wenn er unter Depressionen und Suizidgedanken gelitten hätte.«

Die junge Frau stand auf, wankte leicht. »Ich muss Sie bitten zu gehen, ich wäre jetzt wirklich gerne alleine.«

SIEBEN

AUGSBURG

SEPTEMBER 2022

»Oh Mann, wie sieht es denn hier aus?«, fragte Katrin und sah Susanne mitleidig an. »Komm, lass mich dir helfen. Zu zweit haben wir das in einer Stunde erledigt.«

Susanne hob abwehrend die Hände. »Mir egal, wie es hier aussieht, und wenn es dich stört, du weißt, wo die Tür ist.«

Susanne wusste selbst, wie grob sie klang, doch sie kam einfach nicht gegen die Leere in ihrem Innern an. Es war, wie sie es gesagt hatte – ihr war alles egal, und dazu zählte auch der Zustand ihrer vier Wände.

Katrin schien jedoch nicht beleidigt zu sein, sah mit schräg gelegtem Kopf zu ihr. »Ich sag es dir nicht gern, aber du siehst furchtbar aus.«

Susanne verzog das Gesicht.

»Isst du genug?«

»Hab keinen Appetit.«

»Und wie sieht es mit Schlafen aus?«

Susanne hob die Schultern.

Katrin kam auf sie zu, packte sie bei den Schultern, schob sie in Richtung Sofa. »Hinsetzen«, befahl sie dann. »Ich mach dir jetzt was zu essen. Und während ich hier

Ordnung schaffe, schaufelst du so viel in dich rein, wie du kannst.«

Susanne wollte schon protestieren, doch Katrin schüttelte mit grimmigem Gesichtsausdruck den Kopf. »Ich gehe nicht hier weg, ehe es passabel aussieht und du etwas gegessen hast.«

Während Katrin in der Küche hantierte, legte Susanne sich auf das Sofa, schloss die Augen.

Ihr Bruder war inzwischen seit fünf Monaten tot und fast so lange unter der Erde, doch für sie fühlten sich der Verlust und die Trauer um ihn noch immer so schmerzhaft nah an, als wäre er erst gestern gestorben. Daniel fehlte ihr jeden verdammten Tag. Sie vermisste ihn so sehr, dass es ihr oftmals körperliche Schmerzen bereitete. Ihr Magen rebellierte wegen des Verlustes, ihr Kopf hämmerte oft den ganzen Tag, selbst ihre Muskeln reagierten auf die Trauer, was sich auf ihre Lebensenergie auswirkte. Sie zuckte zusammen, als ein Klirren ertönte, wenig später stieg ihr der Geruch nach gebratenen Eiern in die Nase.

»Was anderes hab ich in deinem Kühlschrank nicht gefunden«, erklärte Katrin. »Also werde ich nach dem Aufräumen auch noch schnell einkaufen gehen.«

»Das ist nicht nötig«, murmelte Susanne, wurde aber sofort von ihrer Freundin mit einem scharfen Blick abgestraft.

Sie nahm die Gabel, trennte sich ein winziges Stück Eiweiß vom Spiegelei ab, schob es sich in den Mund. Augenblicklich wurde ihr speiübel.

»Und jetzt runterschlucken«, befahl Katrin. »Dein Magen muss sich wohl erst wieder an was Festes gewöhnen. Ich hab lauter Smoothie-Flaschen im Müll gefunden. Hast du dich seit meinem letzten Besuch nur von so was ernährt?«

Susanne hob die Schultern.

»Weiteressen«, kommandierte Katrin. Dann setzte sie sich neben Susanne aufs Sofa, sah sie ernst an. »Wie soll es eigentlich mit deinem Studium weitergehen? Du hättest nur noch ein Semester vor dir gehabt und hast einfach alles hingeschmissen.«

Susanne legte die Gabel beiseite, sah ihre Freundin an. »Ich hab es dir doch neulich bereits erklärt. Ich mache ein Urlaubssemester, pausiere also nur.«

»So wie mir scheint, denkst du aber noch lange nicht daran, im Oktober weiterzumachen, oder?«

Susanne hob die Schultern. »Ich werde wohl ein weiteres Semester aussetzen.«

»Warum?«, fragte Katrin. »Um weiterhin in dieser Bude vor dich hin zu vegetieren? Du musst vorwärtsblicken, wieder aufstehen, weitermachen, verstehst du mich? Das hier kann keinesfalls so weitergehen.«

»Ich kann nicht«, gab Susanne leise zu.

»Du musst aber. Reiß dich zusammen, steh auf und sieh nach vorne. Oder denkst du, dass Daniel gewollt hätte, dass du dich so hängen lässt? Überleg doch mal, was war, als eure Eltern ums Leben gekommen sind. Er war stark, so stark, hat sich um dich gekümmert. Glaubst du nicht, dass du es ihm schuldig bist, jetzt weiterzumachen?«

Susanne sah zu Katrin, starrte sie böse an. »Daniel ist tot. Er bekommt nichts von all dem hier mit.«

Katrin schüttelte den Kopf. »Was hat dein Bruder nach dem Tod eurer Eltern zu dir gesagt: Dass er überzeugt davon ist, dass sie beide noch bei euch sind.« Katrin brach ab, rückte näher zu ihr, schlang einen Arm um Susannes Schultern. »Jetzt bin ich es, deine Freundin, die dasselbe zu dir sagt. Daniel ist tot, aber nicht weg. Er ist bei dir, und das wird er immer sein. Und er würde wollen, dass du weitermachst. Dass du glücklich bist und dein Leben lebst, das weißt du ganz tief in dir drinnen auch, denn du warst es, die ihm am wichtigsten gewesen ist.«

»Wenn das so wäre, dann hätte er sich nicht umgebracht.«

»Er war krank, vielleicht sogar verzweifelt. In solchen Situationen treffen Menschen manchmal falsche Entscheidungen. Und einige davon sind furchtbar und endgültig, so wie die deines Bruders. Trotzdem ist es nicht deine Schuld, und Daniel hätte nicht gewollt, dass seine Entscheidung dein Leben bestimmt.«

»Ich kann noch nicht wieder zur Uni. Die Leute, das Lernen, so weit bin ich noch nicht.«

»Dann mach etwas anderes. Etwas, von dem du schon lange geträumt hast. Etwas, was dir Spaß macht und dich auf andere Gedanken bringt.«

Susanne sah Katrin zweifelnd an. »Ich hab nicht einmal die Energie, morgens aufzustehen, schaffe es nur mit Mühe, mit Sandy in den Wald zu gehen. Wie soll ich mich da zu was auch immer aufraffen?«

»Du könntest verreisen.«

Susanne starrte Katrin an. »Du rätst mir, in den Urlaub zu fahren?«

Die Freundin nickte. »Das tue ich. Fahr nach Italien, in die Sonne, schwimm im Meer, geh am Strand spazieren, sonn dich, iss Pasta und Pizza, bis du platzt. Du wirst sehen, spätestens nach einer Woche kehren deine Lebensgeister zurück.«

»Ich hab aber keine Lust nach Italien zu fahren.«

Plötzlich ging ein Ruck durch Katrin. »Dein Bruder und du, wolltet ihr nicht nach Island fliegen? Ich meine, mich zu erinnern, dass da was war.«

»Er wollte mir die Reise zur bestandenen Prüfung schenken, hat die Tickets schon gekauft und seit Jahren einen Teil seines Gehalts auf die Seite gelegt.«

»Dann mach du doch diese Reise. Denkst du nicht, dass Daniel genau das gewollt hätte?«

Susanne hob die Schultern. »Wir wollten zu dritt fliegen. Er, Eva und ich. Das jetzt alleine durchzuziehen, fühlt sich nicht richtig an.«

»Aber wenn er doch schon die Tickets besorgt hat … Das ist ein Zeichen, findest du nicht?«

»Ach, ich weiß nicht.«

Katrin nahm ihre Hände, drückte sie sanft.

»Du könntest diese Reise Daniel zu Ehren machen. An jedem Ort, den er gerne gesehen hätte, zündest du eine Kerze für ihn an, denkst an ihn. Und außerdem«, sie hielt kurz inne und sah sie eindringlich an. »Weißt du noch, was ich vorhin gesagt habe?«

»Ja, ja«, antwortete Susanne und sah Katrin genervt an. »Er ist noch hier. Hier bei mir.«

»Wichtig ist, dass du fest daran glaubst. So wie früher bei deinen Eltern. Wenn du das tust, dann bist du auch in Island niemals wirklich allein. Denn egal wohin du fährst, dein Bruder wird immer bei dir sein.«

»Selbst wenn ich wollte, könnte ich nicht einfach von heute auf morgen hier weg. Was mache ich mit Sandy und Speedy?«

Katrin lachte. »Wo wären die beiden gewesen, wärst du mit deinem Bruder geflogen?«

Susanne sah Katrin an. »Du würdest dich um die beiden kümmern?«

»Ich würde alles dafür tun, damit es dir besser geht. Deine Tiere zu betreuen, während du in Island bist, wäre mir eine Freude.«

Als sie wieder allein war, dachte Susanne über Katrins Vorschlag nach. Nicht dass sie diesen Unfug glauben würde, dass ihr Bruder noch hier wäre, bei ihr. Sie wusste natürlich, dass Daniel diesen Blödsinn damals nach dem Tod ihrer Eltern nur gesagt hatte, damit sie sich besser fühlte. Und das hatte sie auch, wie sie rückblickend zugeben musste.

Dennoch war da etwas tief in ihr, das ihr sagte, dass Katrin nicht völlig unrecht hatte. Seit Jahren hatte ihr Bruder von seinem Gehalt als Krankenpfleger mehrere hundert Euro auf die Seite gelegt, damit er ihnen diese Reise nach Island ermöglichen konnte. Eine Reise, von der früher ihre Mutter und dann sie beide geträumt hatten.

Es war ungefähr zwei Monate vor der Trennung von Eva gewesen, als er verkündet hatte, dass inzwischen über zehntausend Euro zusammengekommen waren.

Er hatte ihr die alte Keksdose in seinem Wohnzimmerschrank gezeigt, in der er das Geld aufbewahrte, sowie einen Zettel am Kühlschrank, der sich als Flugvoucher herausstellte. Susanne hatte Daniel gefragt, wieso er so viel Geld in seiner Wohnung bunkerte, anstatt es auf die Bank zu bringen, doch er hatte nur gemeint, dass die Kohle auf dem Konto irgendwie versickern und er sie ausgeben würde, während sie in dieser Dose sicher davor war.

Susanne straffte die Schultern, dachte angestrengt nach. Daniel hatte Opfer für ihrer beider Traumreise erbracht, eisern gespart. Wenn sie sie nicht antrat, dann war es doch ein wenig, als würde sie seine Bemühungen, ihr einen Traum zu erfüllen, mit Füßen treten, oder nicht?

Außerdem hatte Katrin recht. Sie musste aus diesem Haus raus, in dem alles sie tagtäglich an ihren Verlust erinnerte. Sie musste aus der Leere herausfinden, es irgendwie schaffen, weiterzumachen, endlich loslassen. Sich nicht richtig von Daniel verabschiedet haben zu können, weil die Polizistin ihr davon abgeraten hatte, schmerzte sie noch immer höllisch. Vielleicht konnte sie die Reise nach Island als eine Art Abschied und gleichzeitig neuen Anfang sehen?

Sie stand auf, nahm den Schlüssel zu Daniels Wohnung vom Schlüsselbrett, machte sich auf den Weg nach unten.

Sie zögerte einen Augenblick, dann schloss sie auf, trat entschlossen ein. Im Innern der Wohnung empfing sie nicht wie erwartet der Geruch ihres Bruders, sondern der Duft nach Putzmitteln. Ihr fiel ein, dass sie Daniels Putzfee kurz nach seinem Tod aufgetragen hatte, noch ein paar Mal gründlich sauber zu machen.

Sie holte Luft, ging weiter. Die gesamte Wohnung war sauber, fast steril, was ihr zugegebenermaßen ziemlich zu schaffen machte.

Im Wohnzimmer fokussierte sie sich einzig auf den Schrank, in dem sich die Keksdose mit dem Geld befand. Doch als sie ihn öffnete, war die Dose fort. Ihr Herzschlag beschleunigte sich. Schnell öffnete sie den Schrank daneben. Nichts. Schließlich durchsuchte sie die komplette Anbauwand, dann die Kommode, fuhr anschließend in den anderen Räumen der Wohnung fort. Als sie durch war, legte sie den Kopf in den Nacken, atmete tief durch. Wo war das Geld, verdammt? Hatte er sich ihre Worte zu Herzen genommen und es doch zur Bank gebracht?

Doch nein, als sie neulich auf der Bank gewesen war, um alle Formalitäten zu erledigen, die mit Daniel Konten zusammenhingen, war keine Rede von einem Sparkonto oder Ähnlichem gewesen, auf dem sich ein ganzer Batzen Geld befand. Wo also war das Geld hin?

Hatte Irina, die Putzfrau, es genommen?

Sie schüttelte den Kopf.

Irina hatte schon in diesem Haus sauber gemacht, als

ihre Eltern noch gelebt hatten. Sie war nach deren Tod untröstlich gewesen und sie liebte Daniel und sie wie ihre eigenen Kinder.

Niemals würde sie Daniel bestehlen.

Und Eva?

Hatte sie das Geld genommen?

Aber dann hätte Daniel doch etwas zu ihr gesagt.

Sie schluckte hart.

Dann eilte sie in die Küche, wo unter einem Magneten am Kühlschrank der Fluggutschein hing.

Oder besser gesagt hätte hängen sollen.

Auch er war nicht mehr da.

Was bedeutete das?

Plötzlich fiel ihr ein, dass der Voucher für drei Personen gegolten hatte. Sicherlich war es Daniel selbst gewesen, der ihn genommen und, nachdem Eva sich von ihm getrennt hatte, gegen nur zwei Flugtickets umgetauscht hatte.

Doch warum hing der neue Voucher dann nicht unter dem Magneten?

Susanne seufzte.

War es ein Zeichen, dass sowohl das Geld als auch die Flugtickets verschwunden waren?

Schließlich schüttelte sie den Kopf.

Aus irgendeinem Grund fühlte sich die Aussicht, nach Island zu reisen, trotz allem noch richtig an.

Sie hatte auf ihrem Konto ein kleines Polster, was noch von ihrem Teil des Erbes ihrer Eltern stammte. Sie hatte sich all die Jahre geweigert, das Geld auszugeben, doch jetzt, das spürte sie, war die Zeit gekommen, es zu tun.

Dann überlegte sie fieberhaft, ob ihr der Name der Fluggesellschaft noch einfiel, die die Gutscheine ausgestellt hatte.

War es Island Air gewesen?

Sie schüttelte den Kopf.

Lufthansa?

Möglich.

Sie musste sich in Daniels Mailfach einloggen. Vielleicht fand sie dort, was sie suchte.

Anschließend bräuchte sie nur noch die Buchungshotline anzurufen und dem Sachbearbeiter zu erklären, was passiert war. Vielleicht gab es ja eine Möglichkeit, dass sie zumindest die Tickets nutzen konnte.

Und dann?, flüsterte die Stimme in ihrem Kopf. Sie klang zweifelnd.

Susanne, die gerade auf dem Weg in Daniels Büro war, blieb stehen.

Sollte sie das tatsächlich tun?

Mutterseelenallein nach Island fliegen?

Einem Impuls folgend wandte sie den Blick nach links, wo der alte Sekretär ihrer Mutter stand. Auf der obersten Ablage stand ein Kinderfoto von Daniel. Ihr Bruder grinste ihr fröhlich entgegen.

In ihrem Innern kribbelte es plötzlich.

Entschlossenheit durchströmte sie.

Ja, verdammt!

Sie würde es tatsächlich machen.

Sich in einen Flieger setzen und in den Norden fliegen. In das Land, von dem schon ihre Mutter geträumt hatte.

ACHT

ISLAND/KEFLAVIK

SEPTEMBER 2022

Zwei Tage später …

Susanne passierte die Gangway in Richtung des Flughafengebäudes mit gemischten Gefühlen. Alles was sich rings um sie abspielte, nahm sie zwar wahr, kam sich dabei aber wie ein Fremdkörper vor.

Eine Gruppe junger Mitreisender lief aufgeregt plappernd an ihr vorbei und unterhielt sich darüber, ob es sinnvoll wäre, im Duty-free noch Alkohol einzukaufen, bevor sie das Gebäude verließen, weil im Landesinneren von Island das Bier beinahe unbezahlbar sei.

Eine andere Gruppe Reisender machte Pläne darüber, wohin sie morgen als Erstes fahren wollten.

Erst jetzt wurde Susanne so richtig bewusst, dass sie mit niemandem Pläne schmieden konnte, dass sie mutterseelenallein in einem fremden Land war.

Plötzlich hatte sie das Bedürfnis, kehrtzumachen und sich zurück ins Flugzeug zu flüchten. Sie blieb stehen, kämpfte gegen die aufsteigenden Tränen an, rang nach Luft.

»Alles okay bei dir?«

Sie wirbelte herum, sah sich einem großen blonden Mann gegenüber, der sie besorgt musterte. Schließlich nickte sie. »Ja, es ist nur …«

Sie brach ab, hob die Schultern. »Es ist alles okay, danke.«

Der Mann, Susanne schätzte ihn auf etwa dreißig, musterte sie.

»Es geht mir wirklich gut.«

Er nickte, schien zu zögern. »Du bist allein unterwegs?«

»Ja.«

»Ziemlich mutig, muss ich sagen.«

Suanne lachte. »Eher nicht. Ich hatte schlicht keine andere Wahl.«

»Besuchst du hier jemanden?«

Sie schüttelte den Kopf.

»Wenn du magst, schließ dich uns an. Wir sind eine lustige Truppe von sechs Leuten. Alleine macht es doch nicht so viel Spaß wie in der Gruppe.«

Susanne schüttelte schnell den Kopf. »Nein, danke, das ist nett, aber …« Sie brach ab.

»Keine Angst, wir sind keine Irren oder so. Wir sind nur alte Kumpels, die alle paar Jahre auf Tour gehen. Ist übrigens mein drittes Mal in Island. Du hättest also auch gleich einen Reiseführer an Bord.«

»Das ist wirklich nett von dir, aber es geht nicht. Um ehrlich zu sein, bin ich hier, weil ich etwas Dringendes erledigen muss. Eine Familiensache, quasi.«

»Okay.« Er räusperte sich, grinste. »Falls du es dir noch anders überlegst: Wir sind die nächsten zwei Tage im Smart Lodge Hotel hier in Keflavik. Ich bin übrigens Ralf.«

»Susanne«, sagte sie und verzog das Gesicht zu einem Grinsen.

»Alter, kommst du jetzt mal wieder?«, rief ein dunkelhaariger Mann ihrem Gegenüber zu, der sich sogleich in Bewegung setzte. »Ich muss dann mal.«

»Klar«, gab Susanne zurück. »War nett, dich kennenzulernen.«

Ralf drehte sich um, setzte an, loszulaufen, als ihm noch etwas einzufallen schien. »Wenn du auch noch paar Tage hier in der Gegend bist und am Abend mal nicht weißt, was du anstellen sollst, es gibt hier in Keflavik eine richtig nette Kneipe namens Petite. Ist eine Art Treff- und Angelpunkt für junge Leute direkt im Hafengelände. Früher war die Bar mal eine Lagerhalle für ankommende Frachter, ist wirklich nett dort. Es gibt Snacks, gute Getränke und der Besitzer ist ein cooler Typ. Eigentlich ist die Bar eine Art Geheimtipp für alle, die hier einen Zwischenstopp einlegen. Sollte dir also mal die Decke auf den Kopf fallen …«

Susanne lächelte. »Weiß ich, wo ich euch treffe. Gut zu wissen, danke für den Tipp.«

Sie sah Ralf nach, bis er aus ihrem Sichtfeld verschwunden war. Erst dann setzte sie sich ebenfalls in Bewegung. Während sie am Kofferband auf ihr Gepäck wartete, wurde ihr erneut klar, dass sie wahrscheinlich die Einzige war, die überhaupt keinen Plan hatte, wie es jetzt weitergehen sollte. Sie hatte, nachdem sie sich in Daniels Mailfach eingeloggt und dort die Flugbuchung gefunden hatte, bei der Airline angerufen und es nach einigem Hin und Her tatsächlich geschafft, die Tickets umschreiben zu lassen. Der Sachbearbeiter war sogar so nett gewesen, ihr die übrig gebliebene Summe zu erstatten, nachdem sie ihm vom Tod ihres Bruders berichtet hatte.

Probleme hatte es erst bei der Mietwagenbuchung gegeben. Da September noch immer als Hauptsaison zählte, waren alle bezahlbaren Fahrzeuge bereits ausgebucht gewesen, sodass sie auf einen teuren SUV hatte ausweichen müssen, der einen beachtlichen Teil ihres Budgets verschlang.

Auch die Hotels hier in Island waren zu Susannes Entsetzen nicht nur teuer, sondern fast unbezahlbar inmitten der Saison.

Ihr winziges Pensionszimmer in der City von Keflavik kostete fast genauso viel wie ein vier Sternehotel in Italien am Strand.

Susanne wurde erst jetzt richtig bewusst, wie genau sich Daniel auf diese Reise vorbereitet haben musste. Er hatte viel Zeit in die Recherche gesteckt, hatte gewusst, wie teuer alles sein würde und genug Geld angespart.

Susanne schluckte, als ihr die leere Keksdose wieder einfiel.

In den letzten beiden Nächten hatte sie sich den Kopf darüber zerbrochen, was damit passiert sein könnte. Schließlich hatte sie den Gedanken daran verdrängt. Was hatte Katrin gesagt? Sie musste nach vorne schauen, versuchen, die Vergangenheit zu verarbeiten, und dazu gehörte auch, sich nicht Gedanken über Dinge zu machen, die sie jetzt nicht mehr ändern konnte. Der einzige Mensch, der wusste, was mit dem Geld passiert war, war fort. Und das für immer.

Nachdenklich zog sie ihr Handy hervor, schrieb ihrer Freundin eine Nachricht, dass sie gut angekommen war, bedankte sich noch einmal für den Tritt in den Hintern, der sie, wie sie selbst hoffte, wieder auf richtige Bahn lenkte.

Als sie nach knappen zwanzig Minuten ihre Tasche auf dem Band sah, sprang sie von der Bank auf, riss sie runter und machte sich auf den Weg in die Halle, wo sich ein Großteil der Mietwagenfirmen befand.

Eine knappe dreiviertel Stunde später saß sie endlich hinter dem Lenkrad ihres Wagens und verspürte zum ersten Mal seit Tagen wieder Appetit. Langsam begann sie sich auf den vor ihr liegenden Trip zu freuen. Sie gab die Adresse ihrer Unterkunft ein, startete den Wagen, fuhr los.

Es war mittlerweile dunkel geworden und hatte heftig zu regnen begonnen, sodass sie von der Umgebung kaum noch etwas wahrnahm. Sie erkannte nur vage, dass die Straße in Richtung Keflavik City rechts und links von riesigen schwarzen, mit Moos bewachsenen Lavafeldern gesäumt war. Die Landschaft hatte etwas Düsteres und Kaltes, erinnerte sie an den ein oder anderen Science-Fiction-Film, den sie mit ihrem Bruder zusammen angesehen hatte.

Sie bemerkte, dass ihr Mund sich zu einem Lächeln verzog, während sie in ihrem Innern gerade mit einem Anflug von Wehmut kämpfte.

Beim Blick in den Rückspiegel erschrak sie. Sie wirkte ausgezehrt. Ihre dunklen Augen lagen in noch dunkleren Höhlen, was ihre blasse Gesichtsfarbe unterstrich, ihr ein fast schon kränkliches Aussehen verlieh. Sie riss ihren Blick vom Spiegel los, konzentrierte sich wieder auf die Straße.

In der Ferne erkannte sie die Lichter der Stadt. Irgendwo dort würde diese Reise ihren Anfang finden. Augenblicklich schnürte sich ihr wieder der Hals zu, ganz genau wie vorhin, als sie aus dem Flieger gestiegen war.

Sie atmete gegen die Enge an, zwang sich, positiv zu denken.

Was würde ihr Bruder sagen, säße er jetzt neben ihr?

Fast glaubte sie, seine Stimme in ihrem Kopf zu hören. *Stell dich nicht so an, Schwesterherz. Du bist jetzt hier, also zieh es einfach durch. Amüsiere dich! Mach all das, was ich auch getan hätte. Du musst jetzt für uns beide Spaß haben.*

Sie schluckte, überlegte welche Pläne Daniel wohl für diese Reise geschmiedet haben könnte. Hatte er sich zurechtgelegt, wohin es gehen sollte, welche Etappen sie ansteuern und welche Attraktionen sie unbedingt mitnehmen mussten?

Bestimmt hatte er das.

Sie konzentrierte sich, versuchte sich zu erinnern, was er gesagt hatte, wann immer er von Island geschwärmt hatte, doch ihr Gehirn war auf einmal wie leer gefegt. Sie hatte sich noch nicht einmal einen Reiseführer gekauft, war tatsächlich vollkommen ins Blaue geflogen.

Egal. Sie würde eben einfach das Handy als Inspiration für interessante Routen verwenden und sich später, sobald sie ihr Zimmer bezogen hatte, einen ersten Eindruck verschaffen, wohin der morgige Tag sie führen sollte.

Als sie schließlich auf eine belebte Straße mit einigen Geschäften und Restaurants zufuhr, zeigte das Navi an, dass sie nur noch wenige Meter von ihrer Unterkunft trennten.

Im Schritttempo fuhr sie weiter, bis sie endlich das Reklameschild der Pension sah. Glücklicherweise gab es einen kleinen Parkplatz, auf dem sie den Wagen abstellen konnte. Sie stieg aus, streckte sich, sah an der Fassade des Gebäudes hinauf. Wirklich einladend wirkte die Pension zumindest von außen nicht, doch sie würde sowieso maximal zwei Nächte hierbleiben.

Sie schnappte sich ihr Gepäck aus dem Kofferraum, machte sich mit gemischten Gefühlen auf den Weg zum Eingang.

Wenige Augenblicke später schloss sie die Tür zu ihrem Zimmer und war auf das Schlimmste gefasst. Doch dann ließ sie angenehm überrascht ihren Blick durch das gemütliche Zimmer schweifen. Es gab ein großes Bett in der Mitte des Raumes, einen kleinen Tisch und einen Stuhl, an den Wänden ein paar Ablageflächen und sogar einen Fernseher. Das Bad war zwar winzig, aber sie hatte es für sich allein, was für isländische Verhältnisse bei kleineren Pensionen und Gästehäusern wohl kein Standard war. Angesichts ihres nur kurzen Aufenthalts hier in diesem Haus beschloss sie, aus dem Koffer zu leben und sich das Auspacken zu sparen. Sie setzte sich aufs Bett, legte den Kopf in den Nacken.

Einerseits fühlte sie sich völlig erschlagen und müde, andererseits konnte sie sich nicht vorstellen, sich jetzt schon hinzulegen. Ganz davon abgesehen, dass sie inzwischen richtig großen Hunger hatte. Sie rappelte sich auf, kramte eine dickere Jacke aus ihrer Tasche, machte sich dann auf den Weg nach unten. Die Rezeptionistin, eine freundliche Frau mittleren Alters, sah ihr lächelnd entgegen.

»Gibt es hier etwas zu essen?«, fragte Susanne auf Englisch.

Die Frau deutete mit dem Kopf in Richtung eines Snackautomaten. »Nur was da drinnen ist.«

Susanne drehte sich um, starrte auf die Chips und abgepackten Sandwiches, verzog das Gesicht. »Ich dachte da eher an etwas Herzhafteres.«

Die Frau lachte. »Links die Straße runter, etwa drei Minuten Fußmarsch von hier ist das Olsen. Die Touristen schwören auf den Laden, weil das Essen üppig, preiswert und lecker ist.«

Susanne bedankte sich, machte sich dann auf den Weg. Als sie die knallrote Leuchtreklame der Gaststätte erkannte, begann ihr Magen wie auf Befehl zu knurren. Sie wertete es als gutes Zeichen. Dass sie Hunger verspürte und tatsächlich Appetit hatte, war seit Langem nicht mehr vorgekommen. Schon deswegen hatte sich dieser für sie so große Schritt, allein herzureisen, gelohnt.

Sie drückte die Holztür zum Restaurant auf und fand sich in einem Ambiente wieder, das sie an ein amerikanisches Diner erinnerte.

Am Tresen bestellte sie sich eine große Portion Fish und Chips sowie eine Cola und nahm anschließend den einzigen noch freien Tisch in Beschlag. Während sie auf ihr Essen wartete, nahm sie ihr Handy zur Hand, fing an zu recherchieren, wohin sie als Erstes fahren sollte. Wie es aussah, gab es mehrere Möglichkeiten, die Ringstraße zu befahren und somit die Insel zu umrunden.

Sie las sich Artikel über Feuer speiende Vulkane in der Gegend um Reykjanes durch, beschloss, dass dieser kleine Ort nahe Reykjavik durchaus einen längeren Stopp wert war. Von da aus konnte sie einen Tagesausflug zum jüngst ausgebrochenen Vulkan unternehmen, sich die geothermalen Gebiet Krysuvik und Gunnuhver ansehen oder in der blauen Lagune abtauchen.

Möglichkeiten gab es allein hier im kargen Süden mehr als genug, stellte sie erfreut fest. Von hier aus konnte sie sogar den Golden Circle an einem Tag abfahren.

Unwillkürlich lächelte sie und und wunderte sich über sich selbst. Aber stand ihr das zu? Sie kämpfte mit ihrem schlechten Gewissen gegenüber ihrem toten Bruder. Da lebte sie seinen Traum, würde all die Wunder und Attraktionen sehen, die er sich nur vorgestellt hatte.

Du übertreibst, flüsterte die Stimme in ihrem Kopf. *Es war euer Traum, nicht nur seiner. Auch du hast immer davon geträumt, eines Tages hierher zu reisen.*

Als die Bedienung den Teller mit dem Essen vor ihr abstellte, staunte sie über die riesige Portion.

»Lass es dir schmecken«, sagte die junge Frau in gebrochenem Englisch.

Während sie aß, suchte sie nach weiteren möglichen Hotspots ihrer Reise. Da gab es einen Gletschersee im Süden der Insel, auf dem das ganze Jahr über, selbst im Sommer, die Eisberge schwammen. Wenn man Glück hatte, konnte man an diesem Ort sogar Seehunde in freier Wildbahn beobachten.

Sie beschloss, die Gletscherlagune Jökulsarlon mit auf ihre To-do-Liste zu setzen.

Von da aus war es auch nicht mehr weit bis zum nächsten Highlight, dem Diamantstrand. Schon die Bilder im Internet beeindruckten sie. Auf dem kleinen Bildschirm ihres Handys bestaunte sie die in der Sonne glitzernden Eisbrocken auf schwarzem Lavasand.

Wie faszinierend mochte da erst der echte Anblick sein.

Auch dieses Ziel setzte sie auf ihren Tourenplan.

Als Susanne satt war – sie hatte tatsächlich fast die komplette Portion geschafft –, überlegte sie, ob sie zurück ins Hotel gehen oder sich noch ein wenig die Füße vertreten sollte. Draußen war es mittlerweile stockdunkel. Doch sie hatte im Internet recherchiert und gelesen, dass Island als eines der sichersten Länder der Welt galt. So machte sie sich keine Sorgen, zu so später Stunde noch allein unterwegs zu sein.

Draußen überlegte sie, in welche Richtung sie gehen wollte und erinnerte sich, dass sie auf dem Weg zum Hotel weiter oben eine Stelle entdeckt hatte, von der aus man bestimmt einen tollen Blick über den Hafen und die Bucht hatte.

Entschlossen zog sie den Reißverschluss ihrer Jacke bis ganz nach oben und lief los. Sie war völlig in Gedanken versunken, als ihr laute Rockmusik entgegenschlug.

Sie sah in die Richtung, aus der die Musik kam und beobachtete einen Pulk junger Leute, die vor einer

Kneipe standen und rauchten. An dem Reklameschild sah sie, dass es sich um das Petite handelte.

Das Petite?

Sie blinzelte verwirrt.

Verspätet fiel ihr ein, warum der Name ihr bekannt vorkam. Der Typ vom Flughafen hatte ihr dieses Lokal empfohlen.

Ralf.

Sie blieb stehen, überlegte.

Um etwas von der Gegend erkennen zu können, war es inzwischen eh zu dunkel. Also konnte sie auch auf einen Abstecher in die Bar gehen. Vielleicht würde sie später gut schlafen können, wenn sie sich jetzt noch einen Absacker genehmigte. Und Daniel … Keine Frage, ihr Bruder hätte sie längst am Arm gepackt und in die Kneipe gezogen, schon allein, weil er Rockmusik über alles geliebt hatte.

Sie überquerte die Straße, lief auf den Eingang zu. Von außen sah das Petite schnuckelig und gemütlich aus, mit all den Holzbalken und kleinen Tischchen, die auf dem gesamten Hinterhof verteilt waren. Doch im Innern der Bar blieb Susanne augenblicklich die Luft weg. Der Tresen war komplett aus Treibholz gebaut, von den Holzbalken, die die hohen Decken stützten, hing allerlei Deko herunter, was dem Etablissement ein karibisches Flair verlieh.

Das hatte sie nie und nimmer erwartet.

Begeistert sah Susanne sich um und entdeckte immer neue faszinierende Elemente. Doch das Coolste an dem Laden waren die zigtausend Polaroidfotos an den Wänden. Sie stieß die angehaltene Luft aus, entdeckte direkt am Tresen einen freien Hocker, steuerte ihn an und ließ sich darauf nieder.

»Was kann ich für dich tun?«, fragte nur Sekunden später ein junger dunkelhaariger Mann und sah sie grinsend an, während er auf der Stelle im Takt der Musik tänzelte.

»Einen Gin Tonic, bitte«, sagte sie und lächelte zurück.

Als er ihr nur wenig später ein bis zur Hälfte mit Gin gefülltes Glas samt einem kleinen Fläschchen Tonic hinstellte, durchströmte es sie warm.

Dieses Getränk hatte auch ihr Bruder am liebsten gemocht, vor allem das Tonicwater von Fentimans.

Sie goss ein wenig von der bittersüßen Flüssigkeit auf den Hochprozentigen, nahm anschließend einen großen Schluck.

»Bist du alleine unterwegs?«, fragte der junge Mann hinter dem Tresen und betrachtete sie interessiert.

Sie nickte.

»Nur hier, in meiner Bar, oder allgemein in diesem schönen Land?«

»Ich reise allein«, gab Susanne zurück. »Das ist deine Bar?«

Der junge Mann nickte. Dann streckte er ihr seine Hand über dem Tresen entgegen. »Ich bin Marvin.«

Sie erwiderte die nette Geste. »Susanne.«

Dann deutete sie zu den Fotos an den Wänden, hob fragend die Brauen nach oben. »Was bedeutet das?«

Er lachte. »War die Idee von meinem Ex. Tommy hat mir kurz nach der Eröffnung eine alte Polaroidkamera geschenkt. Wir haben ein Foto von uns an die Wand gehängt und kurz drauf fragte uns ein Touristenpärchen, ob wir auch ein Foto von ihnen machen könnten. Das hat sich dann immer weitergezogen und voila, inzwischen sind ziemlich viele weitere hinzugekommen.« Er grinste, griff dann unter die Theke, zog einen schwarzen Apparat hervor, hielt ihn ihr entgegen. »Willst du auch?«

Susanne zögerte, dann nickte sie. »Okay, warum nicht.«

Marvin kam um den Tresen herum zu ihr, machte eine Kopfbewegung in Richtung des Billardtisches. »Da hinten ist ein guter Platz für dein Erinnerungsfoto. Hier hast du die ganzen anderen Leute im Rücken.«

Susanne nickte, stand auf, folgte Marvin in den hinteren Teil der Bar. Dort lehnte sie sich gegen einen der Hochtische, grinste, während Marvin auf ihr Gesicht zoomte.

»Fertig«, sagte er und lachte. »Das dauert jetzt ein bisschen.«

Gemeinsam gingen sie wieder zu ihrem Platz, wo Susanne einen Schluck ihres Getränks nahm.

»Wohin willst du eigentlich?«, fragte Marvin und sah sie neugierig an.

»Ich hab keine Ahnung«, gab sie zu. »Dieser Trip war ziemlich … spontan, um ehrlich zu sein. Ich hab mir nur den Flug und einen Mietwagen gebucht sowie die Übernachtung für die erste Nacht. Keine Ahnung, ob ich morgen noch hierbleibe oder weiterziehe, geschweige denn, wohin ich will.«

»Bist du heute erst angekommen?«

Sie nickte.

»Warum eigentlich Island?«, fragte Marvin.

Sie legte den Kopf schräg. »Weil ich isländische Wurzeln habe.«

»Im Ernst?«

Sie nickte. »Als meine Großmutter starb, fanden meine Mutter und mein Bruder bei der Auflösung ihres Hauses auch ihre Geburtsurkunde. Ihr Nachname war typisch isländisch. Wir fanden auch noch ein paar alte Fotos von der Insel, begriffen, dass Großmutter damals ihre Heimat verlassen hatte, um ihr Glück in Deutschland zu suchen.«

»Hat sie es denn gefunden?«

»Ich denke schon. Sie war verheiratet, gebar unsere

Mutter, starb als glückliche Großmutter. Das Komische war nur … sie hat niemals über ihr früheres Leben hier auf der Insel gesprochen. Ich glaube sogar, dass nicht einmal meine Mutter darüber Bescheid wusste. Und na ja, nach dem Tod meiner Oma stand es irgendwie plötzlich im Raum. Meine Mutter, Daniel und auch ich … uns wurde klar, dass wir nach Island mussten. Irgendwann, doch dann …« Sie brach ab, schwieg.

»Was war dann?«

»Unsere Eltern starben bei einem Lawinenunglück. Damals war ich noch ein Teenager. Mein Bruder hat sich anschließend um mich gekümmert, dafür gesorgt, dass ich nicht ins Heim oder in fremde Obhut kam. Er verwarf sogar seinen Plan, Medizin zu studieren, wurde stattdessen Krankenpfleger. Alles nur, um für mich da zu sein.«

Marvin lächelte sie an. »Klingt, als sei dein Bruder ein großartiger Mensch.«

Sie schluckte hart, dann nickte sie, versuchte, sich nichts anmerken zu lassen. Über ihre toten Eltern zu sprechen, daran hatte sie sich mittlerweile gewöhnt, doch über Daniel … so weit war sie noch nicht.

»Und warum übernachtest du hier in Keflavik?«, riss Marvin sie ins Hier und Jetzt zurück. »Wirklich prickelnd ist anders, von meiner Bar mal abgesehen«, frotzelte er grinsend. »Allerdings kannst du von hier aus schon ein paar Sehenswürdigkeiten ansteuern. Oder du fährst weiter und suchst dir eine hübsche Ferienwohnung, vielleicht sogar ein Häuschen drüben in Reykjanes. Dort ist zwar auch nicht viel los, aber dafür hast du an Abenden mit klarem Himmel die Chance, ein paar Nordlichter zu entdecken.«

»Auf alle Fälle will ich die Gletscherlagune sehen. Und den Diamantstrand.«

Marvin lachte. »Die üblichen Verdächtigen also. Kennst du schon den Black Beach von Reynisfjara?«

Susanne runzelte die Stirn. »Klingt gruselig.«

»Das ist der schönste Strand, den ich je gesehen habe«, erklärte ihr Marvin. »Er ist von hohen Basaltsäulen umgeben, sogar eine Höhle gibt es dort.«

»Klingt verlockend«, sagte Susanne. »Obwohl ich schätze, dass es zum Baden dort zu kalt sein wird.«

Marvin grinste, wurde dann schlagartig ernst. »Dieser Strand ist zum Baden sowieso nicht geeignet. Die Strömungen dort sind lebensgefährlich. Hast du schon mal was von Sneaker Waves gehört?«

Susanne verneinte.

»Diese Wellen können unerwartet auftreten, werden riesig und haben schon Leute vom Strand weit ins Meer rausgezogen. Es kommt dort immer wieder zu tödliche Unfällen.«

Susanne starrte Marvin schockiert an.

Er winkte ab. »Du darfst nur nicht den typischen Tourifehler machen und bis ans Wasser vorgehen. Bleib einfach in einigem Abstand zum Ufer stehen und beobachte. Du wirst sehen, es ist atemberaubend.«

Er sah nach unten, dann reichte er ihr das Foto über den Tresen. »Ist gut geworden«, sagte er und lächelte. »Und jetzt such dir ein passendes Plätzchen für dein Foto aus. Wenn du willst, kannst du auch Urlaubsgrüße für spätere Betrachter darunterschreiben.«

Susanne stand auf, fing an zu suchen.

Lächelnd betrachtete sie die unzähligen Fotos von glücklichen Familien, Freunden oder Pärchen. Gerade als sie ein noch freies Plätzchen für ihr Foto entdeckt hatte, zuckte sie zurück.

Wie erstarrt betrachtete sie das Bild eines sich küssenden Pärchens. Doch das war es nicht, was ihren Blick fesselte. Fassungslos starrte sie auf die junge Frau im Hintergrund des Fotos. Völlig allein und in Gedanken versunken saß sie auf einem lauschigen Sessel und stierte ins Leere.

Susanne schnappte nach Luft, ging näher, betrachtete die Frau und spürte, wie sich die feinen Härchen in ihrem Nacken aufrichteten. Ihre Finger zitterten, als sie das Foto nahm und es von der Wand riss.

Sie schluckte hart, ihr brach der Schweiß aus. Ihr Atem rasselte. Sie schloss die Augen, versuchte, sich zu beruhigen.

Zu spät.

Die Panikattacke hatte sie bereits vollkommen in Besitz genommen. Ungläubig starrte sie wie hypnotisiert auf das Foto in ihrer Hand, dann wurde es dunkel um sie.

NEUN

KEFLAVIK

SEPTEMBER 2022

Verunsichert klingende Stimmen und Rufe drangen wie durch Watte in ihr Ohr. In ihrem Kopf drehte sich alles. Benommen blinzelte sie ein paar Mal, schlug dann die Augen auf, starrte in die besorgten Gesichter einiger Fremder, dann erkannte sie Marvin. Er sah sie mit einer Mischung aus Verunsicherung und Entsetzen an.

»Na, du hast mir ja vielleicht einen Schrecken eingejagt«, stieß er aus, als sie sich mit einem Ächzen aufrappelte. Verwirrt sah sie sich um. Sie lag auf einem Sofa, die Füße auf einem Stapel Kissen hochgelagert. Marvin presste ihr ein Glas mit eiskaltem Wasser an die Lippen. »Trink einen Schluck«, drängte er sie.

Sie tat, wir ihr geheißen, ließ sich dann zurück ins Polster fallen.

»Was ist passiert?«, fragte sie Marvin.

Er schüttelte den Kopf. »Genau weiß ich es auch nicht. Aber einige Gäste haben wohl beobachtet, wie du ein Bild von der Wand gerissen hast. Angeblich hast du es angestarrt, als sei ein Geist darauf zu sehen. Und dann bist du einfach umgekippt.«

Urplötzlich brach Susanne der Schweiß aus. Das Foto …

»Wo ist es?«, stieß sie panisch hervor.

»Wo ist was?«

»Das Foto!«

Er sah sie mit merkwürdigem Gesichtsausdruck an. »Das hab ich wieder an die Wand …«

»Ich brauche das Foto!«, rief sie, stemmte sich hoch und ignorierte die pikierten Blicke der um sie Herumstehenden. Flehend blickte sie Marvin an.

»Okay«, sagte er. »Beruhig dich, ich geh und hole es.«

Als er zurück war, reichte er ihr das Foto.

Sie nahm es, starrte erneut die schwarzhaarige Frau im Hintergrund der Aufnahme an und spürte, wie unbändiger Zorn in ihr aufstieg.

Sie hatte sie schon Augenblicke zuvor erkannt. Das war sie! Das war Eva Wilhelm, die Ex ihres Bruders, allerdings vollkommen verändert und – lebendig.

In ihrem Kopf drehte sich alles. Was hatte das zu bedeuten?

»Kannst du erklären, warum du umkippst, nachdem du dieses Foto angesehen hast?«, fragte Marvin.

Susanne sah zu ihm auf, ignorierte seine Frage, drehte das Foto so, dass er es sehen konnte. »Die Frau hinter dem Pärchen. Erinnerst du dich an sie?«

Er nahm das Bild, betrachtete es eine Weile, nickte schließlich. »Ja. Ich glaube, ihr Name ist Sandra. Sie erzählte mir, dass sie aus Berlin stammt.«

Susanne schüttelte zweifelnd den Kopf. »Und wann genau war sie hier?«

Marvin deutete mit dem Kopf auf das Foto. »Das kannst du nachlesen. Das Pärchen, das das Foto aufgenommen hat, hat was daruntergeschrieben.«

Susanne drehte das Motiv wieder zu sich. Erst jetzt

bemerkte sie die Notiz auf dem freien weißen Feld unter dem Foto.

Jane und Kevin, 29. April 2022

»Das Foto wurde also Ende April hier aufgenommen?«

Marvin nickte.

»Und diese Frau hinter den beiden, du erinnerst dich tatsächlich an sie?«

Er lachte verunsichert. »In meine Bar kommen jedes Jahr tausende von Touristen. Normalerweise würde ich mich nicht so leicht an jemanden von ihnen erinnern, aber bei ihr ist das etwas anderes.«

»Und warum?«

Marvin verzog das Gesicht. »Sie war ein paar Tage hier in der Stadt. Genau wie du war sie alleine unterwegs. Sie schien mir vollkommen verloren zu sein, saß immer nur da, starrte vor sich hin. Eines Abends fiel mir auf, dass sie weinte. Ich bin also zu ihr hin, hab sie gefragt, ob alles okay ist. Sie hat mir dann ein bisschen was über sich erzählt. Mir war rasch klar, dass sie dringend Hilfe brauchte. Daher hab ich ihr die Adresse eines alten Kumpels gegeben. Er wohnt oben im Norden, hat dort einen Pferdehof mit Hotel und Restaurant und sucht immer mal wieder Leute, die eine Zeitlang gegen freie Kost und Logis bei ihm mit anpacken.«

»Und du bist dir sicher, dass es sich dabei um die Frau von dem Foto hier handelt?«

Er nickte. »Ich erinnere mich deswegen so genau, weil sie, als sie die ersten zwei Male hier war, noch blondes halblanges Haar hatte. Und an dem Abend, an dem mir auffiel, dass sie weinte, war sie plötzlich schwarzhaarig und hatte sich diesen wirklich üblen Kurzhaarschnitt verpassen lassen.«

Susanne stieß die Luft aus, setzte sich aufrecht. Ihr war nicht mehr schwindelig und übel, stattdessen strömte eine lange nicht da gewesene Entschlossenheit durch ihre Adern.

»Was genau hat dir diese Frau über sich erzählt?«

Marvin sah sie an. »Meinst du nicht, dass du zuerst meine Frage beantworten solltest?«

Susanne schluckte. »Die Frau auf dem Bild … sie war mit meinem Bruder verlobt.«

»Du kennst sie also näher? Okay, aber warum dein Zusammenbruch?«

Susanne wollte sich schon eine Ausrede einfallen lassen, entschied sich dann aber für die Wahrheit. Oder zumindest für einen Teil davon.

»Ihr wirklicher Name lautet Eva. Und sie stammt auch nicht aus Berlin, sondern aus Augsburg. Sie hat sich von einem Tag auf den anderen von meinem Bruder getrennt und aus dem Staub gemacht. Keiner wusste, wo sie ist oder ob sie überhaupt noch lebt. Sogar die Polizei hat nach ihr gesucht. Und mein Bruder … Er hat das alles nicht wirklich gut weggesteckt und ihretwegen viel durchgemacht.«

»Wie geht es ihm jetzt?«

Susanne spürte, wie ihr die Tränen kamen.

»Oh nein«, stammelte Marvin, »ich wollte dich nicht …«

»Schon gut«, gab Susanne zurück.

»Was ist mit deinem Bruder?«

»Die Polizei denkt, dass er sich selbst umgebracht hat.«

»Du lieber Himmel! Etwa ihretwegen?«

Sie verzog das Gesicht, hob die Schultern. »Ich glaub nicht mal, dass er sich selbst umgebracht hat. Die ganze Geschichte ist sehr kompliziert.«

»Verstehe«, murmelte Marvin betreten. Dann setzte er sich neben sie, sah sie ernst an. »Mir hat sie erzählt, dass sie keine Familie mehr hat und verlassen worden ist, dass sie ohne alles dasteht, keine Wohnung mehr hat, keinen Job. Und dass sie jetzt erst mal wieder zu sich selbst finden muss, bevor sie entscheidet, wie ihr Leben weitergehen soll. Sie sagte außerdem, dass sie nur ein paar tausend Euro zur Verfügung hat, die eine Weile reichen müssen, und dass sie deswegen auch kein Auto mieten kann. Der Flug und das Hotel für die ersten Tage wären sie bereits teurer gekommen, als sie sich leisten könnte.« Er brach ab, holte Luft, sah Susanne bedauernd an. »Ich hab ihr übrigens nur die Hälfte von dem geglaubt, was sie gesagt hat.«

»Warum das?«, fragte Susanne?

»Weil ihr Körper über und über mit blauen Flecken und Schrammen versehen war. Sie trug mehrere Verbände an ihren Armen, einen am Hals und auf dem Brustkorb. Sie humpelte und hatte selbst im Gesicht deutliche Blessuren. Auf dem Foto erkennt man wenig davon, weil der Hintergrund zu dunkel ist. Um ehrlich zu sein, sah sie erschreckend aus. So, als hätte jemand sie windelweich geprügelt.« Er schüttelte den Kopf. »Ich hatte den Eindruck, einer hilflosen Frau auf der Flucht vor jemandem gegenüberzusitzen. Und sie schien auch große Angst zu haben, ist immer zusammengezuckt, wenn die Tür aufging und Leute reinkamen. Deswegen hab ich ihr auch den Tipp gegeben, in den Norden zu fahren. Dort ist es ruhiger, weitläufiger.«

»Und weißt du zufällig, ob sie noch da ist? Ich meine, wenn sie auf den Hof deines Kumpels wollte, dann muss er doch wissen …«

Marvin nickte, stand auf. »Moment, ich ruf ihn gleich mal an. Aber versprich dir nicht zu viel davon. Inzwischen sind fünf Monate vergangen. Die meisten Bauern stellen Backpacker nur für ein paar Tage oder Wochen ein. Und ein Visum gibt's auch nur für ein halbes Jahr.«

Während Susanne auf Marvins Rückkehr wartete, versuchte sie, ihre wild umherwirbelnden Gedanken zu sortieren.

Eva war also keineswegs tot, wie Lara Widmann und ihre Kollegen vermuteten.

Sie war verletzt hier auf der Insel angekommen, hatte laut Marvins Schilderung körperliche Blessuren erlitten, schien Angst zu haben, dass jemand ihr folgte.

Susanne schloss die Augen, konzentrierte sich und fasste für sich zusammen, was sie wusste. Die Polizei hatte ihr Handy geortet, es im Müll gefunden. Sie selbst musste es also weggeworfen haben. Aus Angst, dass sie gefunden würde.

Außerdem hatte es seit ihrem Verschwinden keine Kontobewegungen oder Abhebungen gegeben.

Wovon hatte sie dann die Reise bezahlt?

Susanne stieß die Luft aus, als ihr klar wurde, was das bedeutete.

Eva hatte das Geld aus der Keksdose genommen.

Wahrscheinlich hatte sie auch den Voucher an sich genommen. Doch der hatte ihr nichts gebracht, weil die Buchung auf Daniels Namen lief. Selbst sie als seine Schwester hatte Schwierigkeiten gehabt, den Sachbearbeitern der Lufthansa verständlich zu machen, dass die Buchung auf einen Toten lief, dessen einzige lebende Angehörige sie war. Eva musste mit dem Voucher zum Check-in gegangen sein und hatte dort zu hören bekommen, dass dieser ihr nichts nutze. Vermutlich hatte sie ihn weggeworfen und sich von Daniels Geld ein Flugticket gekauft. Sie hatte 10.000 Euro zur Verfügung, die ihr reichen mussten, um sich eine Weile zu verstecken. Angesichts der hiesigen Preise war ihr schnell klar geworden, dass sie sich in einer finanziellen Notlage befand.

Doch wovor musste sie sich verstecken?

Oder besser vor wem?

Vor Daniel?

Susanne schüttelte den Kopf.

Daniels Geld war für eine Reise nach Island gewesen, bei der Eva hätte dabei sein sollen. Im Falle einer Flucht vor Daniel wäre sie wohl kaum damit nach Island abgehauen.

Also vor wem war sie dann geflohen?

Plötzlich fiel ihr das Blut ein.

Die Nacht im April, als Daniel Nachtdienst gehabt hatte.

Sie war wach geworden, weil sie geglaubt hatte, etwas gehört zu haben.

Sandy hatte keinen Ton von sich gegeben.

Trotzdem war sie nach unten gegangen, hatte nachgesehen.

Hatte Eva sich zu dem Zeitpunkt vor ihr versteckt oder war sie da schon weg gewesen?

Jetzt war auch klar, wieso Sandy keinen Mucks von sich gegeben hatte. Sie kannte Eva, sah keine Gefahr in ihr.

Und das Blut … Marvins Schilderung von ihrem körperlichen Zustand konnte nur bedeuten, dass sie verletzt gewesen war.

Und weil sie noch immer Daniels Wohnungsschlüssel besessen hatte, war sie wohl in seine Wohnung geflohen, um sich zu verarzten.

Oder gab es noch einen anderen Grund dafür, warum sie nicht in ihre Wohnung gegangen war?

Weil sie Angst hatte, dass man sie dort findet.

Die Stimme in ihrem Kopf ließ sie zusammenzucken. So musste es gewesen sein. Eva war in irgendwas hineingeraten. In etwas Gefährliches. Deswegen war sie schon Wochen vor der Trennung so seltsam gewesen, hatte sich schließlich Hals über Kopf von Daniel getrennt. Doch ihre Probleme mussten ihr über den Kopf gewachsen sein. Sie wurde bedroht, verletzt, musste fliehen. Und sie hatte von dem gesparten Geld in Daniels Schrank gewusst.

Alles passte zusammen.

Susanne stieß die Luft aus.

Konnte es sein, dass das was Eva bedrohte, auch etwas mit ihren Bruder zu tun hatte? Dass auch er darin verwickelt war?

Hatte er davon gewusst?

Nein, das war unmöglich. Wäre es so gewesen, hätte er nach Evas Verschwinden ganz sicher die Polizei informiert.

Er konnte es also definitiv nicht gewusst haben.

War vollkommen ahnungslos gewesen.

Und Eva selbst?

Sie hätte sich doch denken können, dass die Polizei nach ihr suchen würde. Dass man Daniel verdächtigen würde. Wieso hat sie sich nicht gemeldet, ihn entlastet?

Weil sie große Angst hatte.

Angst um ihr Leben.

Susanne wurde eiskalt, als sie begriff, was das bedeutete.

Wenn Eva aus Angst um ihr Leben geflohen war, dann mussten ihr richtig üble Typen auf den Fersen sein.

Angenommen diese Leute würden mitbekommen, dass man ihr Blut in Daniels Wohnung gefunden hatte, dann mussten sie doch quasi denken, dass Daniel …

Jetzt ergab auch sein Anruf Sinn. Dass er nüchtern war, als er das Luggis verlassen hatte.

Er wollte nach Hause kommen.

Doch irgendjemand musste ihn …

Susanne stöhnte auf.

»Was ist los?«, fragte Marvin, als er wieder zu ihr kam.

»Hast du was herausgefunden?«, stellte Susanne mit

zitternder Stimme die Gegenfrage. »Ist Eva noch im Norden?«

Marvin verzog bedauernd das Gesicht. »Mein Kumpel sagt, dass er sich an sie erinnert. Sie war bis Mitte Mai auf seinem Hof, dann ist sie weitergezogen, weil er sie nicht mehr gebraucht hat. Er schickte sie nach Dalvik rüber, weil dort mehrere Bauernhöfe sind, deren Eigentümer er flüchtig kennt. Er meinte zu ihr, dass sie dort bestimmt irgendwo unterkommt. Seither hat er nichts mehr gehört.«

»Verdammt!« Susanne seufzte. Dann brach sie in Tränen aus.

»Was ist los?«, fragte Marvin sanft, als sie sich ein klein wenig beruhigt hatte.

Sie sah ihn an, strich fahrig mit der Hand über den Stoff ihrer Jeans. »Nichts«, sagte sie dann leise. »Ich hab nur gerade an Daniel denken müssen.«

»Deinen Bruder?«

Sie nickte.

»Es muss entsetzlich sein, jemanden, der einem so nahesteht, auf so grausame Weise zu verlieren.«

Sie sah ihn an, schluckte. »Ja.« Sie holte tief Luft. *Vor allem dann, wenn es sich anstatt um Suizid nun doch aller Wahrscheinlichkeit nach um einen grausamen und hinterhältigen Mord handelt.*

DALVIK/HAUGANES

SEPTEMBER 2022

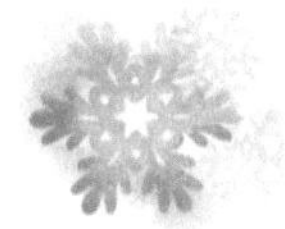

Inzwischen war Susanne seit Stunden unterwegs und hatte Probleme, sich noch auf die Straße konzentrieren zu können.

Die neuen Erkenntnisse des gestrigen Abends hatten sie derart aufgewühlt, dass an Schlaf kaum zu denken gewesen war. Stundenlang hatte sie in ihrem Bett wach gelegen, in die Dunkelheit gestarrt und darüber nachgedacht, was sie als nächstes tun sollte.

Am vernünftigsten, das war ihr sehr wohl bewusst, wäre es, die Polizei zu informieren. Eva galt in Deutschland noch immer als vermisst, doch sie wusste, dass Lara Widmann und ihre Kollegen schon seit Monaten nicht mehr nach ihr suchten. Sie waren davon überzeugt, dass Eva nicht mehr lebte.

Die Polizei hatte sich vollkommen auf ihren Bruder als Verantwortlichen für Evas Verschwinden versteift, was natürlich auch an der Art seines Todes lag.

Doch das Foto, das sie gestern im Petite gefunden hatte, änderte alles. Nicht nur für sie und für ihren Bruder, sondern auch für die Polizei in Augsburg.

Bereits gestern Abend hatte sie mit dem Gedanken

gespielt, Lara Widmann anzurufen, ihr das Foto zukommen zu lassen, damit sie neue Ermittlungen aufnehmen konnte. Doch dann hatte sie gezögert, gegrübelt und sich am Ende entschlossen, damit zu warten. Bevor sie die Polizei ins Boot holte, wollte sie zuerst selbst mit Eva sprechen. Ihr in die Augen sehen, sie fragen, warum sie abgehauen war, ohne zurückzublicken.

Vor allem musste sie wissen, wieso sie Daniel hatte ins offene Messer laufen lassen.

Eva war eine intelligente Frau von dreißig Jahren, sie hätte sich ausrechnen können, dass man Daniel verdächtigen würde, etwas mit ihrem Verschwinden zu tun zu haben – vor allem nachdem sie kein Lebenszeichen hinterlassen hatte.

Und dann war da noch die Frage nach dem Warum. Wenn ihr wirklich ein paar gefährliche Irre auf den Fersen waren, dann hatte sie Daniel ganz bewusst mit in Gefahr gebracht, als sie an jenem Abend in seine, anstatt in ihre Wohnung geflüchtet war, um sich zu verarzten. Sie hatte bewusst sein Geld gestohlen, bewusst die Tickets genommen.

Streng betrachtet, hatte Eva sogar ihr Leben mit riskiert, weil sie ja im selben Haus wie ihr Bruder lebte.

Sie musste dieser Frau einfach in die Augen blicken und ihr all diese Fragen stellen, ihr klarmachen, was für eine Verkettung von grausamen Ereignissen sie in Gang gesetzt hatte.

Ob Eva überhaupt wusste, dass Daniel tot war?

Von dem Unfall in Augsburg, der durch einen Selbstmörder verursacht worden war, hatte sie sicherlich gelesen, aber in der Zeitung waren keine Namen erwähnt worden. Doch vielleicht hatte Daniels Ex-Verlobte noch Kontakt zu Leuten in Augsburg, die ihr von Daniels angeblichem Suizid berichtet hatten.

War das wahrscheinlich?

Auch darauf hatte Susanne keine Antwort, bezweifelte es, schüttelte gedankenverloren den Kopf und warf einen Blick aufs Navi. Bis nach Dalvik im Norden waren es nur noch knappe achtzig Kilometer. Doch die schienen ihr endlos, zogen sich wie Kaugummi.

Was mit Sicherheit auch daran lag, dass sie inzwischen kaum noch die Augen offen halten konnte. Der gestrige Schock, die damit einhergehende Schlaflosigkeit, ihre extreme innere Unruhe, all das forderte nach knappen fünf Stunden Fahrt seinen Tribut.

Sie ließ die Scheibe der Fahrerseite hinunter, spürte, wie die von draußen hereinströmende kalte Luft ihre Lebensgeister weckte.

Ihr Blick streifte eine Schafherde auf der Weide, die sich bis zum Hang der fernen Bergkette hinaufzog.

Susanne lächelte. Was sie über Island jetzt ganz sicher wusste, war, dass mehr Schafe als Menschen hier lebten.

Seit sie Reykjavik hinter sich gelassen hatte, war sie an unendlich weitem und teilweise unbewohntem Land vorbeigekommen. Ein Teil ihrer Strecke hatte sie sogar ins Hochland geführt, wo sie eine circa sechzig Kilometer lange Schotterpiste durchqueren musste.

Regen und Schlamm hatten ihrem Mietwagen ordentlich zugesetzt. Er sah inzwischen aus, als habe sie an einem Off-Road-Rennen teilgenommen. Sie hoffte, dass es bei der Rückgabe keine Probleme deswegen geben würde.

Wieder wanderte ihr Blick zum Navi. Noch sechzig Kilometer. Alles in ihr schrie nach einem Kaffee, doch mittlerweile fuhr sie seit Stunden ohne Pause und war weder an einem Café noch an einer Tankstelle vorbeigekommen.

Marvin hatte ihr den Tipp gegeben, die längere, aber weit interessantere Strecke über Höfn und Egilsstadir nach Norden zu nehmen, doch dafür hätte sie mindestens eine Zwischenübernachtung und weit mehr Fahrzeit einplanen müssen.

Ihr ursprüngliches Ziel, sich alle Sehenswürdigkeiten der Insel anzusehen, war unwichtig geworden. Jetzt ging es ihr nur noch darum, Eva zu finden.

Deswegen hatte sie Marvins Vorschlag beiseite geschoben und sich für den schnellsten Weg nach Norden entschieden.

Zwar war sie auch auf diesem Weg an wunderschönen Wasserfällen vorbeigekommen, an spektakulären Stränden und Steilklippen, doch ihr Hirn hatte längst vom Urlaubs- in den Besessenheitsmodus umgeschaltet.

Seit Stunden zermarterte sie sich das Gehirn darüber, ob sie etwaige Anzeichen für die bedrohliche Situation übersehen hatte. Versuchte sich an Gespräche mit Eva zu erinnern, die stattgefunden hatten, als diese noch mit Daniel zusammen gewesen war.

Hatte sie irgendwann angedeutet, in Schwierigkeiten zu stecken?

Sie erinnerte sich, dass Daniel geäußert hatte, dass seine Verlobte sich von ihm zurückzog, kaum noch Zeit für ihn hatte, doch war er auch ins Detail gegangen, woran das lag?

Susanne erinnerte sich nicht.

Sie wusste nur noch, dass Eva fremdgegangen war.

Dass sie Daniel geradezu von sich weggestoßen hatte.

Aber warum?

Sie hatte keine Ahnung.

Und auch ihr Bruder hatte sich all das nicht erklären können.

Wirklich über ihre Probleme gesprochen hatte Eva nicht mit ihm.

Die Frage war daher, ob es unbewusste Hinweise gegeben hatte.

Krampfhaft versuchte Susanne sich an den Tag zu erinnern, als sie Eva das letzte Mal gesehen hatte.

Da war dieser verkrampfte Gesichtsausdruck Evas gewesen, den sie sich damals nicht hatte erklären können. Sie hatte angespannt und vollkommen verunsichert ausgesehen.

Damals hatte Susanne das darauf geschoben, dass Eva den wahren Grund ihrer Trennung nicht sagen wollte. Das mochte vielleicht sogar stimmen, aber aus völlig anderen Motiven als sie vermutet hatte.

Was sie für Anspannung gehalten hatte, war in Wahrheit eher blanke Angst gewesen.

Schon an jenem Tag hatte Eva also gewusst, dass etwas Böses ihr Leben überschatten würde.

Aber warum hatte sie sich Daniel nicht anvertraut?

Statt ihn um Hilfe zu bitten, ihn in ihre Sorgen einzuweihen, war Eva geflohen und hatte ihn im Stich gelassen.

In der Ferne erkannte Susanne endlich die Dächer einiger Häuser. Ein Blick aufs Navi zeigte, dass es sich dabei um Dalvik handeln musste. Sie seufzte erleichtert auf. Dann spürte sie ein Kribbeln in ihrem Innern.

Endlich!

War es naiv, zu hoffen, dass Eva sich dort noch versteckt hielt?

Marvins Kumpel hatte zwar nichts Genaues gewusst, aber wenn sie in diesem Ort nach Arbeit gesucht hatte, dann musste irgendjemand sich an sie erinnern.

Immerhin ein Hoffnungsschimmer.

Mehr brauchte sie fürs Erste nicht.

Knappe zwei Stunden später ließ Susanne sich frustriert hinters Lenkrad ihres Mietwagens fallen. Sie musste alle

Kraft aufwenden, um nicht in Tränen auszubrechen und hinzuschmeißen.

Vier Höfe hatte sie im Ort abgeklappert, Restaurants und eine Tankstelle. Sogar im Supermarkt hatte sie unzähligen Leuten das Foto unter die Nase gehalten, doch keiner hatte Eva schon mal gesehen oder konnte sich an sie erinnern.

Ein Klopfen riss sie aus ihrer trüben Stimmung in die Realität zurück. Neben dem Wagen stand ein junger Mann in Latzhosen und kariertem Hemd. Er trug einen breitkrempigen Hut, sah Susanne freundlich an.

Sie ließ die Scheibe runter.

»Ich hab im Laden vorhin mitbekommen, dass Sie eine deutsche junge Frau suchen«, sagte er in einwandfreiem Englisch.

Sie nickte, nahm das Foto, das sie vorhin zurück in das Fach der Mittelkonsole gelegt hatte, hielt es ihm hin. »Ich suche die Frau hinter dem Pärchen.«

Er starrte nachdenklich darauf, legte den Kopf schräg.

»Ich selbst hab sie nicht gesehen«, sagte er dann und sah sie ernst an. »Aber ihrem Aussehen nach könnte sie die verzweifelte Anhalterin sein, die meine Mutter vor ein paar Monaten hier in Dalvik aufgelesen und anschließend nach Hauganes gefahren hat.«

»Können Sie Ihre Mutter bitten, dass sie sich kurz das Foto ansieht?«

»Meine Familie und ich leben in Akureyri drüben. Wir müssen nur regelmäßig nach Dalvik fahren, weil wir hier einige Geschäftsbeziehungen pflegen. Ich kann meiner Mutter allerdings das Foto per WhatsApp schicken und sie bitten, einen Blick drauf zu werfen.«

»Das wäre super«, sagte Susanne aufgeregt.

Ungeduldig sah sie zu, wie er das Polaroid fotografierte und auf seinem Smartphone herumtippte.

»Diese Frau«, der junge Mann sah wieder auf, gab ihr das Bild zurück, »warum suchen Sie sie? Ist es ein Familienmitglied?«

»Kann man so sagen«, bestätigte Susanne. »Sie ist meine Schwägerin und seit Monaten verschwunden. Angeblich hatte sie ein paar Probleme und ist deswegen untergetaucht, doch so langsam macht ihre Familie sich große Sorgen«, log sie und hoffte, dass er ihr das schlechte Gewissen wegen der Lüge nicht anmerkte.

»Das passt zu dem, was meine Mutter damals erzählt hat.«

»Was genau war das denn?«, fragte sie nach.

»Meine Mutter nimmt normalerweise nie Anhalterinnen mit. Sie ist misstrauisch, hat vor allem Angst, verstehen Sie? Aber diese Frau … da hat sie eine Ausnahme gemacht und mir von ihr erzählt. Es muss im Frühsommer gewesen sein, dass sie die junge Frau weinend am Straßenrand sah. Sie hätte vollkommen verzweifelt ausgesehen. Meine Mutter schaffte es einfach nicht, an ihr vorbeizufahren. Sie hat wohl versucht, etwas aus der Frau herauszubekommen, doch sie schien verängstigt und vor jemandem auf der Flucht zu sein. Das Einzige, was sie meiner Mutter erzählt hat, ist, dass sie in Deutschland um ihr Leben fürchten müsse und deshalb nicht mehr zurückkönne. Meine Mutter nahm an, es ginge um einen gewalttätigen Ehemann und hat versucht ihr beizustehen.

Ich erinnere mich daran, dass die Fremde Probleme hatte, ein Visum zu bekommen, weshalb ihr auch keiner der hiesigen Bauern einen längerfristigen Job geben wollte. Daraufhin hat Mutter sie nach Hauganes zum Hof einer entfernteren Bekannten gefahren. Soweit ich weiß, haben die ihr zumindest einen Aushilfsjob angeboten.«

Ein Plington verkündete den Eingang einer Whats-App. Er warf einen Blick aufs Display, grinste sie an.

Susanne riss die Augen auf. »Sie ist es?«

Nicken.

»Und dieses Hauganes ... wo genau ist das?«

Er grinste noch breiter. »Nicht einmal fünfzehn Minuten von hier. Der Olafsson-Hof liegt ein wenig außerhalb und ist daher sehr schwer zu finden. Am besten geben Sie die Adresse in Ihr Navy ein.«

»Ja«, bestätigte die Frau und musterte Susanne dabei aufmerksam. »Ich kenne sie. Fast sechs Wochen war sie hier bei uns, hat in den Ställen mitgeholfen, die Gästezimmerreinigung und andere kleine Arbeiten übernommen. Sie war sehr fleißig, wenn auch nicht sonderlich gesprächig. Ich glaube, ihr Name ist Eva, wenn ich mich richtig entsinne. Und ich weiß noch, dass es ihr nicht recht war, als mein Ehemann ihre Papiere sehen wollte, bevor er ihr ein Zimmer und Arbeit gab.«

Susanne verzog enttäuscht das Gesicht. »Sie ist also nicht mehr da?«

»Das war wirklich seltsam«, sagte die Frau, die sich ihr als Asta Kristjansdottir vorgestellt hatte.

»Sechs Wochen lang war Eva zuverlässig, fleißig, hat von früh morgens bis spät abends geschuftet. Sie hat nicht viel gesprochen, hat sich auch nicht an irgendwelchen abendlichen Freizeitaktivitäten beteiligt. Selbst an den Wochenenden hat sie gefragt, ob es etwas gibt, was sie erledigen soll. Es war, als flüchte sie sich in die harte Arbeit, um sich abzulenken und auf andere Gedanken zu kommen. Nach Feierabend ist sie nur noch in ihr Zimmer gegangen, und das wars dann. Selbst bei den Mahlzeiten saß sie immer alleine da, schien vollkommen in ihre eigene Welt abgetaucht zu sein. Mir kam es vor, als habe sie Schlimmes durchgemacht und brauche das Alleinsein, um heilen zu können. Und dann, eines schönes Morgens, da kam sie einfach nicht mehr zur Arbeit. Als wir nachgesehen haben, ob alles okay mit ihr ist, weil es ihr die Tage davor gesundheitlich nicht gut ging, da war ihr Zimmer leer und sie verschwunden. Hat nicht einmal Tschüss gesagt und sogar auf ihren letzten Lohn verzichtet, was ich noch merkwürdiger fand. Es war fast, als sei sie Hals über Kopf und quasi über Nacht aufgebrochen. Keiner von uns hat damit gerechnet oder weiß bis heute, warum.«

»Und Sie wissen auch nicht, wohin sie noch wollte oder was sie in der Zukunft vorhatte?«

»Wie gesagt, sie hat nicht viel gesprochen. Einzig zu meiner Schwester Margret hatte sie einen guten Draht. Wenn sie also jemandem hier ein klein wenig über sich erzählt haben sollte, dann ihr. Leider lebt Margret nicht hier auf dem Hof, sondern ein paar Kilometer weit weg. Sie kommt morgen wieder, dann können Sie mit ihr persönlich sprechen.«

Susanne stieß die Luft aus.

Dann nickte sie, unterdrückte ein Gähnen, sah sich um. »Ich hab noch keine Unterkunft für heute Nacht. Wäre es möglich, dass ich bei Ihnen noch ein Gästezimmer bekomme? Ehrlich gesagt, traue ich mir nicht zu, auch nur noch einen Meter weit zu fahren.«

Asta sah sie an, überlegte einen Augenblick, dann nickte sie ihr zu. »Okay, im Haupthaus ist alles voll, genau wie in den Bungalows, aber weiter hinten ist noch der umgebaute alte Schuppen frei. Nicht ganz neu und auch nicht wirklich groß, aber dafür günstig und vor allem gemütlich. Wenn Ihnen das kleine Häuschen als Unterkunft reicht, können Sie dort übernachten.«

»Ich bin mit allem zufrieden, solange ein Bett drin steht und ich heiß duschen kann.«

»Das auf alle Fälle.« Asta lachte. »Sogar ein Hot Pot steht auf der kleinen Terrasse hinter dem Gebäude. Haben Sie übrigens Hunger? Beim Haupthaus ist das Restaurant. Mein Mann ist zwar kein Sternekoch, dafür ist er aber bis nach Akureyri für seinen Fischeintopf bekannt.«

Asta hatte nicht zu viel versprochen. Der Eintopf war tatsächlich köstlich gewesen.

Als Susanne die Tür zu dem winzigen Gästehäuschen aufschloss, hatte sie ein wohliges Gefühl im Bauch. Inzwischen war es bereits dunkel und im Inneren empfing sie der Geruch nach Holz und frisch gewaschener Bettwäsche und als sie den Lichtschalter betätigte, seufzte sie entzückt auf. In der Mitte des Raums stand ein großes Bett mit strahlend weiß bezogener Daunendecke und Kissen, rechts und links davon je ein Nachtkästchen. An der Wand neben der Tür stand ein Sessel mit Fußstütze, davor ein kleiner Tisch. Auf der Kommode gegenüber dem Bett gab es sogar einen Fernseher mit Netflix-Zugang, wie Astas Mann ihr beim Essen erklärt hatte, sowie eine Minibar, die sich unterhalb hinter einem der Schränke verbarg. Alles in allem mehr als Susanne erwartet hätte.

Sie ging ins Badezimmer, betrachtete gedankenversunken die kleinen Fläschchen auf dem Regal oberhalb des Waschbeckens, nahm den darunter liegenden Bademantel, ging wieder nach nebenan, um sich auszuziehen.

Als sie unter der Dusche stand, ließ sie den Tag noch einmal Revue passieren.

Gut, sie hatte Eva nicht gefunden, aber sie wusste

inzwischen, dass sie definitiv mehrere Wochen hier auf dem Hof verbracht und gearbeitet hatte. Möglich, dass sie noch irgendwo in der Nähe war. Die Chancen standen nicht schlecht, dass sie es doch noch schaffte, sie aufzuspüren.

Susanne legte den Kopf in den Nacken, stöhnte wohlig, als die Wärme des Wassers ihren vor Müdigkeit ausgekühlten Körper von innen heraus wärmte.

Doch sofort überkamen sie auch wieder Zweifel.

Was, wenn sie Eva nicht fand?

Was, wenn diese inzwischen gar nicht mehr auf Island war?

Oder zumindest nicht hier im Norden, sondern drüben im Süden? Theoretisch konnte sie überall und nirgends sein, ihr immer mehrere hundert Kilometer voraus sein.

Sie drehte das Wasser ab, schlüpfte in ihren Bademantel, ging wieder nach nebenan. Schließlich setzte sie sich aufs Bett, überlegte, was sie noch tun konnte.

Die hiesige Polizei einschalten? Mit Sicherheit hatte die ganz andere Möglichkeiten, jemanden aufzuspüren.

Doch was dann? Würden die Behörden nicht sofort die deutsche Polizei einbeziehen?

Sich wieder mit Lara Widmann auseinanderzusetzen, war das Letzte, was Susanne brauchte. So blieb ihr zunächst nur die Hoffnung, dass Eva dieser Margret von ihren Plänen erzählt hatte.

Doch was, wenn nicht?

Wie sollte es dann weitergehen?

Ihre Spur zu Eva endete dann genau hier.

Susanne ließ den Kopf sinken, zwang sich, optimistisch zu bleiben.

Warte bis morgen, flüsterte die Stimme in ihrem Kopf. *Wenn du dich jetzt irremachst, hast du wieder eine schlaflose Nacht vor dir.*

Es stimmte.

Sie musste zu Kräften kommen, die Nerven behalten, der Rest würde sich finden.

Sie wollte gerade zu der kleinen Lampe auf dem Nachttisch greifen und das Licht löschen, als sie einen lang gezogenen Ton vernahm. Es klang wie ein … Quietschen.

Sie stand auf, ging zur Tür, öffnete sie.

Draußen war das Geräusch noch dominanter, wurde von Sekunde zu Sekunde lauter, erinnerte jetzt an das Winseln eines Tieres.

Susanne trat ein Stück zur Tür hinaus, blickte sich um, konnte jedoch wegen der Dunkelheit keine zwanzig Meter weit sehen.

Das Hauptgästehaus und die Bungalows waren mehr als zweihundert Meter weit entfernt, nur eine alte Scheune und ein halb zusammengefallener garagenähnlicher Bau befanden sich ein Stück weiter links von ihrer Unterkunft.

Kam das Geräusch von dort?

Aus der Dunkelheit?

Doch um nichts in der Welt würde sie mitten in der Nacht alleine hier auf diesem fremden Grundstück herumlaufen, um nachzusehen. Sie ging wieder hinein, verschloss die Tür hinter sich und lauschte angespannt weiter.

Und dann wusste sie es plötzlich!

Dieses Geräusch klang wie das bitterliche Weinen eines Mädchens.

ELF
HAUGANES

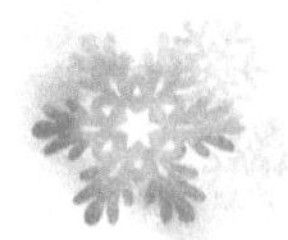

»Gut geschlafen?« Der junge Mann, Susanne schätzte ihn etwa auf sechzehn bis höchstens zwanzig Jahre, stellte eine Tasse mit dampfenden Kaffee vor sie hin.

»Ja, vielen Dank«, sagte sie, genoss den würzigen Dampf des Getränks in ihrer Nase.

»Wollen Sie auch etwas zu essen?«

»Gibt es noch Frühstück?«

»Eigentlich nur bis zehn Uhr«, antwortete er. »Aber mein Vater macht Ihnen ganz sicher noch etwas.«

»Ein Sandwich wäre super.«

»Mögen Sie Lachs?«

»Sehr gerne sogar.«

»Dann sollten Sie den Lachs-Bagel versuchen«, empfahl der Junge und grinste übers ganze Gesicht. »Ich bin übrigens Jon. Und mein älterer Bruder, der hinter dem Tresen für die Getränke zuständig ist, heißt Ragnar.«

»Mein Name ist Susanne. Der Hof hier gehört euren Eltern?«

»Eigentlich meinem Großvater Kristjan. Aber der ist

"

schon alt, deswegen müssen meine Eltern und meine Tante jetzt die ganze Arbeit erledigen.«

»Dein Bruder und du, helft ihr regelmäßig auf dem Hof mit aus?«

»Na klar«, gab er zurück. »Mein Bruder arbeitet hier den ganzen Tag und ich immer nach der Schule und in den Ferien.«

»Kanntest du dann vielleicht Eva? Sie stammt wie ich aus Deutschland. Deine Mutter sagte, dass sie im Frühjahr ein paar Wochen hier war und mitgeholfen hat.«

Jon sah sie an, nickte, wirkte aber auf einmal verunsichert. »Sie war ziemlich traurig«, stieß er dann aus und zuckte gleich darauf erschrocken zusammen, als seien ihm diese Worte unbeabsichtigt entwichen.

»Was meinst du damit?«

Er kratzte sich unbehaglich am Kopf. »Ich muss jetzt weiterarbeiten.«

»Weißt du zufällig, wohin sie wollte und warum sie so plötzlich verschwunden ist?«, fragte Susanne schnell.

Er verneinte.

»Ist dir sonst irgendwas Seltsames an ihr aufgefallen?«

Er schien zu zögern, sah sich zu seinem Bruder um, blickte dann zu Boden.

»Sie hat oft geweint«, flüsterte er schließlich kaum hörbar.

»Geweint?«, fragte Susanne vorsichtshalber nach.

Er sah auf, nickte. »Sie hat sich dann immer im Stall versteckt oder ist zu den Schafen auf die Weide gegangen. Dachte wohl, dass niemand sie sieht, aber ein paar Mal bin ich ihr nachgelaufen und hab sie beobachtet. Sie hat mir leidgetan.«

»Hat sie gesagt, warum sie so traurig ist?«

Er schüttelte den Kopf. »Vielleicht war sie ja krank.«

Susanne riss die Augen auf. »Wie kommst du darauf?«

»Sie hat ziemlich oft gekotzt und ist auch einmal umgefallen.«

»Was meinst du mit umgefallen?«

»Sie war gerade dabei den Stall auszumisten, als sie einfach umgekippt ist. Meine Tante und mein Vater haben sie dann ins Haus rübergetragen und einen Arzt gerufen. Und als der wieder weg war, hat sie noch öfter geweint.«

»Und sie hat nicht gesagt, warum?«

»Sie hat nicht viel geredet. Mit niemandem.«

»Aber mit Margret schon, oder?«

Rons Gesicht lief rot an. Wieder drehte er sich um, schien diesmal beinahe ängstlich zu wirken.

»Ich weiß von Asta, dass Eva und Margret sich gut verstanden haben. Asta ist deine Mutter, nicht wahr?«

Er nickte.

Wieder hatte Susanne das Gefühl, dass ihre Fragen ihm unangenehm waren. »Ich muss Eva unbedingt finden, sie gehört zu meiner Familie!«

Er sah sie misstrauisch an. »Sie sieht Ihnen aber nicht ähnlich.«

»Wir sind nicht blutsverwandt. Aber sie ist meine Schwägerin«, versuchte sie es mit einer Notlüge. »Mein Bruder und sie sind ein Paar.«

»Und dein Bruder macht sich jetzt Sorgen um Eva?«

Susannes Innerstes verkrampfte sich. Dann nickte sie.

»Kannst du deine Tante fragen, ob ich sie kurz sprechen kann?«, brachte sie mühsam gepresst hervor.

Er sah sie einen Moment schweigend an, dann seufzte er.

»Ich guck mal, ob ich sie finde.«

»Mein Neffe sagte mir, dass sie mit Eva verwandt sind und sie suchen?«

Susanne blickte auf, schluckte den letzten Bissen ihres Bagels hinunter, sah sich einer blonden, großen Frau gegenüber, die sie misstrauisch musterte.

»Das ist richtig. Eva ist mit meinem Bruder liiert und seit Längerem verschwunden. Wir machen uns Sorgen um sie, fragen uns, wo sie ist.«

Die Frau reichte ihr die Hand. »Ich bin Margret. Ich bin hier für die Pferde verantwortlich. Als Eva auf dem Hof anfing, war sie zuerst für alle möglichen anfallenden Arbeiten zuständig, doch dann stellte sich heraus, dass sie einen besonderen Zugang zu Pferden hatte. Sie kannte sich mit ihnen aus, erzählte mir, dass sie von klein auf geritten sei. Deswegen teilte ich sie dann für diesen Bereich ein, was dazu führte, dass wir einander besser kennenlernten.«

»Hat sie Ihnen etwas über sich erzählt? Zum Beispiel warum sie vollkommen überstürzt aus Deutschland weg ist?«

Margret sah sie ernst an. »Dass Eva Probleme zu haben schien, steht außer Frage. Schon am ersten Tag fiel mir auf, dass sie vor irgendwem weggelaufen sein musste. Sie wirkte ängstlich, manchmal sogar panisch, war wie in ihrer eigenen Welt gefangen. Als wir dann etwas enger zusammenarbeiteten, vertraute sie mir an, dass sie eine sehr schwere Trennung hinter sich habe.«

»Eine Trennung? Sonst hat sie nichts erzählt?«

Margret verneinte. »Ehrlich gesagt, vermutete ich, dass sie aus einer gewalttätigen Beziehung geflohen ist. Alle Anzeichen sprachen dafür. Die Flucht aus ihrem vertrauten Umfeld, ihre Angst, die Tatsache, dass sie über wenig bis keine finanziellen Mittel verfügte und auf fremde Hilfe angewiesen war.«

»Aber gesagt hat sie diesbezüglich nichts zu Ihnen?«

Margret sah sie an. »Eva WAR mit Ihrem Bruder liiert, nicht wahr? Ich betone das nur deswegen so, weil es aus Ihrem Mund gerade eben so klang, als er wäre es im Grunde noch.«

Susanne nickte, holte Luft. »Mein Bruder hat Eva über alles geliebt. Er hätte ihr niemals auch nur ein Haar gekrümmt. Sie waren glücklich, lange Zeit, wollten heiraten. Und dann veränderte sie sich auf einmal, zog sich zurück. Schließlich trennte sie sich von Daniel, ohne auch nur einen Grund zu nennen.«

»Woher wollen Sie wissen, dass zwischen Ihrem Bruder und Eva alles in Ordnung war? Dass er sie respektvoll behandelt hat? Wäre doch möglich, dass Sie vom Zustand der Beziehung einen falschen Eindruck hatten. So was kommt öfters vor, als man denkt. Nach außen hin sieht alles nach heiler Welt aus, aber wer weiß schon, was hinter den Kulissen gespielt wird?«

Susanne unterdrückte den Impuls, diese Frau mit harschen Worten vor den Kopf zu stoßen, schluckte hart. »Weil ich Daniel kenne. Er hat Eva auf Händen getragen, war immer für sie da. Und als sie ihn verlassen hat, ist etwas in ihm zerbrochen. Er kannte den Grund für ihre Entscheidung nicht, hat versucht, sie dazu zu bewegen, dass sie ihnen noch eine Chance gibt. Ihretwegen ist er …« Sie brach ab.

»Ihretwegen ist er was?«

Susanne schüttelte den Kopf.

»Was ist mit Ihrem Bruder? Und warum kommt er nicht selbst her, um nach Eva zu suchen, wenn er sie doch so sehr liebt?«

»Mein Bruder ist tot«, herrschte Susanne die Frau an, brach dann in Tränen aus. Die Worte waren aus ihr hervorgebrochen, ohne dass sie sich hätte bremsen können. Sie stöhnte innerlich, als sie den vollkommen entsetzten Gesichtsausdruck der Frau sah. Trotzdem

beschloss sie, es dabei bewenden zu lassen. Sie würde
Margret auf keinen Fall erzählen, dass die Polizei nach
Eva suchte und der Suizid ihres Bruders in Wahrheit ein
kaltblütiger Mord gewesen sein musste. Die Gefahr, dass
die Frau die hiesigen Behörden einschaltete, war viel zu
groß.

»Das tut mir leid«, stieß Margret schließlich bestürzt
hervor und sah sie mitleidig an. »Wirklich. Ich wollte
Ihnen nicht zu nahe treten.«

»Schon gut«, gab Susanne zurück. »Sie konnten es
nicht wissen.«

»Was ist mit ihm passiert?«

»Wie es aussieht Suizid …«

»Oh mein Gott, wie furchtbar«, stieß Margret aus.
Dann zog sie die Stirn kraus. »Sie zweifeln daran?«

»Es passt einfach nicht zu ihm, verstehen Sie? Und
genauso wenig neigte er zu Gewalttätigkeiten. Hinter
Evas Verschwinden muss etwas anderes stecken. Um
mehr darüber herauszufinden, bin ich hergekommen.
Und wenn ich Eva gefunden habe, will ich ihr gegen-
übertreten und sie fragen, warum sie meinem Bruder das
Herz gebrochen hat.«

»Das verstehe ich«, sagte Margret und sah sie
betreten an. »Umso mehr tut es mir leid, dass ich Ihnen
nicht weiterhelfen kann. Wie meine Schwester schon
sagte, eines Morgens war sie mit Sack und Pack
verschwunden. Sie hat sich weder verabschiedet noch
ihren letzten Wochenlohn abgeholt. Keine Ahnung,
warum sie es so eilig hatte.«

»Finden Sie das nicht auch merkwürdig?«, wollte
Susanne wissen. »Immerhin sagten Sie ja vorhin selbst,
dass sie Ihrer Ansicht nach finanzielle Probleme hatte.
Würde dann jemand abhauen, ohne sein Gehalt?«

»Eva und ich sind zwar gut miteinander ausge-
kommen und mir gegenüber hat sie sich auch nicht so

extrem verschlossen wie vor den anderen, doch wirklich nahe standen wir einander auch nicht. Ich kannte Eva nur ein paar Wochen und kann mir deswegen kein Urteil darüber erlauben, was ihre Person und ihre Handlungen betrifft.«

»Und die Tage bevor sie verschwunden ist? Kam sie Ihnen da irgendwie anders vor? Hat sie etwas gesagt oder getan, dass darauf hindeutete, dass sie vorhatte zu verschwinden?«

Margret überlegte, schüttelte den Kopf.

Susanne fiel ein, dass sowohl Asta als auch Jon erwähnt hatten, dass Eva gesundheitliche Probleme gehabt habe. Sie fragte sich, wieso Margret das nicht erwähnte.

»Gar nichts?«

»Nicht dass ich wüsste.«

»Ich frage nur, weil Jon mir erzählt hat, dass sie sich öfters übergeben hat und einmal sogar umgefallen ist.«

»Ach was.« Margret lachte und winkte ab. »Der Junge übertreibt maßlos. Das war alles halb so wild. Eva hat oft über Tage kaum etwas gegessen. Ihr Kreislauf hat deswegen schlappgemacht, doch nach einem Tag Ruhe und ein paar gesunden Mahlzeiten war alles wieder okay mit ihr.«

»Also ging es ihr wieder gut, bevor sie verschwunden ist?«

»Rein gesundheitlich, ja. Was ihr Innerstes angeht, kann ich Ihnen diese Frage nicht beantworten.«

Margret warf einen Blick auf die Uhr, verzog das Gesicht. »Tut mir wirklich leid, aber ich muss jetzt wieder. Falls wir uns nicht mehr sehen, wünsche ich Ihnen viel Glück für die weitere Suche.«

»Vielen Dank«, sagte Susanne und sah Margret nachdenklich hinterher.

Als sie aus der Tür war, stieß sie die Luft aus, legte

den Kopf in den Nacken, dachte angestrengt nach. Dieser letzte Satz, war das ein Wink mit dem Zaunpfahl gewesen?

Hatte Margret damit sagen wollen, dass sie von hier verschwinden sollte?

Susanne schüttelte den Kopf.

Bestimmt täuschte sie sich.

Margret war so freundlich zu ihr gewesen, hatte so mitfühlend ausgesehen.

Außerdem ergab alles, was die Frau gesagt hatte, absolut Sinn. Sie hatte vollkommen offen von Evas Zeit auf dem Hof erzählt, hatte überzeugend und ehrlich gewirkt, als sie über ihren Eindruck von der jungen deutschen Frau sprach. Warum hätte sie auch lügen sollen? Selbst Margrets Vermutung hinsichtlich Evas Beziehung konnte Susanne irgendwie nachvollziehen, auch wenn sie sie noch immer wütend machte.

Doch da war auch noch etwas anderes.

Zweifel?

Nein, eher Misstrauen.

Es nagte an ihr, bohrte, ließ sie nicht mehr los.

Warum?

Sie hatte nicht die geringste Ahnung.

Was sie aber ganz sicher wusste, war, dass sie Margret aus irgendeinem Grund nicht zu hundert Prozent vertraute.

War das nicht Grund genug, ein paar Tage länger hierzubleiben?

HAUGANES

SEPTEMBER 2022

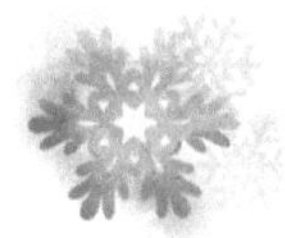

Margret war schon eine Weile fort als sich Susanne wieder an das Geräusch erinnerte, das sie in der letzten Nacht gehört hatte. Es hatte wie das Weinen eines Mädchens geklungen.

Sie stand auf, ging zur Kasse, hinter der Jons Bruder stand. »Ich würde gerne mein Essen bezahlen«, sagte sie und sah sich um. »Ist Asta in der Nähe? Ich muss sie wegen meiner Unterkunft etwas fragen.«

»Meine Mutter ist einkaufen gefahren. Was genau brauchen Sie denn?«

»Ich würde gern noch ein paar Tage hierbleiben«, erklärte sie. »Ist meine Unterkunft vielleicht noch frei?«

»Sie sind in dem alten Schuppen, nicht wahr?«

Susanne nickte.

»Und das reicht Ihnen? Ich frage nur, weil im Haupthaus ein Doppelzimmer frei geworden ist. Das wäre zwar teurer, ist dafür aber deutlich komfortabler.«

Susanne winkte ab. »Ich finde den Schuppen völlig okay«, erklärte sie. »Er ist gemütlich und sauber, mehr brauche ich nicht.«

»Dann sag ich meiner Mutter Bescheid, dass Sie bleiben wollen. Wissen Sie schon, wie lange genau?«

Susanne schüttelte den Kopf. »Vielleicht noch bis morgen oder übermorgen. Kann man denn in dieser Gegend etwas anschauen?«

Ragnar krauste nachdenklich die Stirn. »Sie könnten nach Akureyri rüberfahren. Da gibt es eine malerische Kirche mitten in der Innenstadt. Und wenn sie circa dreißig Kilometer weiter rausfahren, kommen Sie an einen wirklich beeindruckenden Wasserfall. Schon mal vom Godafoss gehört? Den kann man schon von der Ringstraße aus sehen. Ist klasse dort.«

Susanne bedankte sich. Sie war schon fast an der Tür, als ihr noch etwas einfiel. »Befindet sich in der Nähe des Schuppens, in dem ich schlafe, noch ein weiteres Ferienhaus?«

Ragnar schüttelte den Kopf. »Warum fragen Sie?«

Susanne runzelte die Stirn. »Ach, es ist nur, weil ich gestern Abend ein merkwürdiges Geräusch gehört habe, als ich draußen nach Nordlichtern gesehen habe.«

»Ein Geräusch?«

»Ja, es klang wie ein Weinen.«

Ragnar lachte auf. »Das ist bestimmt der Wind gewesen«, erklärte er. »Hier draußen ist es nachts oft so ruhig und vor allem stockdunkel, da klingen die Dinge anders als in der Stadt.«

Susanne nickte nachdenklich, dann machte sie sich auf den Weg nach draußen.

Inzwischen war gerade mal eine knappe Stunde vergangen. Susanne hatte ihren Wagen auf dem Parkplatz zum Godafoss abgestellt, nachdem sie die ganze

Fahrt über gegrübelt hatte, was genau sie gegenüber Margret so misstrauisch stimmte.

Aber sie konnte es nicht fassen. Da war nur dieses Gefühl, das sie nicht einordnen konnte.

Doch das war nicht alles.

Dass Ragnar ihre Frage wegen des beängstigenden Geräuschs als Einbildung abgetan hatte, stieß ihr sauer auf. Obwohl ihr natürlich klar war, dass er recht haben könnte. An jenem Abend war sie vollkommen übermüdet gewesen, ihre Nerven waren überstrapaziert. Selbstverständlich war es unter diesen Umständen möglich, dass sie in das Geräusch mehr hineininterpretiert hatte.

Während sie auf die Menschenansammlung zulief, die sich rund um die Absperrung versammelt hatte, fragte sie sich, wieso sie hergekommen war. Sie hatte Eva noch immer nicht gefunden, hatte noch nicht einmal eine Spur, die zu ihr führte.

Und sie?

Sie tat, als wäre sie eine Touristin auf der Suche nach dem ultimativen Foto.

Sie seufzte, blieb stehen.

»Es stimmt also, man sieht sich immer zweimal im Leben.«

Die Stimme hatte sie schon mal gehört. Als sie aufsah, blickte sie in blaue Augen, die ihr bekannt vorkamen. »Ralf, richtig?«

Der junge Mann nickte. »Immer wenn ich dich sehe, wirkst du vollkommen in Gedanken versunken. Man traut sich gar nicht, dich anzuquatschen. Geht's dir gut?«

Susanne nickte.

»Hast du dir den Süden schon angesehen?«

Susanne schüttelte den Kopf. »Mir ist was dazwischengekommen.«

Ralf hob fragend die Brauen. »Was kann einem denn im Urlaub dazwischenkommen?«

»Eigentlich bin ich nicht zum Urlaub machen hier«, erklärte sie. »Zumindest nicht ausschließlich. Ich suche jemanden. Wie ich am Flughafen bereits sagte, habe ich etwas zu erledigen. Eine dringende Familienangelegenheit.«

»Und hattest du schon Glück?«

Während sie zum Wasserfall liefen, überlegte Susanne, ob sie Ralf etwas von sich erzählen sollte. Zwar waren sie einander völlig fremd, doch auf eigentümliche Weise fühlte sich seine Nähe irgendwie vertraut an, so als würden sie sich schon seit Langem kennen.

Schließlich entschied sie sich dazu, Ralf das Gleiche zu erzählen, das sie Margret gesagt hatte. Nicht die ganze Wahrheit, aber immerhin so viel, dass er ihre Intention, Eva zu finden, nachvollziehen konnte.

»Das mit deinem Bruder tut mir echt leid«, sagte Ralf, als sie fertig war. »Keine Frau ist es wert, dass man ihretwegen so komplett den Halt verliert.« Er sah Susanne an und plötzlich bemerkte sie, dass er rot anlief. »Das war jetzt blöd formuliert«, stammelte er. »Du bist eine Frau, und ich glaube, das kam irgendwie respektloser an, als es gemeint war.«

Sie winkte ab. »Ich finde, dass du vollkommen recht hast. Sich wegen eines gebrochenen Herzens das Leben zu nehmen, ist sinnlos. Weil es die Person, die dich verlassen hat, die dafür verantwortlich ist, dass du dich beschissen fühlst, sowieso nicht mehr juckt, sonst hätte sie dich ja nicht verlassen.« Sie stieß ein bitteres Lachen aus, sah Ralf an. »Das war jetzt natürlich überzogen formuliert, aber ich denke, dass es das ganz gut trifft. Mein Bruder war verrückt nach ihr, trotzdem bin ich absolut überzeugt davon, dass er sich nicht umgebracht hat. So war er nicht.«

»Aber sagtest du nicht ...«

»Die Polizei ist überzeugt, dass es Suizid war«, schnitt sie ihm das Wort ab.

»Aber du denkst, dass etwas anderes dahintersteckt?«

Susanne seufzte. Dann nickte sie.

»Und du bist hier, um das herauszufinden?«

»Im Grunde ja, aber momentan weiß ich nicht, wie ich weitermachen soll. Eva ist mir immer einen Schritt voraus, weil sie Monate vor mir hier war. Ich verfolge ihre Spur, treffe Menschen, die sie ebenfalls getroffen haben, doch wirklich weitergekommen bin ich bislang nicht.«

»Vielleicht solltest du jetzt erst mal was für dich tun. Zu Kräften kommen, ausschlafen, gut essen, dir die Gegend ansehen. Du wirkst müde, vollkommen fertig. Vielleicht ist es einfach ein Zeichen, dass deine Suche gerade stagniert.«

Susanne lächelte. »Etwas Ähnliches hat Marvin auch gesagt.«

»Meinst du Marvin vom Petite?«

Susanne nickte und überlegte kurz, ob sie Ralf von dem Foto erzählen sollte, entschied dann aber, dass sie in diesem Falle weiter ausholen müsste und sie dazu nicht bereit war.

»Wie findest du die Kneipe? War doch ein guter Tipp von mir?«

»Ein denkwürdiger Abend«, erklärte Susanne und fand, dass das nicht mal gelogen war.

»Was hältst du davon, wenn du dich uns anschließt?«, fragte Ralf. »Wir wollen morgen zuerst nach Husavik zum Whale Watching und anschließend zum Dettifoss, der liegt knappe zwei Stunden von hier entfernt. Was ist? Hast du Lust mitzukommen? Vor allem der Dettifoss ist was ganz Besonderes und für jeden Island-Touristen quasi Pflichtprogramm.«

Sie sah ihn neugierig an. »Und warum?«

»Der Wasserfall diente schon in einigen Filmen als Kulisse. Unter anderem wurde Prometheus da gedreht.«

»Was ist das für ein Film?«

»Kennst du die Alien-Reihe?«

»Klar.«

»Prometheus ist die Vorgeschichte davon.«

»Cool«, gab Susanne zurück. »Es ist nur, ich weiß nicht, ob ich morgen noch hier bin. Wenn ich ehrlich bin, weiß ich überhaupt nicht, was als Nächstes kommt. Und Pläne machen, irgendwie fühlt sich das falsch für mich an, verstehst du?«

Sie sah Ralf an, dass er enttäuscht war, legte den Kopf schräg, grinste verlegen. Sie fand ihn nett und unter normalen Umständen wäre sie morgen vielleicht tatsächlich mit ihm gefahren, doch hier und heute konnte sie einfach nicht aus ihrer Haut raus und ihm zusagen. »Aller guten Dinge sind drei«, sagte sie schließlich.

»Was meinst du?«

»Naja, wir sind uns bis jetzt zweimal zufällig und unbeabsichtigt über den Weg gelaufen. Sollte es noch ein drittes Mal dazu kommen, dann verspreche ich, nehme ich dein Angebot an. Egal was du vorschlägst, du kannst auf mich zählen, okay?«

Nachdem Ralf zu seinen Kumpels in den Wagen gestiegen war, winkte sie ihm nach, dann drehte sie sich wieder um, ging noch mal zum Wasserfall zurück. Das Rauschen der Wassermassen, der feine Sprühnebel auf ihrem Gesicht – aus irgendeinem Grund fühlte es sich für Susanne richtig an, genau jetzt hier zu sein.

Lag es daran, dass sie wusste, dass ihr Bruder diesen Ort geliebt hätte?

Oder war es die Tatsache, dass sie sich hier, in genau

dieser Sekunde weniger allein fühlte? Nicht wegen der unzähligen Touristen, die überall um sie herum standen und plapperten. Nein, viel mehr war es so, dass sie genau hier das Gefühl hatte, ihr Bruder wäre tatsächlich noch bei ihr.

Fast war es, als könne sie ihn lachen hören. *Amüsiere dich, kleine Schwester, hab Spaß!*

»Total super hier!«

Susanne wirbelte herum. Fast war sie enttäuscht, als sie hinter sich zwei fremde junge Männer sah, die fasziniert in die Tiefe starrten.

Tränen traten ihr in die Augen.

Einer von beiden hatte fast wie ihr Bruder geklungen.

Als sie am späten Abend nach einem üppigen Essen in einem der besten Streetfood-Restaurants Akureyris zurück in ihre Unterkunft kam, spürte sie auf Anhieb, dass etwas anders war. Jemand war hier gewesen, in ihrem Zimmer. Sie sah sich um. Das Bett war gemacht, das Bad blitzsauber. Sie lachte erleichtert auf … Das Zimmermädchen. Natürlich.

Für einen winzig kleinen Augenblick hatte sie geglaubt, jemand könnte aus irgendeinem irrwitzigen Grund ihre Sachen durchwühlt haben.

Sie ließ sich aufs Bett fallen, schloss die Augen.

Als sie ein merkwürdiges Prickeln auf der Haut spürte, sprang sie aus dem Bett. Plötzlich überkam sie das Gefühl, beobachtet zu werden.

Doch wer zum Teufel sollte sie um diese Uhrzeit beobachten?

Und vor allem, warum?

Sie musste nachsehen.

Jetzt!

Sofort!

Sie sprang auf, zog zuerst die Vorhänge zu, dann trat sie nach draußen. Es war stockdunkel und windstill heute Nacht, der Himmel über und über mit leuchtenden Sternen überzogen.

Was hatte Daniel ihr über die Nordlichter erzählt?

Dass man sie vor allem fernab von Großstädten und in Nächten mit klarem Himmel sehen konnte. Sie ging hinein, nahm ihre Jacke vom Haken, zog sie an. Dann eilte sie wieder nach draußen, zog die Tür zu, ging ein Stück vom Haus weg, sah nach oben.

Wir müssen Geduld haben, hörte sie Daniels Stimme in ihrem Innern nachklingen, *es gibt unzählige Touristen, die über zwei Wochen in Island waren und keine gesehen haben. Aber vielleicht haben wir beide ja Glück.*

Bei der Erinnerung an jenen Tag traten ihr die Tränen in die Augen. Sie wollte gerade wieder ins Haus laufen, als sie aus dem Augenwinkel etwas Türkisfarbenes über sich sah. Beinahe schüchtern und kaum wahrnehmbar, brach sich der farbige Schimmer seinen Weg aus dem Dunkel.

Susanne keuchte ergriffen.

Wenn Daniel jetzt hier wäre, dachte sie, er würde vor Begeisterung die Leute aus dem Haupthaus wachbrüllen.

Schnell ging sie rein, holte ihr Handy, um den Moment für die Ewigkeit festzuhalten. Anschließend legte sie den Kopf in den Nacken und wartete.

Innerhalb einer halben Stunde schaffte sie es, mehr als zwanzig Fotos von Nordlichtern zu machen. Schließlich suchte sie das schönste von allen heraus, postete es auf Instagram.

Für meinen Bruder, schrieb sie als Bildunterschrift. *Ich würde alles dafür geben, wenn du jetzt bei mir wärst.*

Als ihr kalt wurde, beschloss sie, dass es für heute genug war. Sie fühlte sich müde und ausgelaugt von dem ereignisreichen Tag, hatte aber zum ersten Mal seit ihrer Ankunft das Gefühl, etwas erreicht zu haben. Okay, sie hatte Eva nicht gefunden, wusste immer noch nicht, warum sie verschwunden war, doch die Nordlichter hatten sie für alles entschädigt. Das war ein Erlebnis, das ihrem Bruder gefallen hätte. Er hätte sich für sie gewünscht, dass sie die Zeit hier in vollen Zügen genoss.

Sie war schon fast an der Tür, als sie erschrocken innehielt.

Da war es wieder.

Genau wie gestern, aber viel, viel leiser, kaum wahrnehmbar.

Sie spürte, wie die feinen Härchen in ihrem Nacken sich aufrichteten, drehte sich um, starrte angestrengt in die Dunkelheit.

Das war nicht der Wind, wie Ragnar behauptet hatte, da war Susanne absolut sicher. Und auf keinen Fall bildete sie sich dieses Geräusch nur ein.

Doch wo zur Hölle war das Mädchen, das so bitterlich weinte? Das Haupthaus war viel zu weit weg, von dort konnte es nicht kommen. Außerdem wäre sie dann sicher nicht die Einzige, die es hören konnte.

Doch ansonsten war hier weit und breit nichts, außer einer Garage und der alten Scheune, die gerade umgebaut wurde und sich ein paar Meter weiter weg befand. Sie hatte sich das Gebäude bei Tageslicht genauer angesehen und war sicher, dass es absolut unbewohnbar war.

Doch vielleicht diente es den Jugendlichen aus dem Dorf als abendlicher Treffpunkt? Sie spann den Gedanken weiter. Vielleicht sollte sie Asta davon erzählen, damit sie Vorkehrungen treffen konnte, bevor etwas passierte.

Sie war schon fast bei der Tür, als sie wieder das Gefühl hatte, beobachtet zu werden. Sie drehte sich panisch um, doch da war niemand.

Nur das leise Weinen war weiter zu hören, steigerte sich von Sekunde zu Sekunde zu einem herzerweichenden Heulen, das ihr in den Ohren und im Innersten wehtat. Und dann, ganz plötzlich, herrschte wieder Stille.

Susanne spürte, dass sie Gänsehaut bekam, rannte die letzten paar Meter zu ihrem kleinen Häuschen, atmete auf, als sie hinter sich den Riegel vorschob.

Sie blieb einen Augenblick stehen, bis ihr Atem sich beruhigt hatte. Wovor zum Teufel hatte sie auf einmal solche Angst? Niemand wusste, dass sie hier war.

Niemand außer Katrin.

DREIZEHN

HAUGANES

SEPTEMBER 2022

Am nächsten Morgen fühlte Susanne sich wie gerädert. Sie hatte kaum geschlafen, stattdessen hin und her überlegt, wie sich dieses Gefühl der Panik, das sie empfunden hatte, als sie draußen gewesen war, erklären ließ.

Es war tatsächlich so, dass niemand wusste, dass sie hier war, ihr also auch keiner auf den Fersen sein konnte. Und doch, da war Susanne absolut sicher, hatte sie es sich nicht eingebildet. Irgendjemand hatte sie gestern Nacht beobachtet.

Jemand war mit ihr da draußen in der Dunkelheit gewesen.

Doch wer?

Und hatte dieser Jemand etwas mit dem Tod ihres Bruders zu tun?

Damit, dass Eva geflohen war?

War ihr derjenige gefolgt, in der Hoffnung, sie würde ihn zu ihr führen?

Susanne schluckte trocken, spürte, wie ihr der Schweiß ausbrach.

Möglich wäre es, musste sie schließlich zugeben.

Dass Eva in etwas Kriminelles verwickelt war, stand

ja außer Frage. Anderenfalls hätte sie nicht in den fernen Norden fliehen, Daniels Geld stehlen und sich auf Bauernhöfen verstecken müssen. Und Daniel … Dass sein Tod kein Suizid war, daran zweifelte sie längst nicht mehr. Sie hatte es von Anfang an gewusst, sich jedoch von der Polizei mehr oder weniger einlullen lassen. Hinzu kam, dass bis zu dem Zeitpunkt, als sie Evas Foto in dem Café gefunden hatte, rein gar nichts von dieser schrecklichen Geschichte Sinn ergab. Dieses Bild von Eva, die gefärbten Haare, Marvins Beschreibung ihrer Blessuren, all das hatte ihre Sicht der Dinge verändert.

Es war sogar möglich, dass derjenige, der hinter allem steckte, sie bereits in Deutschland beschattet hatte und ihr gefolgt war.

Doch hätte sie dann nicht schon längst bemerken müssen, dass jemand ihr folgte?

War sie am Ende einfach nur paranoid?

»Sie sehen müde aus.«

Die Stimme des Jungen riss Susanne aus ihren Gedanken.

Sie sah Jon an, lächelte. »Ich bin sogar sehr müde. Irgendwie kann ich hier nicht so gut schlafen.« Sie sah zur Theke, wo Ragnar damit beschäftigt war, eine große Menge verschmutzter Gläser zu waschen. Dann sah sie zu Jon auf. »Diese alte Scheune, die gerade umgebaut wird, ich glaube, dass dort Jugendliche nachts ihr Unwesen treiben.«

Jon sah sie mit großen Augen an, drehte sich dann blitzschnell zu seinem Bruder um, doch der war so vertieft in seine Arbeit, dass er ihn nicht zu bemerken schien.

»Ich hab gestern schon mit Ragnar gesprochen und er meinte, was ich nachts höre, sei der Wind. Aber ganz ehrlich …« Susanne brach ab, machte eine bedeutungsvolle Pause. »Ich glaube das nicht. Als ich gestern

nach Mitternacht draußen vor meinem Häuschen war,
hab ich deutlich das Weinen eines Mädchens gehört.
Zuerst ein leises Wimmern und dann ein verzweifeltes
Heulen. Vom Haupthaus kann es nicht gekommen sein,
das ist erstens zu weit weg und zweitens müssten es
dann die anderen Gäste auch mitbekommen haben.«
Susanne fixierte Jons Gesicht mit festem Blick. »Ich bin
absolut sicher, dass das Heulen aus der alten Scheune
kam. Ein junges Mädchen war dort und hat bitterlich
geweint. Deswegen dachte ich, sage ich Bescheid, dass
deine Familie etwas dagegen unternehmen kann. Nicht
dass am Ende noch ein Unfall passiert, wenn die
jungen Leute nachts im Dunkeln dort herumschnüffeln.
Wärst du daher so nett und sagst deiner Mutter
Bescheid? Oder deiner Tante? Irgendjemand sollte
Vorkehrungen treffen, den offenen Eingang verbarri-
kadieren.«

Jon starrte sie düster an, klappte den Mund auf,
schloss ihn dann wieder.

»Kannst du das für mich machen? Ich hätte wirklich
ein viel besseres Gefühl, wenn ich wüsste, dass niemand
sich verletzen kann. Junge Leute können manchmal …
unvorsichtig sein. Gerade wenn sie etwas getrunken
haben oder aus irgendwelchen anderen Gründen außer
Rand und Band sind. Vielleicht kennst du diese Leute ja
sogar? Vielleicht handelt es sich ja auch um Freunde
deines Bruders?«

Als ihr klar wurde, dass dies im Bereich des Möglichen lag, lachte sie auf. Na klar … deswegen hatte
Ragnar gestern so vehement darauf bestanden, dass die
Geräusche vom Wind verursacht wurden, sie sich alles
vielleicht sogar nur einbildete.

Es musste sich um seine Freunde handeln. Vielleicht
war es sogar seine Freundin, die so bitterlich geweint
hatte.

»Hast du vielleicht auch schon mal mitbekommen, was da nachts in der Scheune los ist?«

Sie bemerkte, wie die Gesichtsfarbe des Jungen von dunkelrot zu beinahe alabasterweiß wechselte, hob die Brauen empor. »Alles in Ordnung bei dir?«

Jon starrte sie mit großen Augen an, dann kam Bewegung in ihn. Der Junge wirkte, als fechte er einen inneren Kampf aus. Schließlich schüttelte er heftig den Kopf, drehte sich um, rannte davon.

Ragnar hinter der Theke sah auf, starrte zu ihr, dann seinem Bruder hinterher.

Als sein Blick auf ihrem Gesicht hängen blieb, stellte er das Glas, das er gerade polierte, auf die Seite, kam um die Theke herum auf sie zu. »Sie sehen aus, als hätten sie einen Geist gesehen«, erklärte er und sah sie besorgt an.

»Ihr Bruder … ich habe nicht … ich wollte nicht.«

»Keine Sorge«, unterbrach Ragnar sie. »Jon ist manchmal ein bisschen überdreht, das hat nichts mit Ihnen zu tun. Er hatte vor einigen Jahren einen schweren Unfall, hat nur ganz knapp überlebt. Er lag ein paar Wochen im künstlichen Koma und seither …« Ragnar brach ab, suchte nach Worten, wirkte plötzlich unendlich traurig. »Seither ist er nicht mehr derselbe.«

Während Susanne auf die Kirche zulief und registrierte, wie viele Menschen außer ihr wegen des schlechten Wetters dieselbe Idee gehabt hatten, bereute sie, nicht woandershin gefahren zu sein. Kurz hatte sie tatsächlich überlegt, sich den von Ralf empfohlenen Wasserfall anzusehen, hatte sich dann aber doch nicht dazu durchringen können. Sie hatte Bedenken gehabt, dem jungen Mann über den Weg zu laufen, nachdem er ihr ja erzählt hatte, dass er heute dort sein würde. Sie wäre in Erklärungsnot geraten, hätte nicht gewusst, was sie sagen sollte, wenn er sie fragen würde, warum sie allein hergekommen war, seine Gesellschaft und die seiner Freunde ausgeschlagen hatte.

Dabei war Ralf ihr eigentlich sympathisch. Sie mochte seinen Humor, seine Ungezwungenheit, seine offene und ehrliche Art, sein Aussehen. Wenn sie länger darüber nachdachte, musste sie zugeben, dass er ihr sogar ziemlich gut gefiel, doch es handelte sich nun einmal um nicht mehr und nicht weniger als eine Urlaubsbekanntschaft, und eigentlich war sie nicht hier, um Urlaub zu machen. Okay, sie war mit dem Vorsatz, sich zu erholen, hergeflogen, doch nun, nach allem, was sie herausgefunden hatte, waren da andere Intentionen, die sie zum Bleiben bewegten und all ihre bisherigen Vorhaben über den Haufen warfen.

Es war seltsam, Evas Bild an der Wand des Petite hatte alles verändert. Was sie auch tat, sie schaffte es einfach nicht, an etwas anderes zu denken, sich zu entspannen, so lange dieses Rätsel um Evas Verschwinden nicht gelöst war.

Zugleich wusste sie, dass sie scheitern könnte, dass es im Bereich des Möglichen lag, dass sie es nie würde lösen können.

Eva hatte viel zu verlieren, musste sich deswegen gut verstecken, was die Suche nach ihr nahezu aussichtslos machte.

Hinzu kam die zeitliche Verschiebung von ein paar Monaten.

Susanne kämpfte mit sich.

Sollte sie zurückfliegen, der Polizei die Beweise dafür präsentieren, dass sie sich mit Daniel auf den Falschen eingeschossen hatten?

Doch was nützte das? Genugtuung würde ihren Bruder nicht zurückbringen.

Selbst wenn die Polizei den Fall neu aufrollen würde, um endlich nach der wahren Ursache für Evas Verschwinden zu forschen, die Suche nach ihr wieder aufnahm, nutzte all das weder Daniel noch ihr.

Sie hatte ihren Bruder für immer verloren, und nichts, was sie tat oder auch nicht tat, würde daran etwas ändern.

Dennoch wusste sie, dass sie diese Reise zu Ende bringen sollte, um mit dem Gefühl zurückzukehren, dass wenigstens sie ihrer beider Traum gelebt hatte.

Doch echte Freude, gestand sie sich ein, würde sie hier wohl niemals empfinden.

Susanne seufzte. Es war, als lähme die Trauer um ihren Bruder, die Ungewissheit über die Ursache seines Todes, sowohl ihre Entscheidungsgewalt als auch ihr Urteilsvermögen.

Sie wusste einfach nicht, wie es weitergehen sollte. Und das Schlimmste war, dass sie mit niemandem über ihre Zweifel reden konnte.

Gestern hatte sie lange darüber nachgedacht, Katrin von dem Foto zu erzählen, von der Spur zu Eva, die sie bis in den Norden Islands geführt hatte, doch dann war ihr klar geworden, wie gefährlich das war.

Sie kannte Katrin gut, wusste, dass ihre Freundin sich furchtbare Sorgen machen würde und wahrscheinlich sofort die Polizei informieren und damit nur schlafende Hunde wecken würde.

Wie sie es auch drehte und wendete, sie musste da einfach allein durch. Sich genau überlegen, was ihr nächster Schritt sein würde.

Unbewusst seufzte Susanne, während sie sich von ihrer inneren Gedankenreise verabschiedete und wieder ihrer Umgebung öffnete.

Im Innern der Kirche herrschte rege Betriebsamkeit, doch erstaunlicherweise störte sich Susanne nicht daran.

Ganz im Gegenteil. Sie steckte eine Münze in den Schlitz des Holzkästchens, nahm sich eine Kerze, zündete sie an. Anschließend setzte sie sich auf eine der Bänke, betrachtete das beeindruckende Kirchenschiff.

Mit jeder Faser ihres Körpers wünschte sie sich, Daniel wäre jetzt hier bei ihr, um ihr den Weg in die Richtung zu weisen, die sie als Nächstes einschlagen sollte. Gedankenverloren zog sie ihr Handy hervor, suchte Lara Widmanns Nummer, atmete tief ein.

Anrufen oder nicht anrufen?

Ihr Finger schwebte über dem Kontakt.

Der Schweiß brach ihr aus.

War das vielleicht die Antwort?

Wann immer sie über die Möglichkeit, die Polizei zu involvieren, nachdachte, brach ihr der Schweiß aus. Es war, als wehrte sich ihr Körper gegen diesen nicht mehr rückgängig zu machenden Schritt. Es fühlte sich an, als warnten ihre inneren Antennen sie. Intuition? Ein Schutzmechanismus?

Schnell schob sie das Handy wieder in die Jackentasche, lehnte sich zurück.

Schlaf noch mal drüber … Es bringt niemandem etwas, wenn du vollkommen übermüdet eine Entscheidung triffst.

Die Stimme war wie aus dem Nichts in ihrem Kopf aufgetaucht.

Daniels Stimme.

Nicht nur das.

Es war, als säße er tatsächlich neben ihr, genau jetzt, genau hier.

Sie stöhnte. Dann stieß sie ein hysterisches Lachen aus.

Wurde sie zu allem Übel jetzt auch noch irre?

Sie stand auf, sah sich um, doch niemand der Anwesenden beachtete sie.

Als sie am Abend zurück auf den Hof kam, lief sie Margret direkt in die Arme.

Die Frau winkte ihr lächelnd zu und wie auch schon bei ihrer ersten Begegnung hatte Susanne das Gefühl, dass diese Geste nicht aufrichtig war. Sie winkte halbherzig zurück, seufzte innerlich, als Margret stehen blieb, um auf sie zu warten.

»Wie geht es Ihnen?«, fragte sie. »Meine Schwester meinte, sie wollen noch ein wenig hierbleiben.«

Susanne nickte. »Im Moment weiß ich nicht so recht, wie es weitergehen könnte. Soll ich nach Eva suchen oder zurück nach Hause fliegen? Sie kann überall sein, das Land verlassen haben, wer weiß das schon.«

»Gefällt es Ihnen hier?«

»Auf dem Hof?«

»Ich meinte die Insel. Der Norden.«

Susanne stieß die Luft aus. »Die Landschaft ist wunderbar, das Essen auch, das Wetter ... na ja.«

Margret lachte. »Wussten Sie, dass das Wetter das Lieblingsthema der Isländer ist? Wir können stundenlang darüber diskutieren, obwohl es oft nur wenige Minuten dauert, bis es sich wieder ändert. Allein heute hatten wir schon einen aufziehenden Sturm, kurz darauf heftigen Starkregen und wenig später das schönste Wetter.«

Susanne lachte. »Besser als bei uns in Deutschland. Da regnet es oft tagelang durch.« Sie wurde wieder ernst. »Hat Jon eigentlich mit Ihnen gesprochen? Es geht um die Scheune bei meiner Hütte hinten. Ich hab da jetzt zwei Nächte nacheinander etwas gehört.«

Margret zog die Stirn in Falten. »Und was hat das mit meinem Neffen zu tun?«

»Ich hab ihn gebeten, seiner Mutter oder Ihnen Bescheid zu geben. Ich befürchte nämlich, dass dort am späten Abend und in der Nacht Jugendliche ihr Unwesen treiben.«

»Wir schließen ab zweiundzwanzig Uhr das Haupttor. Da dürfte es für Fremde schwierig werden, sich Zutritt zu verschaffen.«

Susanne starrte sie zweifelnd an. »Um das Grundstück hinten ist aber nur ein niedriger Weidezaun gespannt. Da könnte theoretisch jeder drübersteigen.«

Margret sah sie an, legte den Kopf schräg. »Was genau haben Sie denn gehört? Die Stimmen junger Leute?«

»Ich hab ein Mädchen weinen gehört. Eine junge Frau. Und ich bin absolut sicher, dass es aus Richtung der alten Scheune kam.«

Margret lachte. »Ein weinendes Mädchen? Ich glaube, dass Ihre Nerven Ihnen einen Streich spielen. Bestimmt war das nur der Wind. Das Fauchen kann sich je nach Stärke schon wie das Heulen eines Tieres anhören.«

Susanne schüttelte entschieden den Kopf. »Ragnar meinte dasselbe, aber nein, das war nicht der Wind, weil es nämlich gestern Abend absolut windstill war. Ich bin vollkommen sicher, dass da ein Mädchen geweint hat, und mache mir Sorgen, falls es sich um Jugendliche handelt, die sich in der Scheune herumtreiben und dass ihnen etwas zustoßen könnte. Immerhin geht dort kein Licht und bestimmt liegen da auch lauter Werkzeuge herum.«

Margret starrte sie an, räusperte sich. »Ich kann Ragnar bitten, die Augen offen zu halten, aber ganz ehrlich, ich denke, dass Sie sich irren. Außer Ihnen ist im hinteren Teil des Grundstücks keiner. Aber wenn es Ihnen dahinten zu unheimlich ist, kann ich gerne nachsehen, ob im Haupthaus noch was frei ist.«

»Nicht nötig, danke«, gab Susanne zurück und musste sich beherrschen, nicht allzu forsch zu klingen. Sie hasste es, wenn die Menschen sie nicht ernst nahmen oder versuchten, sie für dumm oder naiv zu verkaufen.

Sie verabschiedete sich von Margret, machte sich auf den Weg zu ihrer Hütte. Schon von Weitem sah sie, dass auf der Stufe vor der Tür etwas lag. Ihr Herz hämmerte heftig gegen ihren Brustkorb, je näher sie kam. Schließlich erkannte sie, dass es sich um einen Steinbrocken handelte. Er war schwarz und vollkommen durchlöchert.

Erkaltete Lava, ging es ihr durch den Kopf. Sie ging auf die Stufe zu, streckte die Hand aus, zögerte.

Lachend schüttelte sie den Kopf, hob das Gestein auf, bemerkte einen kleinen und zu einem winzigen Quadrat gefalteten Zettel darunter.

Sie erschrak, drehte sich um, doch da war keiner.

Aber es bestand absolut kein Zweifel daran, dass jemand hier gewesen war, den Zettel auf die Stufe vor ihrer Tür gelegt und ihn mit einem Steinbrocken beschwert hatte, damit er weder nass noch davongeweht wurde.

Ihre Finger zitterten, als sie das Papier entfaltete, die krakeligen Buchstaben und englischen Worte zu entziffern versuchte.

Die Nachricht muste von Jon sein.

Als sich ihr der Sinn des Geschriebenen erschloss, erstarrte sie.

Dann las sie die Worte erneut.

Und noch mal.

Schließlich hob sie den Blick, ging ein Stück vom Haus weg, sah unbehaglich in Richtung Baustelle.

Sie hatte sich also tatsächlich weder getäuscht noch spielten ihre Nerven verrückt, wie die Nachricht des Jungen bewies. Sie schluckte, während sie die Zeilen ein weiteres Mal überflog.

Ich habe sie auch schon weinen hören …

VIERZEHN

HAUGANES

SEPTEMBER 2022

Im Haus setzte Susanne sich aufs Bett, starrte den Zettel nachdenklich an.

Sie hatte Jons Reaktion heute Morgen vollkommen falsch eingeschätzt. Zuerst hatte sie geglaubt, dass es seine Freunde sein könnten, die des Nachts dort herumlungerten, und dass er vor ihr weggelaufen war, weil er sich unter Druck gesetzt fühlte. Danach hatte sie seinen hilfesuchenden Blick zu Ragnar bemerkt und angenommen, dass er genau wusste, was oder wen sie meinte, seinen Bruder aber nicht verraten wollte. Doch nun wusste sie es besser.

Ich habe sie auch schon weinen hören …

Das hieß, was es hieß.

Dieses Mädchen gab es wirklich. Nicht nur sie hatte es gehört. Und das war nicht alles: Jon wusste offenbar, wer das Mädchen war. Das Wörtchen *sie* stand ohne Zweifel für diese Tatsache.

Denn er hatte nicht geschrieben, dass er auch schon etwas gehört hatte. Und er hatte auch nicht zu erklären versucht, dass er genau wie sie ein Weinen vernommen hatte. Nein. Aus seinen Worten war ohne Zweifel heraus-

zulesen: Ich habe sie – das Mädchen – auch schon
weinen hören.

Kannte er sie etwa?

Und falls ja, lautete die Frage: Wieso logen hier alle?
Wieso versuchten diese Leute, sie für verrückt oder
durchgeknallt zu erklären? Warum behaupteten Ragnar
und Margret, dass sie sich täuschte?

Am liebsten wäre sie jetzt zum Wohnhaus der Familie
gelaufen, das genau neben dem Hauptgästehaus stand,
und hätte Jon herausgeklingelt. Doch es war spät. Sicherlich würden seine Eltern und sein Bruder sich ihren Teil
denken, wenn sie ihn um diese Zeit zu sprechen
verlangte. Ganz davon zu schweigen, dass es ihm selbst
auch nicht recht wäre.

Susanne hatte keinen Zweifel daran, dass Jon nicht
wollte, dass jemand von seiner Familie von dem Zettel
erfuhr.

Er hatte ihn so winzig zusammengefaltet und unter
den Stein gelegt, damit man die Nachricht an sie im
Vorbeigehen nicht sehen konnte. Sonst hätte es nämlich
genügt, den Zettel einfach in seiner vollen Größe unter
den Stein zu klemmen, damit er nicht davonflog.

Fakt war also, dass er das Mädchen eventuell kannte
und wollte, dass Susanne dies wusste.

Nur sie.

Sie stand auf, beschloss, dass alles Weitere bis morgen
warten müsse, versteckte den Zettel in einem der Fächer
ihres Rucksacks. Sie gähnte, entschied sich dazu, heute
früher zu Bett zu gehen, um morgen ausgeschlafen eine
Entscheidung treffen zu können.

Und dann würde sie Jon auch gleich zur Rede stellen
können. Sofern sie ihn mal kurz alleine erwischte.

Benommen schreckte sie aus dem Schlaf. Hatte sie da eben ein Geräusch gehört? Es hatte wie eine Tür geklungen, die geöffnet worden war. Und dann diese furchtbare Kälte.

Susanne zitterte, tastete im Dunklen nach dem Schalter der Lampe auf dem Nachtkästchen. Wieso war es so kalt in ihrem Zimmer? Sie hatte die Heizung angestellt, als sie duschen gegangen war, eigentlich müsste es warm sein. Sie blinzelte, als der Lichtschein das Zimmer erhellte, dann fiel ihr auf, dass die Tür zu ihrer Unterkunft sperrangelweit offen stand.

Deswegen war es so kalt hier drinnen.

Sie runzelte die Stirn.

Dann fing ihr Herz an zu hämmern.

Warum stand die Tür offen?

Sie war absolut sicher, den Riegel zugeschoben zu haben.

Sie schlug die Decke zurück, stand auf, schlüpfte in ihre Klamotten, tappte zur Tür, spähte nach draußen.

Niemand da.

Sie wollte gerade vor die Tür gehen, als ihr auffiel, dass sie noch keine Schuhe anhatte.

Sie zuckte zurück, als sie aus dem Augenwinkel eine Bewegung wahrnahm.

Jemand war hier, wurde ihr klar.

Bei ihr.

Sie schnappte nach Luft, wollte einem Impuls folgend im Haus verschwinden, die Tür verrammeln, sich unter der Decke verstecken, so wie sie es früher als kleines Mädchen getan hatte.

Doch Sekunden später stand sie immer noch wie erstarrt im Türrahmen, unfähig auch nur einen klaren Gedanken zu fassen.

Dann plötzlich vernahm sie leise Schritte.

Wer auch immer das war, befand sich keine zehn Meter von ihr entfernt in der Dunkelheit.

Susanne wurde klar, dass es sich um denjenigen handeln musste, der es irgendwie geschafft hatte, sich Zutritt zu ihrer Hütte zu verschaffen.

War das Jon?

Wollte er, dass sie herauskam, damit er mit ihr reden konnte?

Doch wieso gab er sich dann nicht zu erkennen? Warum spielte er mit ihr, jagte ihr Angst ein?

Der Schweiß brach ihr aus.

Die Schritte kamen näher.

Doch dann, dann herrschte auf einmal Stille.

Sekundenlang.

Susanne stieß erleichtert die Luft aus, wollte schon wieder ins Haus zurück, als sie in etwa zehn Metern Entfernung eine zierliche, hell gekleidete Gestalt in Richtung Scheune laufen sah.

Das ist nicht Jon, schoss es ihr durch den Kopf.

Susanne stand noch immer wie erstarrt in der Tür, wusste nicht, was sie tun sollte.

Das war ein Mädchen, flüsterte die Stimme in ihrem Kopf. Ein *junges Mädchen in hellen Kleidern, mit blonden, langen Haaren.*

Eva!

Nein.

Eva war viel größer und kräftiger als diese weglaufende Gestalt.

Außerdem trug sie ihr Haar jetzt kurz und dunkel.

Aber wer war es dann?

Und wieso hatte diese Fremde die Tür zu ihrer Unterkunft geöffnet?

Um deine Aufmerksamkeit zu erregen.

Susanne begann zu zittern, als ihr klar wurde, dass es genau das war, das Sinn ergab. Nur das.

Seit zwei Nächten hörte sie ein Weinen.

Und heute … heute sah sie ein Mädchen weglaufen, zur Scheune, aus der die Geräusche neulich gekommen waren.

Es gab nur eine Möglichkeit, herauszufinden, was es mit diesem Mädchen auf sich hatte, zu erfahren, wieso es weinte, ihre Tür öffnete und dann vor ihr weglief.

Sie musste in die Scheune.

Jetzt!

Sie konnte auch nicht warten, bis es hell wurde.

Sie hastete zum Nachtkästchen, nahm ihr Handy, aktivierte die Taschenlampenfunktion, schlüpfte in ihre Schuhe, rannte nach draußen.

Seltsamerweise konnte sie, als sie auf Höhe der Stelle ankam, wo sie vorhin das Mädchen gesehen hatte, keine Fußabdrücke erkennen.

Trotzdem lief sie weiter, schlüpfte durch die noch immer offen stehende Tür ins Innere der Scheune, sah sich um. Wie sie bereits vermutet hatte, befand sich das Gebäude in einem miserablen Zustand. Der Boden war uneben und es knirschte bei jedem Schritt, einige der Holzdielen waren so locker, dass sie aufpassen musste, nicht zu stolpern und sich den Hals zu brechen.

Überall standen kleine Tische herum, auf denen sich das Werkzeug stapelte. Doch wirklich seltsam war, dass sie dieses Mädchen nirgendwo entdecken konnte. Als es irgendwo schräg hinter ihr knarzte, wirbelte sie herum.

Doch außer einer alten Holztreppe, die auf den Dachboden der Scheune führte, konnte sie nichts erkennen.

Zögernd lief sie auf die Treppe zu, fragte sich, ob sie es riskieren konnte, da hochzusteigen.

Was, wenn der Boden dort oben in genauso schlechtem Zustand war wie der hier unten?

Dann bestand die Gefahr, dass sie mehr als fünf, vielleicht sogar zehn Meter – sie konnte wegen der Dunkelheit schlecht schätzen, wie hoch der Dachboden war – in die Tiefe stürzte.

Als sie von oben ein Geräusch vernahm, das leisen Schritten sehr nahe kam, beschloss sie, dass sie es riskieren musste. Sie würde eben vorsichtig sein, hatte außerdem eine zuverlässige Lichtquelle bei sich. Vorsichtshalber überprüfte sie noch den Akkustand ihres Handys, seufzte erleichtert, als feststand, dass sie sich keine Sorgen zu machen brauchte. Dann huschte sie vorsichtig Stufe für Stufe nach oben. Sie konnte die letzte Stufe bereits erkennen, als wieder ein Geräusch ertönte.

Ein leises Schluchzen.

Sie erkannte es. Das war das Mädchen, das sie schon zweimal weinen gehört hatte.

»Hallo?«

Ihre Stimme war kaum mehr als ein Flüstern.

Sie räusperte sich.

»Brauchst du Hilfe?«, rief sie dann etwas lauter und mit festerer Stimme.

Dann fiel ihr ein, dass dieses Mädchen mit Sicherheit eine Einheimische war und kein Deutsch verstand.

Sie versuchte es auf Englisch, doch auch darauf erfolgte keine Antwort.

Sie hat Angst, wisperte die Stimme in ihrem Kopf. *Du musst schon zu ihr hingehen, damit sie begreift, dass von dir keinerlei Gefahr ausgeht und du ihr lediglich helfen möchtest.*

Susanne blieb für einen Augenblick stehen, kämpfte entschlossen gegen ihre Angst an.

Alles in ihr warnte sie, schrie danach, umzukehren. Doch sie ignorierte es, schaffte es ihre letzten Reserven an Mut, Entschlossenheit und Willenskraft zusammenzukratzen und weiterzugehen.

Als sie oben angekommen war, straffte sie die Schultern. Dann strahlte sie den gesamten Dachboden mit der Taschenlampe ab.

Sie stutzte.

Wo zur Hölle war das Mädchen?

Es musste doch irgendwo hier sein. Das Schluchzen war eindeutig von oben gekommen. Sie lief langsam weiter, darauf achtend, wohin sie trat, leuchtete in jede Ecke und hinter jeden einzelnen der unzähligen Holzbalken.

Als ihr klar wurde, dass sie tatsächlich allein hier oben war, stieß sie die Luft aus.

Das war unmöglich!

Dieses Mädchen war in die Scheune gelaufen, sie hatte es mit eigenen Augen gesehen. Und nachdem sie es unten nirgends hatte entdecken können, stand vollkommen außer Frage, dass es hier oben sein musste.

Das ist es aber nicht, wisperte die Stimme in ihrem Kopf und machte sie noch nervöser.

Sie drehte sich ein paar Mal um die eigene Achse, doch nichts … Außer ihr schien niemand hier zu sein.

Susanne musste zugeben, dass ihr diese Erkenntnis eine Heidenangst einjagte.

Wo war das Mädchen?

Gab es unten einen Hinterausgang, den sie übersehen hatte?

Sie wollte gerade umdrehen und wieder nach unten gehen, als sie Schritte vernahm.

Schwere Schritte, wie die eines Mannes.

Kurz darauf drang ein Lichtstrahl durch die Ritzen im Boden, traf ihre Füße.

Sie blieb wie erstarrt stehen, rührte sich keinen Millimeter.

»Hallo?«

Da unten war tatsächlich ein Mann.

Er stieß ein paar für sie unverständlich Worte aus, tappte ziellos herum, blieb schließlich stehen.

Aus Angst, er könnte ihren Atem hören, hielt Susanne die Luft an.

Schließlich vernahm sie ein unwilliges Brummen, dann Schritte, die leiser und leiser wurden.

Wer auch immer da unten gewesen war, ging wieder weg.

Gott sei Dank!

Susanne schnappte nach Luft.

Der Mann musste ihre Rufe gehört haben und wollte wohl nach dem Rechten sehen. Als Susanne klar wurde, dass Margret ihre Befürchtung wegen der Jugendlichen tatsächlich weitergegeben haben musste, fühlte sie sich ein wenig besser.

Doch dieses Mädchen, das sie gesehen hatte … Es wollte ihr einfach nicht in den Kopf, wohin es verschwunden sein konnte. Leise setzte Susanne einen Schritt vor den anderen, war fast an der Treppe, als sie aus einer Nische hinter den Stufen ein Rascheln vernahm.

»Bist du das?«, flüsterte sie auf Englisch und musste sich beherrschen, nicht panisch nach unten zu rennen. »Ich will dir nichts tun, hörst du? Ich will dir helfen«, versuchte sie es weiter, hoffend, dass das Mädchen sie trotz ihrer eingerosteten Sprachkenntnisse verstand. Sie leuchtete an der Treppe vorbei, direkt in die kleine Nische hinein, doch konnte sie den Ursprung des Raschelns nicht ausmachen.

Gab es hier oben Mäuse?

Prompt richteten sich die Härchen in ihrem Nacken auf.

Oder Ratten?

Susanne wurde speiübel.

Doch dann sah sie es. Direkt vor ihr rieselte Staub

von der Decke, an einer Stelle, an der ein massiver Holzbalken das Dach zu stützen schien.

Eine spitze Ecke stach hinter dem Balken hervor.

Was war das?

Ein Messer?

Nein, das Ding sah anders aus.

Genau von dort schien auch all der Staub zu
kommen, der im Strahl ihrer Taschenlampe durch die
Luft wirbelte. Sie streckte die Hand aus, zog an dem
Ding, zuckte zurück, als es tatsächlich nachgab.

Schließlich hielt sie ein Buch zwischen Daumen und
Zeigefinger. Ein Buch, das so dick von Staub bedeckt
war, dass Susanne klar wurde, dass sie die erste war, die
es nach vielen Jahren in seinem Versteck gefunden hatte
und in den Händen hielt.

Als sie wenig später vollkommen erschöpft wieder in
ihrem Häuschen ankam, ließ sie sich erleichtert aufs Bett
sinken, starrte das Buch an.

Sie konnte sich einfach keinen Reim darauf machen,
weshalb sie das Mädchen in der Scheune nicht mehr
gesehen hatte. Auf dem Weg nach draußen hatte sie
überprüft, ob es einen weiteren Ausgang gab, doch da
war keiner gewesen. Dieses Mädchen hätte also, um
wegzulaufen, an ihr vorbeikommen müssen. Doch das
war es nicht.

Etwas, was Susanne keine Ruhe ließ.

Auf keinen Fall hatte sie es sich eingebildet, so viel
stand fest. Der helle, durch das schnelle Laufen hin und
her wippende Rock, Susanne konnte ihn auch jetzt noch
klar und deutlich vor sich sehen. Die helle Bluse des
Mädchens, das lange blonde Haar.

Wie konnte sie sich eine Person, die derartig realis-
tisch gewirkt hatte, nur eingebildet haben?

Sie zwang sich, an etwas anderes zu denken, nahm

sich fest vor, Jon morgen früh darauf anzusprechen, ihm von ihrem nächtlichen Ausflug zu berichten.

Wieder richtete sie ihre Aufmerksamkeit auf das Buch in ihren Händen. Wischte den Staub ab, blies ein paar Mal darauf, schlug gespannt die erste Seite auf, blätterte ein wenig darin.

Als sie begriff, dass sie das Geschriebene tatsächlich lesen konnte, blieb ihr vor Aufregung beinahe die Luft weg.

Sie hatte erwartet, dass es sich um ein altes isländisches Märchenbuch handelte, vielleicht auch um eine Liebesschmonzette, die jemand dort versteckt hatte, doch dass es sich um ein handgeschriebenes Tagebuch handelte, überraschte sie.

Vor allem weil die Einträge in deutscher Sprache verfasst worden waren.

Sie strich über die fein säuberlich aneinandergereihten Worte auf der ersten Seite, hielt ehrfürchtig die Luft an, als ihr aufging, dass diese Zeilen vor über siebzig Jahren geschrieben worden waren. Und zwar von einem achtzehnjährigen Mädchen namens Greta Stein aus Hamburg.

FÜNFZEHN

HAUGANES

SEPTEMBER 2022

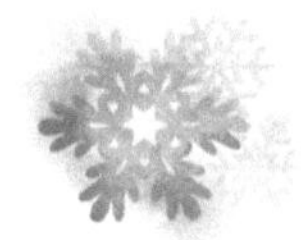

»Oh mein Gott, ich bitte vielmals um Entschuldigung«, drängte sich eine Stimme in ihr Bewusstsein.

Susanne schrak hoch, blinzelte verwirrt, schrie auf, als sie in ein besorgtes Gesicht starrte.

»Ich dachte, Sie wären schon unterwegs«, erklärte Margret mit betretenem Gesichtsausdruck. »Ich hab mehrmals geklopft und als niemand antwortete, dachte ich, das Zimmer sei leer.«

Susanne sah die Frau an, wusste im ersten Augenblick gar nicht, was los war.

Dann fiel es ihr wieder ein.

Das Mädchen.

Ihr nächtlicher Ausflug zur alten Scheune.

Das Tagebuch.

Sie hatte den Rest der Nacht wie gebannt darin gelesen, war erst zum Morgengrauen in einen tiefen Schlaf gefallen.

»Wie spät ist es?«, stieß sie dann aus.

»Zwölf vorbei. Ich nehme an, Sie wollen noch länger bleiben? Die Check-out-Zeit ist nämlich verstrichen.«

Susanne nickte. »Ich hab noch etwas zu erledigen«,

erklärte sie schließlich vage. »Ich denke, dass ich auf alle Fälle noch zwei Tage hierbleibe, wenn das möglich ist.«

Margret nickte. »Heute geht es auf jeden Fall noch, für morgen muss ich nachsehen, ob jemand eingetragen ist.«

»Ich hab eine Frage«, stieß Susanne hervor, ehe sie sich bremsen konnte.

»Gestern Abend hab ich ein Mädchen zur alten Scheune laufen sehen. Ich bin hinterher, weil ich dachte, dass es das Mädchen ist, das ich die letzten Nächte habe weinen hören, doch als ich in der Scheune ankam, war es verschwunden. Wissen Sie zufällig, wer das gewesen sein könnte? Das Mädchen … es war zierlich, hatte langes blondes Haar und ich glaube, dass es noch sehr jung ist. Achtzehn vielleicht, maximal zwanzig Jahre alt.«

Margret sah sie an, überlegte einen Moment, schüttelte schließlich den Kopf. »Vielleicht jemand von Ragnars Freunden«, sagte sie dann. »Und sie sollten wirklich nicht im Dunkeln in die Scheune gehen. Dort ist es nicht sicher.«

»Ich bin dem Mädchen nach«, erinnerte Susanne sie.

»Ich hab keine Ahnung, wen Sie meinen«, gab Margret zurück.

»Aber wenn es Ihnen keine Ruhe lässt, dann fragen Sie einfach Ragnar selbst. Seine Freundin ist blond, allerdings nicht gerade zierlich. Aber wer weiß, vielleicht gibt es ja noch jemanden, von dem niemand weiß.« Sie schmunzelte.

Susanne schlug die Decke zurück und setzte sich weiter auf.

Margret schien den Wink zu verstehen. »Ich lass Sie dann mal allein und komme später wieder. Frühstück ist für heute vorbei, aber wenn Sie mögen, macht Ihnen mein Schwager ganz sicher ein Sandwich oder eine Suppe.«

»Sagt Ihnen der Name Greta Stein etwas?«, fragte Susanne einem Impuls folgend.

Margret, die schon fast zur Tür hinaus war, hielt inne, drehte sich zu ihr um, starrte sie mit weit aufgerissenen Augen an. »Warum fragen Sie mich das?«

Susanne überlegte fieberhaft, was sie sagen konnte, ohne das Tagebuch zu erwähnen, das sie an sich genommen hatte.

»Ich hab ihren Namen in der alten Scheune oben auf dem Dachboden gelesen. Er war in einen der Balken eingeritzt. Und da es sich um einen deutschen Namen handelt, dachte ich, ich frag mal, wer das war.«

Susanne bemerkte, dass Margret sich angesichts dieser fadenscheinigen Erklärung sichtlich zu entspannen schien.

»Keine Ahnung, wer das ist, vielleicht hat sie mal hier auf dem Hof gejobbt. Wir haben ständig Backpacker aus Deutschland hier.«

Susanne nickte lächelnd, obwohl ihr klar war, dass Margret log. Diese Frau wusste ganz genau, wer Greta Stein war.

Grübelnd sah sie Margret nach, wartete nur, bis diese außer Sichtweite war, bevor sie das Tagebuch aus ihrem Nachtkästchen nahm und es in ihrem Rucksack versteckte.

Ein Impuls, ein Drang, den sie nicht recht erklären konnte.

Sie setzte sich auf, schüttelte den Kopf. Verdrängte alle Zweifel. Das Schicksal von Greta Stein aus Hamburg berührte sie so sehr, dass sie unbedingt herausfinden musste, was mit ihr passiert war.

Den Tagebucheinträgen nach war die junge Frau im Alter von gerade achtzehn Jahren im Sommer 1949 mit der Esja nach Island gekommen, in der Hoffnung auf ein neues Leben.

Der erste Eintrag stammte aus Gretas Zeit an Bord der Esja, wo sie Hannes kennengelernt hatte, einen Jungen aus Lübeck, der in Island eine Anstellung als Hofgehilfe antreten wollte.

Greta selbst hatte sich auf eine Anzeige des isländischen Bauernverbandes als Haushaltshilfe beworben und hatte, als sie tatsächlich ausgewählt worden war, zuerst einen Rückzieher machen wollen. Ihre vier jüngeren Geschwister zurückzulassen hatte Greta einfach nicht übers Herz gebracht, aber ihre Mutter hatte sie schließlich doch noch umgestimmt. Und so hatte sie sich in jenem Nachkriegssommer auf in den fernen Norden gemacht, um weit weg von Deutschland ihr Glück zu finden.

Sie war mit offenen Armen vom Hofherrn Olaf willkommen geheißen worden, hatte sich schnell eingelebt, sich in ihrer neuen Heimat schon bald zu Hause gefühlt, was auch an Hannes lag, mit dem sie inzwischen eine innige Freundschaft verband, der auf einem Hof im Nachbarort untergekommen war. Sie trafen sich, pflegten regen Kontakt miteinander. Doch der Hauptgrund dafür, dass Greta zu dem Zeitpunkt kaum noch an ihre alte Heimat dachte, war, dass sich zwischen Olaf und ihr eine zarte Liebe anbahnte.

Greta wurde schwanger, schwebte über mehrere Tagebucheinträge hinweg im siebten Himmel, doch als ihr Bauch immer dicker wurde, sie ihre Schwangerschaft nicht mehr verstecken konnte, veränderte sich alles. Sie sperrten Greta in einer kleinen Kammer ein, hielten sie gefangen.

Susanne hatte die folgenden Seiten mehrmals lesen müssen, um das Ausmaß von Gretas Schicksal wirklich begreifen zu können, doch wie es aussah, hatte Olaf ihr nicht nur etwas vorgemacht, sondern sie belogen und betrogen. Bei ihrer Ankunft auf dem Hof hatte er

Gudrun als seine schwer kranke Schwester vorgestellt, doch wie sich herausstellte, handelte es sich bei Gudrun in Wahrheit um Olafs Ehefrau. Nach einer schlimmen Krankheit hatte sie die Fähigkeit verloren, selbst Kinder zu gebären, weshalb sie wohl mit Olaf diesen bösartigen Plan ausgeheckt hatte, ein hilfloses Mädchen aus Deutschland für ihre Zwecke zu missbrauchen. Nachdem Greta herausgefunden hatte, dass sie nur benutzt worden war, wollte sie das Land verlassen, doch natürlich hielten Olaf und seine Frau sie weiterhin auf dem Hof fest, nahmen ihr nach der Geburt die Kinder weg, behaupteten, es seien ihre.

Sie nahmen Gretas Papiere an sich, setzten sie unter Druck und drohten ihr, sollte sie kein Stillschweigen bewahren.

Susanne hatte das Tagebuch mehrmals beiseitelegen müssen, um verdauen zu können, was sie da las, doch es sollte noch schlimmer kommen.

Etwa drei Monate nach der Geburt der Zwillinge Kristjan und Arni fing Olaf an, sie regelmäßig zu vergewaltigen, weil er und seine Frau sich ein weiteres Kind wünschten.

Um ihre Taten ein wenig abzumildern, boten sie Greta viel Geld dafür, wenn sie nach der Geburt des dritten Kindes verschwinden und niemals zurückblicken würde.

Greta, die wohl ahnte, dass beide, sollte sie nicht mitspielen, zum Äußersten gehen würden, ging zum Schein auf deren Angebot ein.

Sie schaffte es sogar, sich trotz ihrer nahezu aussichtslosen Lage und ihres Kummers so zu verstellen, dass Gudrun und Olaf annahmen, sie habe Frieden mit ihrer Situation geschlossen, sodass sie endlich wieder ein paar mehr Freiheiten genießen durfte und keine Gefangene mehr war.

Sie vertraute sich Hannes an, der natürlich sofort die Polizei informieren wollte, doch Greta weigerte sich, diesen Weg zu gehen, aus Angst, die beiden könnten, sollten sie sich in Bedrängnis sehen, ihren Söhnen etwas antun.

Deswegen schmiedeten beide einen Plan für Gretas Flucht nach Deutschland, sodass sie wenigstens das Baby in ihrem Leib und sich selbst retten konnte. Die Zwillinge wollte sie später nachholen, wenn etwas Zeit verstrichen war, wenn Gudrun und Olaf sich sicher fühlten, nie wieder von ihr zu hören.

Den letzten Eintrag hatte Greta am Abend vor ihrer Flucht geschrieben und seither fragte Susanne sich, warum sie ihr Tagebuch hiergelassen hatte.

Bedeutete das, dass ihre Flucht missglückt war?

Oder hatte Greta das Tagebuch mit Absicht hiergelassen, in der Hoffnung, dass jemand es findet, sollte ihre Flucht nicht gelingen?

Susanne schloss die Augen, dachte nach.

Dieser Hannes hatte auf dem Hillmarsson-Hof in Dalvik gearbeitet. Den Hof gab es noch, mittlerweile wurde er natürlich von den Nachfahren der früheren Besitzer betrieben, doch wer weiß, vielleicht gab es irgendjemanden, der damals ein Kind gewesen war und sich noch an Hannes erinnerte.

Sie stand auf, schlüpfte in ihre Klamotten, schnappte sich ihren Rucksack.

Auf dem Weg zum Auto fragte sie sich, weshalb das Schicksal dieser Fremden sie derart berührte, dass sie dafür sogar in Kauf nahm, einen weiteren Tag verstreichen zu lassen, ohne nach Eva zu suchen.

Lag es an ihrem ausgeprägten Gerechtigkeitssinn?

Oder brauchte sie einfach nur die Gewissheit für sich, dass dieses arme Mädchen zurückbekommen hatte, was ihm zustand – nämlich seine Kinder und die Freiheit?

Sie setzte sich hinters Lenkrad, startete den Wagen.

Und dann wusste sie es plötzlich. Der wahre Grund dafür, warum sie wissen musste, ob Greta es geschafft hatte, war ihr Bruder. Auch ihm war übel mitgespielt und das Herz gebrochen worden, von jemandem, dem er vertraut hatte. Und jetzt war er tot, weil seine ehemalige Verlobte ohne Rücksicht auf Verluste einfach abgehauen war und ihn sich selbst überlassen hatte.

Als sie das Ortsschild von Dalvik passierte, nahm sie ihr Handy vom Beifahrersitz, aktivierte die Sprachfunktion, ließ sich die Route zum Hillmarsson-Hof anzeigen.

Natürlich war ihr klar, dass die Erfolgsaussichten für ihr Vorhaben nicht rosig waren, aber solange zumindest der Hauch einer Chance bestand, etwas herauszufinden, musste sie sie nutzen.

Sie lief auf einen Mann mittleren Alters zu, der gerade dabei war, ein Pferd aus dem Stall auf die Weide zu führen.

»Hallo«, rief sie ihm entgegen, »darf ich Sie einen Augenblick stören? Es ist wichtig.«

Der Mann sah sie skeptisch an, schien mit sich zu hadern. Schließlich nickte er. »Lassen Sie mich nur eben noch den Prachtkerl hier zurück zu seinen Freunden bringen, okay?«

Während Susanne wartete, legte sie sich in Gedanken schon mal ein paar Worte zurecht.

»Ich hab aber wirklich nur ein paar Minuten«, erklärte der Mann, als er kurz darauf wieder zu ihr kam.

»Es geht um jemanden aus meiner Familie«, log sie, ohne rot zu werden. »Um genau zu sein, betreibe ich so etwas wie Ahnenforschung. Ein Mann namens Hannes Paulsen könnte mir weiterhelfen, leider ist er inzwischen verstorben. Aber ich weiß, dass Hannes zwischen 1949 und 1951 hier auf dem Hof gelebt und gearbeitet hat. Deswegen wollte ich fragen, ob ich mit jemandem sprechen kann, der Hannes damals kannte und sich vielleicht noch an ihn erinnert.«

Der Mann starrte sie perplex an, dann lachte er. »Sie wissen aber schon, dass das über siebzig Jahre her ist?«

»Ja, klar«, gab Susanne zurück, »aber ich dachte, dass die Chancen für mich gar nicht so schlecht stehen, wenn ich vielleicht jemanden finde, der damals ein Kind war, heute quasi um die achtzig ist und sich an Hannes erinnert.«

Der Mann sah sie an, stieß schließlich ein Seufzen aus. »Mein Vater lebt noch. Allerdings weiß ich nicht, ob er sich an die Zeit vor über siebzig Jahren erinnert. Oft weiß er abends nicht mehr, was es mittags zum Essen gab.« Er brach ab, sah sie eine Weile an, dann nickte er. »Okay, kommen Sie mit, ich bringe Sie zu ihm. Wie heißen Sie überhaupt?«

Sie reichte ihm die Hand, grinste entschuldigend. »Susanne.«

Der Mann ergriff ihre Hand. »Mikael.«

Der alte Mann, er hatte sich ihr als Magnus vorge-stellt, sah sie vollkommen verdattert an. Sein Sohn musste die Aufgabe des Übersetzers übernehmen, da er so gut wie kein Englisch konnte. »Mein Vater sagt, dass er niemals damit gerechnet hätte, dass mal jemand kommt, um sich nach Hannes zu erkundigen.«

»Also kannte er ihn?«, fragte Suanne aufgeregt und wartete, bis der alte Mann mit seinen Ausführungen fertig war.

Mikael sah sie an und nickte.

»Mein Vater sagt, dass er diesen Hannes sogar sehr gut kannte. Er war damals zwölf Jahre alt und mit ihm befreundet. Hannes hatte seine gesamte Familie im Krieg verloren. Sein neues Leben hier auf der Insel sei für ihn so etwas wie ein Wunder gewesen. Vor allem, nachdem die Eltern meines Vaters ihn wie ihr eigenes Kind behandelten. Umso unverständlicher war es damals für alle, dass Hannes quasi über Nacht spurlos verschwunden ist.«

»Er ist nicht wieder aufgetaucht?«, stieß Susanne schockiert aus.

Mikael schüttelte den Kopf, lauschte der Erzählung seines Vaters, verzog das Gesicht. »Er hat das Moped meiner Großeltern gestohlen und ist seither niemals wieder von irgendwem gesehen worden. Das Komische war damals nur, dass er all seine Sachen zurückgelassen hat. Meine Großeltern machten sich natürlich große Sorgen um ihn, haben überall nach ihm gesucht und sogar die Polizei eingeschaltet, doch es war vergeblich – Hannes blieb verschwunden. Mein Vater sagt, dass seine Eltern damals sicher waren, dass ihm etwas zugestoßen sei, denn er fühlte sich wohl hier auf dem Hof, wollte eigentlich für immer bleiben.«

»Könnten Sie Ihren Vater fragen, ob er sich an Greta erinnert? Greta Stein?«

Susanne fiel auf, dass der Mann beim Namen des Mädchens die Augen aufriss.

»Er kannte sie, scheint mir.«

Sie beobachtete, wie Mikael sich mit seinem Vater unterhielt, spürte, wie ihr Herzschlag sich beschleunigte. Schließlich sah er sie an, nickte wieder. »Greta war eine gute Freundin von Hannes. Sie haben sich auf der Esja kennengelernt, und eine Zeit lang dachten hier alle, dass zwischen Hannes und ihr etwas läuft. Ein Blinder hätte sehen können, dass er in sie verliebt war, doch in Gretas Leben gab es wohl jemand anderen.«

Susanne überlegte kurz, ob sie dem alten Mann von ihrer Entdeckung erzählen sollte, entschied sich dann dafür, absolut ehrlich zu sein. Sie wollte die Wahrheit über Gretas und Hannes' Schicksal herausfinden, und dazu gehörte nun mal, dass sie einem Zeitzeugen von damals auch offen und ehrlich gegenübertrat.

Sie fasste in kurzen knappen Sätzen zusammen, was sie in dem Tagebuch gelesen hatte, bat Mikael schließlich, es seinem Vater zu übersetzen, doch der starrte sie vollkommen entgeistert an.

»Ich kannte Olaf und Gudrun«, erklärte er. »Das waren wirklich nette Leute. Ich kann mir beim besten Willen nicht vorstellen …« Er brach ab, schüttelte den Kopf. »Das steht wirklich alles in einem Tagebuch, das sie auf Kristjan Olafssons Hof gefunden haben?«

»Leider ja.«

Der Mann stieß die Luft aus, starrte seinen Vater zweifelnd an, dann sie. »Das würde bedeuten, dass Kristjan und Arni eigentlich die Kinder dieser Greta sind.«

»Genau«, gab Susanne zurück und sah Mikael an. »Sie haben ihr die Jungs einfach weggenommen, sie so lange unter Druck gesetzt und ihr Angst gemacht, bis sie sich schließlich ihrem Schicksal fügte. Danach fingen die Vergewaltigungen an, bis Greta wieder schwanger wurde. Doch diesmal wollte sie es nicht einfach hinnehmen, dass man ihr das Kind wegnimmt. Sie vertraute sich Hannes an. Der hatte damals einen Freund bei einer Reederei und wollte mit dessen Hilfe für Greta eine heimliche Überfahrt organisieren. Deswegen wollte er sie zunächst mal nach Reykjavik bringen, doch ob sie das geschafft haben, weiß ich leider nicht, weil das Tagebuch nicht weitergeführt wurde.«

Mikael sah sie an und plötzlich hatte Susanne das Gefühl, dass er etwas wusste und damit rang, ob er es ihr sagen sollte.

»Was ist los?«, fragte sie daher schnell, »bitte, wenn Sie etwas wissen, dann sagen Sie es mir.«

Mikael sprach kurz mit seinem Vater, stieß dann die

Luft aus. Auch der alte Mann wirkte mittlerweile vollkommen entsetzt und war kreidebleich geworden.

»Wenn Greta zum Zeitpunkt ihrer Flucht schwanger gewesen ist, dann kann sie es nicht von der Insel geschafft haben«, erklärte Mikael leise. »Und ich befürchte, dass das auch für Hannes zutrifft.«

»Was genau wollen Sie damit sagen?«

»Ich will sagen, dass Greta Island niemals verlassen haben kann.«

»Und wieso nicht?«

Mikael räusperte sich. »Weil Gudrun und Olaf etwa eineinhalb Jahre nach der Geburt der Zwillinge ein weiteres Kind bekommen haben. Eine Tochter.«

SECHZEHN

HAUGANES

SEPTEMBER 2022

Sie haben beide getötet. Sie haben sie einfach umgebracht und verschwinden lassen.

Auf dem gesamten Rückweg nach Hauganes konnte Susanne an nichts anderes denken als an das grausame Schicksal der beiden jungen Menschen damals.

Greta und Hannes.

Sie waren so voller Hoffnung hergekommen und hatten letztendlich den Tod gefunden.

Für Susanne gab es keinen Zweifel mehr daran, dass Olaf und seine Frau damals zuerst Hannes, und nach der Geburt des Mädchens, auch Greta aus dem Weg geräumt hatten.

Diese Wahnsinnigen hatten zwei Menschenleben einfach ausgelöscht, nur um zu bekommen, was sie wollten.

Die Frage war jetzt, ob ihre Nachfahren über alles Bescheid wussten. Ob sie überhaupt wussten, dass Gudrun nicht ihre richtige Mutter gewesen war?

Susanne nahm sich vor, dass sie, sobald sie auf dem Hof zurück war, mit Margret oder Asta reden würde. Wenn sie sich nicht täuschte, waren beide Kristjans

Töchter und somit Enkelkinder Olafs, eines Mörders und Vergewaltigers.

Doch als sie auf das Ortsschild des Dorfes zufuhr, verließ sie plötzlich der Mut.

Was, wenn sie die Einzige war, die wusste, was Olaf und Gudrun getan hatten? Dann würde sie, indem sie der Familie die Wahrheit sagte, deren komplettes Weltbild ins Wanken bringen.

Andererseits wussten dank ihr jetzt auch Mikael und dessen Vater über alles Bescheid. Und wer wusste schon, ob sie das für sich behalten konnten?

Als Susanne den Wagen in die Einfahrt zum Hof lenkte, kam ihr Jon entgegen. Er winkte, bedeutete ihr, dass sie anhalten und die Scheibe runterlassen sollte.

»Hi Jon, alles okay bei dir?«

Der Junge nickte. »Tante Margret ist ganz schön wütend auf Sie.«

Susanne zog die Stirn empor. »Und wieso?«

Der Junge hob die Schultern. »Sie hat nur gesagt, dass Sie jemand sind, der seine Nase gerne in fremde Angelegenheiten steckt, und dass sie solche Leute hasst.«

Susanne grinste. »Damit kann ich leben. Ich wollte dich übrigens noch etwas fragen.«

Jon verzog das Gesicht. »Bestimmt wegen des Zettels, den ich Ihnen vor die Tür gelegt habe.«

Susanne nickte. »Magst du mir das kurz erklären?«

Der Junge senkte den Blick. »Ich wollte nicht lügen«, murmelte er dann betreten.

»Was meinst du?«

»Ich wusste, dass Sie Ragnar danach gefragt haben, und weil ich neulich weggelaufen bin, als Sie auch mit mir reden wollten, dachte ich, es wäre besser, jetzt die Wahrheit zu sagen.«

»Weißt du, wer das Mädchen ist?«

Er nickte. »Ich nenne es das Gletschermädchen.«

»Das Gletschermädchen?«

Wieder ein Nicken. Dann machte Jon große Augen. »Haben Sie es etwa auch gesehen?«

Susanne nickte. »Vergangene Nacht. Es ist zu der alten Scheune gelaufen, doch als ich ihm hinterhergerannt bin, war es plötzlich verschwunden.«

»Es ist wütend, wissen Sie?«

»Wer ist wütend? Das Mädchen? Wer genau ist das eigentlich?«

Jon zögerte, dann ging ein Ruck durch seinen Körper. »Ihr Name ist Greta.«

Susanne wurde kalt. »Wie bitte?«, stieß sie dann aus.

»Ihr Name ist Greta«, wiederholte Jon. »Oder besser gesagt, war.«

Susanne schüttelte verständnislos den Kopf. »Okay, und diese Greta, wer ist das genau? Warum weint sie ständig und versteckt sich in der Scheune?«

Jon sah sie unschlüssig an. »Greta stammte genau wie Sie aus Deutschland. Ich hab vor ein paar Jahren ein paar alte Fotos in den Sachen meines Uropas gefunden. Auf einem davon saß sie auf der Motorhaube des Wagens meines Uropas und hat wie ein Honigkuchenpferd gestrahlt. Hinter ihr konnte man in der Ferne eine Gletscherzunge sehen. Ich glaube, das Foto wurde in der Gegend um den Vatnajökull, drüben im Süden, aufgenommen. Auf der Rückseite stand ihr Name. Die Aufnahme muss kurz nach ihrer Ankunft hier auf der Insel entstanden sein. Wegen dieses Fotos nenne ich sie das Gletschermädchen. Sie hat damals so glücklich ausgesehen und jetzt … jetzt ist sie so wütend.«

Susanne spürte, dass sie eine Gänsehaut bekam. Sie sah den Jungen forschend an, versuchte herauszufinden, ob er sie auf den Arm nahm, doch er wirkte vollkommen aufrichtig, schien überzeugt davon zu sein, dass es sich bei diesem Mädchen um eine junge Frau handelte, die vor siebzig Jahren hier auf dem Hof gelebt hatte.

»Sie wollen mir nicht glauben, wissen aber, dass ich recht habe, nicht wahr?«

Susanne starrte Jon an. »Ich habe das Tagebuch gefunden«, sagte sie schließlich. »Gestern Nacht, als ich in der Scheune war.«

Er nickte. »Greta wollte sicher, dass Sie es finden.«

»Du weißt von dem Buch?«

Er nickte. »Ich war zehn Jahre alt, als ich sie zum ersten Mal gesehen habe. Das war, kurz nachdem ich aus dem Krankenhaus entlassen wurde. Damals hab ich auch immer ein Mädchen weinen gehört und eines Nachts hab ich es von meinem Kinderzimmerfenster aus im Hof stehen sehen. Ich bin runtergerannt und ihm hinterher, doch als ich in der Scheune ankam, war es weg. Ich hab das Tagebuch gefunden, ein bisschen darin geblättert und es dann wieder zurückgestellt, weil ich es nicht lesen konnte.« Er hielt inne, sah sie mit düsterem Blick an. »Ich glaube, dass Greta verzweifelt ist, weil ihr Schicksal schon so viele Jahrzehnte lang ungesühnt geblieben ist, und sie deswegen den Kontakt zu uns sucht. Ich glaube, sie will, dass jeder weiß, dass Uropa und Uroma Mörder waren und ihr ihre Babys weggenommen haben.«

»Und woher weißt du das alles?«

»Von Margret. Ich hab einen Streit zwischen ihr und Opa Kristjan belauscht. Das war, nachdem Margrets Baby und ihr Mann gestorben sind.«

Susanne zuckte zurück.

»Ihre Familie ist tot?«

»War ein ziemlich schlimmer Unfall.«

Susanne wurde blass. »War das der Unfall, bei dem du so schwer verletzt wurdest, dass du anschließend im Koma lagst?«

Jon nickte. »Ich war der einzige Überlebende. Das Baby und Onkel Vik haben es nicht geschafft.«

»Oh Gott«, stieß Susanne aus, »das tut mir wahnsinnig leid. Sowohl für dich als auch für deine Tante.«

Er nickte. »Der Streit zwischen ihr und Opa war ein Jahr nach der Beerdigung ihrer Familie und sehr, sehr heftig. Sie war so traurig und so verzweifelt, hat Opa angeschrien, dass das alles Uropas Schuld ist. Weil er Gretas Kinder genommen und sie umgebracht hat.

Opa wollte wissen, woher sie diesen Blödsinn hat, doch dann stellte sich heraus, dass Margret, als sie klein war, ein Gespräch zwischen ihm und Uropa belauscht hat. Dabei ging es um Opa Kristjans Schwester und den Grund, aus dem sie Island und die Familie verlassen hat. Angeblich hat Uroma Gudrun ihre drei Kinder kurz vor ihrem Tod noch mal zu sich gerufen und all ihre abscheulichen Taten gestanden. Unter anderem auch, dass sie gar nicht ihre echte Mutter sei. Uropa Olaf hat anschließend alles abgestritten und seinen drei Kindern erklärt, dass Gudrun nicht bei Sinnen gewesen sei, als sie diesen Mist von sich gab. Onkel Arni und Opa Kristjan glaubten ihm, aber Tante Erla …« Er brach ab, lächelte. »Sie fing damals an nachzuforschen, fand irgendwann Gretas Tagebuch. Ihr wurde klar, dass Gudrun die Wahrheit gesagt hatte, doch ihre Brüder wollten davon nichts wissen, erklärten sie für irre. Ich glaube, dass das der Grund war, aus dem Erla tatsächlich weggegangen ist und ihre Familie für immer verlassen hat. Weil Onkel Arni und Opa Kristjan sich weigerten, die Wahrheit zu sehen. Nämlich, dass ihre Eltern Monster waren.«

Etwas an Jons Worten löste eine Art Kettenreaktion in Susannes Gehirn aus. »Die Schwester deines Opas heißt Erla?«

Jon nickte. »Erla Olafsdottier. Ich glaube, dass Tante Margret mal erwähnt hat, Erla sei wahrscheinlich nach

Deutschland gegangen, um das Land kennenzulernen, aus dem ihre echte Mutter stammte.«

Susanne wurde eiskalt.

Sie wollte Jon gerade eine weitere Frage stellen, als die laute Stimme eines Mannes sie beide zusammenfahren ließ.

»Das ist mein Opa«, sagte Jon und sah aus, als habe er ein schlechtes Gewissen, weil er einer Fremden gegenüber Familiengeheimnisse ausplauderte.

»Er sagt, ich muss ins Haus kommen, weil die Arbeit wartet. Aber wahrscheinlich hat er einfach nur Schiss, ich könnte mit meinem Gequatsche die Gäste vergraulen.«

Susanne lachte gezwungen, streckte ihren Kopf aus dem Fenster ihres Mietwagens, spähte in die Richtung des wild gestikulierenden alten Mannes, wollte schon ansetzen, ihm zu erklären, dass es okay sei, dass Jon sich mit ihr unterhielt, doch irgendwas hielt sie davon ab. Sie klappte ihren Mund zu, starrte den Mann an, konnte sich beim besten Willen nicht erklären, warum sie plötzlich am ganzen Körper wie Espenlaub zitterte.

Erst als ihr Blick das Gesicht des Alten streifte, wurde ihr klar, dass es schon wieder passiert war. Ihr Körper hatte längst begriffen, was ihr Geist noch zu verarbeiten versuchte. Ein spitzer Schrei entfuhr ihr. Sie schüttelte heftig den Kopf, starrte von ihm zu Jon, spürte, wie ihr augenblicklich speiübel wurde. In ihrem Kopf begann sich alles zu drehen.

Das konnte nicht sein.

So etwas war absolut unmöglich.

Wieder sah sie aus dem Fenster, wieder wurde sie von ihren Gefühlen übermannt.

Sie brach in Tränen aus.

»Das ist doch nur mein Opa«, startete Jon einen Versuch, sie zu trösten. »Vor dem müssen Sie nun wirklich keine Angst haben. Er ist total harmlos und kann es einfach nur nicht leiden, wenn jemand ewig rumsteht und nichts tut.«

Susanne ignorierte die Worte des Jungen, atmete tief durch. Dann öffnete sie die Fahrertür, stieg aus, lief ein paar Meter auf den Mann zu, blieb schließlich wie erstarrt stehen.

Vollkommen schockiert betrachtete sie seine sanften Gesichtszüge mit diesen vertraut wirkenden, gutmütigen Augen, das Grübchen an seinem Kinn, das dichte, kurz geschnittene Haar, das einmal hellblond gewesen sein musste, genau wie das ihres Bruders. »Daniel«, stöhnte sie fassungslos, dann wurde es dunkel um sie.

SIEBZEHN

HAUGANES

SEPTEMBER 2022

»Da sind Sie ja wieder.«

Susanne blinzelte verwirrt, starrte in Jons erschrockenes Gesicht.

»Sie sind einfach umgefallen«, sagte Jon. »Mein Opa und ich haben Sie ins Haus getragen. Geht's wieder?«

Susanne richtete sich auf, sah sich um. Sie befand sich in einem riesigen Wohnzimmer, das mit antiken Holzmöbeln eingerichtet war. An der Wand gegenüber dem Sofa, auf dem sie lag, stand ein altes Klavier.

»Spielen Sie?«, fragte Jon, der ihrem Blick gefolgt war.

Sie schüttelte den Kopf. »Mein Bruder konnte es.«

»Warum sind Sie umgefallen, als Sie meinen Opa gesehen haben?«

Susanne schluckte, als Erinnerungsfetzen auf sie einprasselten.

Ihr Besuch bei den Hillmarssons.

Es hatte sich herausgestellt, dass Olaf und Gudrun ein weiteres Kind aufgezogen hatten. Ein Mädchen.

Greta konnte die Insel nicht verlassen haben.

Susanne sah zu Jon auf. »Sie hat es nicht geschafft«, brachte sie mühsam hervor.

»Wen meinen Sie?«

»Greta«, stammelte Susanne.

Jon runzelte die Stirn.

»Sie wollte verschwinden«, erklärte sie ihm. »Das hat sie in ihr Tagebuch geschrieben. Hannes wollte ihr dabei helfen.«

»Wer ist Hannes?«

»Sie haben sich 1949 auf der Esja kennengelernt und angefreundet. Und nachdem Greta begriffen hatte, dass Olaf und Gudrun Monster sind, hat sie sich Hannes anvertraut und ihn um Hilfe gebeten. Er hat auf dem Hillmarsson-Hof in Dalvik gearbeitet und ist eines Tages einfach verschwunden, hat all seine Sachen zurückgelassen.«

»Was denken Sie, was damals passiert ist?«, fragte Jon atemlos.

»Ich glaube, dass Olaf sie bei ihrer Flucht erwischt und Hannes umgebracht hat. Anschließend hat er Greta hierher zurückgebracht und sie gefangen gehalten, bis …« Susanne brach ab.

»Bis was?«

»Bis ihr Kind zur Welt kam. Erla. Gretas Tochter. Und dann … Dann hat Olaf auch Greta getötet, ihre Leiche irgendwo hier auf dem Hof begraben. Wahrscheinlich hinten bei der alten Scheune.«

Langsam begriff sie, was das alles bedeutete und stöhnte leise. Sie war doch ein nüchtern denkender Mensch, glaubte nicht an Geister und ähnliche Phänomene und dennoch war sie sicher, ein seit Jahrzehnten totes Mädchen weinen gehört und es sogar gesehen zu haben.

Und nicht nur irgendein Mädchen …

Ihre Urgroßmutter.

Sie stieß ein hysterisches Lachen aus, stoppte abrupt, als ihr der Traum einfiel, der sie seit Jahren immer wieder heimgesucht hatte. Immer dann, wenn es ihr emotional nicht gut gegangen war.

Daniel und sie auf der Flucht vor einem Mann ohne Gesicht.

Doch wie war es möglich, dass sie seit Jahren vom Schicksal ihrer Urgroßmutter träumte, obwohl sie erst jetzt davon erfahren hatte?

Sie schüttelte den Kopf. Gab es überhaupt eine rationale Erklärung für all das?

Sie erinnerte sich an eine Dokumentation, die sie erst vor wenigen Monaten im Fernsehen gesehen hatte. Es war um epigenetische Trauma-Vererbung gegangen. Ein psychologisches Phänomen, bei dem traumatische Erlebnisse nicht nur bei den Betroffenen Verhaltensauffälligkeiten auslösen, sie werden über Generationen hinweg weitergegeben.

War das die Erklärung für ihre Träume?

Und dafür, dass sie Dinge sah und hörte, die nicht existent sein konnten?

Sie sah Jon an, verzog das Gesicht. »Greta war meine Urgroßmutter«, brachte sie mühsam hervor. Es auszusprechen fühlte sich sowohl gut als auch beängstigend an.

Jon klappte den Mund auf, schloss ihn dann wieder.

»Ich hab es wohl schon geahnt, als Mikael Hillmarsson den Namen des dritten Kindes von Olaf und Gudrun erwähnte. Erla … Erla Olafsdottier. So lautete der Mädchenname meiner Oma mütterlicherseits. Sie hat in Deutschland geheiratet, den Namen ihres Mannes angenommen und niemals über ihre Zeit hier gesprochen. Meine Familie fand erst nach ihrem Tod heraus, dass ihr Geburtsname auf eine isländische Herkunft schließen lässt. Das ist auch der Grund dafür, dass meine

Mutter, mein Bruder und ich davon träumten, eines Tages herzukommen.

Aber so richtig bewusst wurde mir der komplette Zusammenhang erst, als ich deinen Opa gesehen habe. Er erinnert mich an … an …« Sie brach ab, brachte es nicht über sich, es auszusprechen.

Jon starrte sie an, schien es noch immer nicht zu schaffen, etwas zu sagen.

»So, junge Dame«, ertönte plötzlich eine dunkle und sehr kraftvolle Stimme. »Sie sind wieder zu sich gekommen, das ist ja wunderbar.«

Kristjan Olafsson trat auf das Sofa zu, musterte sie. Dann verzog sich sein Mund zu einem warmen Lächeln.

»Sehe ich so gruselig aus?«

Susanne sah zu ihm auf. »Um meine seltsame Reaktion erklären zu können, muss ich Ihnen etwas zeigen.« Sie sah Jon an. »Wärst du wohl so nett, meinen Rucksack aus meinem Wagen zu holen?«

Er nickte, eilte davon.

Während sie auf Jon warteten, herrschte eine angespannte Atmosphäre zwischen ihnen. Es war fast, als ahnte Kristjan bereits, dass sich sein Weltbild in wenigen Augenblicken für immer verändern würde.

Als Jon zurückkam, ihr den Rucksack reichte, suchte sie darin nach ihrem Portemonnaie, klappte es auf. Sie zog das Foto ihres Bruders heraus, reichte es dem alten Mann. »Das ist Daniel«, erklärte sie. »Mein Bruder.«

Kristjans Augen weiteten sich, dann fiel sein Gesicht buchstäblich in sich zusammen. »Das ist unmöglich«, flüsterte er.

»Meine Mutter, ihr Name war Sonja, hat in den Unterlagen meiner Großmutter deren Geburtsurkunde gefunden und festgestellt, dass sie ursprünglich aus Island stammt. Meine Großmutter hat niemals mit ihrer Tochter oder mit uns Enkeln über ihre Kindheit und

Jugend hier auf der Insel gesprochen. Wann immer jemand sie nach ihrer Vergangenheit fragte, blockte sie ab. Der Name meiner Großmutter war Erla. Erla Link, geborene Olafsdottier.«

»War?«, stieß Kristjan mit zitternder Stimme aus.

Susanne nickte traurig. »Sie starb nur kurze Zeit vor meinen Eltern und mein Bruder meinte damals, dass ihr plötzlicher Tod somit irgendwie Sinn ergab. Niemand sollte miterleben müssen, wie das eigene Kind stirbt.«

»Deine Eltern sind auch gestorben?«

»Bei einem Lawinenunglück in den Schweizer Alpen. Meine Mutter und mein Vater sind verschüttet worden, als sie für ein romantisches Hochzeitstags-Wochenende zum Skilaufen gefahren sind. Das ist inzwischen fast zehn Jahre her, damals war ich gerade sechzehn Jahre alt. Mein Bruder Daniel hat sich nach dem Tod unserer Eltern um mich gekümmert.«

»Das tut mir sehr leid«, sagte Kristjan mitfühlend. »Niemand sollte in dem Alter seine Eltern verlieren.« Er brach ab, schien mit sich zu ringen. »Und Erla?«, brachte er schließlich hervor. »Warum ist sie nicht mehr am Leben?«

»Sie starb knappe eineinhalb Jahre vor meinen Eltern. Es war ein Herzinfarkt, keiner von uns konnte sich von ihr verabschieden. Sie war einfach ganz plötzlich nicht mehr da. Ehrlich gesagt war das damals ein riesiger Schock für uns alle.«

»Wie war sie so? Ich meine Erla, wie ist sie gewesen?«, fragte Kristjan und Susanne bemerkte, dass er mit den Tränen kämpfte.

»Für Daniel und mich die beste Großmutter, die man sich wünschen konnte. Unsere Mutter hatte auch ein sehr inniges Verhältnis zu ihr, obwohl Erlas Depressionen ihr als Kind hin und wieder das Leben schwer gemacht haben.«

»Erla war psychisch krank?«

»Ihre Ehe mit meinem Großvater ging dadurch kaputt. Meine Mutter war damals sechs Jahre alt. Erla war eine so liebevolle Oma, doch irgendetwas quälte sie tief im Innern, und daran konnten weder ihr Mann noch meine Mutter und auch wir Enkel nichts ändern. Sie hätte sich öffnen sollen, um verarbeiten zu können, was sie seit Jahren mit sich herumschleppte, doch stattdessen nahm sie ihren Kummer mit ins Grab. Und erst jetzt, nachdem ich die Umstände begriffen habe, das gesamte Ausmaß der Abscheulichkeiten, die hier passiert sind, verstehe ich, warum es für Oma Erla unmöglich war, darüber zu sprechen. Wer will schon offen darüber reden, dass er von zwei Monstern großgezogen wurde?«

Susanne bemerkte, dass Kristjan bei ihren letzten Worten zusammenzuckte, und rechnete schon damit, dass er ihr über den Mund fahren oder zumindest widersprechen würde, doch nichts davon passierte. Stattdessen stand der alte Mann einfach nur da und weinte.

Susanne gab ihm die Zeit und schwieg.

Sie sah zu Jon, der wie ein Häufchen Elend neben seinem Opa stand und nicht zu wissen schien, was er machen sollte.

Als Kristjan sich wenige Minuten später wieder im Griff hatte, setzte er sich neben Susanne aufs Sofa, sah sie an.

»All die Jahrzehnte hab ich gehofft, meine Schwester noch einmal wiederzusehen. Ich hab von ihr geträumt, mir ausgemalt, was für ein Leben sie wohl führt. Wusstest du, dass sie und ich einander sehr nahegestanden haben?«

Susanne schüttelte den Kopf.

»Es muss sich für sie wie ein Verrat angefühlt haben, als ich trotz allem zu unserem Vater gehalten und die Worte unserer Mutter auf dem Sterbebett als Unsinn abgetan habe. Dabei war das im Grunde nur Selbstschutz. Ich wusste, dass Mutter die Wahrheit gesprochen hatte, und wollte es nur nicht akzeptieren. Genau wie Arni. Er und ich haben uns so oft über Erla unterhalten, sie fehlte uns beiden so sehr. Ich hab mir oft gewünscht, sie wiederzusehen, um ihr sagen zu können, wie leid mir alles tut und dass es nur Feigheit war, dass ich die Wahrheit nicht sehen wollte. Erla war immer die Stärkste von uns drei Kindern. Sie hatte so eine Willenskraft, schaffte alles, was sie sich vornahm, sie war der Stolz unserer Eltern, das Licht der Familie. Als Gudrun starb, sie uns die Wahrheit über unsere leibliche Mutter sagte, ist etwas in Erla zerbrochen. Sie war wie besessen davon, herauszufinden, ob Vater log oder Gudrun tatsächlich die Wahrheit gesagt und nicht fantasiert hatte. Dann fand sie Gretas Tagebuch. Sie suchte sich jemanden, der es ihr übersetzen konnte, knallte es Vater anschließend vor die Brust, verlangte, dass er ihr endlich die ganze Wahrheit sagte, doch der nahm ihr das Buch weg, redete tagelang nicht mit ihr. Dabei wollte Erla nichts weiter, als endlich wissen, ob Greta wirklich tot oder noch am Leben war. Und als Vater ihr auch weiterhin eine Antwort schuldig blieb, wusste ich, dass sie gehen würde, sobald sie volljährig war. Genauso ist es dann ja auch gekommen.«

Susanne räusperte sich. »Darf ich Sie etwas fragen?«

Der alte Mann nickte.

»Haben Sie Ihrem Vater jemals gesagt, dass Sie wissen, dass die Geschichte um Gretas Schicksal wahr ist?«

Er schüttelte den Kopf.

»Ich hab ihn trotz allem geliebt, verstehen Sie?«

»Weil er ihr Vater war.«

»Der meine leibliche Mutter getötet hat.«

»Nicht nur Ihre Mutter«, kam es Susanne über die Lippen.

Kristjan sah sie entsetzt an.

»Auch Hannes.«

»Der Name sagt mir etwas.«

»Hannes und Greta lernten sich an Bord der Esja kennen. Sie freundeten sich an, hielten Kontakt, nachdem er auf einem Hof in Dalvik untergekommen war. Magnus Hillmarsson erinnert sich an Hannes, weil es seine Eltern waren, die den jungen Mann aus Deutschland bei sich aufnahmen. Und nachdem Hannes eines Tages spurlos verschwand, waren sich Magnus' Eltern sicher, dass ihm etwas zugestoßen sein musste. Sie haben jahrelang nach ihm gesucht, weil sie ihn wie ihren eigenen Sohn liebten.«

»Dann haben Gudrun und mein Vater auch ihn auf dem Gewissen? Sie brachten ihn um, weil er über alles Bescheid wusste?«

Susanne nickte.

»Ich schäme mich für meinen Vater«, stieß Kristjan aus. »Aber ich kann ihn trotzdem nicht hassen, so sehr ich es mir auch wünsche.«

»Das müssen Sie auch nicht«, gab Susanne zurück. »Sie waren damals ein Kind, wuchsen bei Gudrun und Olaf im Glauben auf, dass es sich bei den beiden um ihre Mutter und ihren Vater handelt. Sie sind im Grunde auch ein Opfer der beiden. Und dafür, dass sie Ihre Eltern trotz allem geliebt haben, sollten Sie sich nicht schämen.«

»Sie waren gut zu uns«, erklärte er leise.

»Wer?«

»Mein Vater und Gudrun. Sie waren die besten Eltern, die man sich wünschen konnte. Sie waren immer für uns da, umsorgten und behüteten uns, erfüllten uns jeden Wunsch. Sie waren schlechte Menschen aber gute Eltern, verstehen Sie?«

Susanne schluckte.

»Deswegen wollte ich damals einfach nicht erkennen, was offensichtlich war. Genau wie Arni. Ich glaube, dass Erla von uns beiden damals am meisten enttäuscht war. Weil wir zu dem Mann hielten, der uns all die Jahre hinweg belogen und unsere leibliche Mutter getötet hatte.«

»Dann ist Erla damals wegen Greta nach Deutschland gekommen. Sie wollte deren Familie finden. Wenn ich mich richtig erinnere, lernten Opa und sie einander in Hamburg kennen.«

»Und dann bist du meine Großnichte«, erklärte Kristjan und sein Gesicht erhellte sich ein klein wenig. »Und dein Bruder ist mein Großneffe. Warum ist er eigentlich nicht mit nach Island gekommen?«

Susanne schluckte hart. »Er ist gestorben.«

Schockiert sah Kristjan sie an. »War er krank?«

»Das ist eine lange Geschichte.«

Er nickte. »Ich hab gerade nichts vor, du etwa?«

Als Susanne knappe zwei Stunden später zurück in ihre Unterkunft kam, fühlte sie sich ausgelaugt wie nie zuvor in ihrem Leben. Hinzu kam eine eigenartige innere Schwere, wie sie sie noch niemals gespürt hatte.

Die Tatsache, dass sie hier in Island eher zufällig und auf ihrer Suche nach Eva die Lebensgeschichte ihrer Uroma und ihrer Großmutter entschlüsselt hatte, forderte jetzt ihren Tribut. In ihrem Kopf drehte sich alles und sie wusste nicht, wie sie mit ihren neuen Erkenntnissen umgehen sollte.

Sie hatte ihre Familie in Deutschland verloren und geglaubt, vollkommen allein auf der Welt zu sein. Doch nun stellte sich heraus, dass es weitere Familienangehörige in Island gab. Das Problem war nur, dass die Familie, die sie verloren hatte, und all die neuen Menschen in ihrem Leben nur existierten, weil ein Monster vor siebzig Jahren ein hilfloses junges Mädchen vergewaltigt hatte.

Die Geburt ihrer Mutter, Daniels und ihre Existenz, all das basierte im Grunde auf einem Verbrechen, das seinesgleichen suchte.

Wie sollte sie mit diesem Wissen umgehen?

Einfach nach Hause fliegen und weiterleben wie bisher?

Sie schüttelte den Kopf.

Ihr Leben würde nie wieder wie vorher sein, schon allein, weil ihr Bruder nicht mehr am Leben war.

Plötzlich hatte sie Jons Worte im Ohr.

Der Unfall.

Das Schicksal von Margrets Baby und ihres Mannes.

Ihr wurde übel.

Die Frau war überzeugt davon, dass der Tod ihrer Liebsten mit der Schuld zu tun hatte, die Olaf und somit auch seine Nachfahren auf sich geladen hatten.

Susanne spürte, dass ihr Innerstes sich anfühlte, als sei es zu Eis gefroren.

Der plötzliche Tod ihrer Großmutter.

Das Lawinenunglück.

Daniels Tod.

Hatte Margret recht?

Waren all diese Tragödien nur wegen Olafs Bluttaten geschehen?

Sie lachte hysterisch auf.

Ein Klopfen riss sie aus ihren Gedanken.

Sie ging zur Tür, öffnete, sah Jon draußen stehen.

»Was ist passiert?«, fragte sie, weil sein Gesichtsausdruck nichts Gutes verhieß.

»Mir ist etwas wieder eingefallen«, erklärte er.

Susanne sah ihn fragend an. »Okay ...«

»Als Sie vorhin umgefallen sind, hat mich das an jemanden erinnert.«

Susanne sah ihn an, spürte, wie ihr Magen sich verknotete.

»Und an wen?«

»Eva«, sagte Jon zögernd. »Bei ihr ist es so ähnlich gewesen. Sie hat schon ein paar Wochen hier gearbeitet, aber Opa Kristjan war zu der Zeit krank und lag die meiste Zeit im Bett, ist so gut wie gar nicht aus dem Haus gekommen. Als es ihm dann irgendwann besser ging, er wieder auf dem Hof mithelfen konnte, sind er und sie sich zum ersten Mal über den Weg gelaufen. Eva hat bei seinem Anblick zu weinen angefangen. Margret hat sie getröstet und ein paar Tage später war Eva dann plötzlich über alle Berge.«

ACHTZEHN

HAUGANES/AKUREYRI

SEPTEMBER 2022

»Magst du nicht reinkommen?«, fragte Susanne, nachdem sie den ersten Schock überwunden hatte. So merkwürdig es sich auch anhören mochte, aber Jons Beobachtung hatte Evas Anwesenheit hier auf dem Hof für sie erst so richtig real werden lassen.

Der Junge folgte ihr. Gemeinsam setzten sie sich auf die beiden Stühle am Tisch vor dem Fenster.

»Ist dir sonst noch etwas aufgefallen?«, fragte Susanne. »Und warum kommst du damit jetzt erst zu mir?«

Er hob die Schultern. »Ich hatte es vergessen«, gab er dann zu. »Eva war sowieso komisch und diese eine seltsame Reaktion, nachdem sie Opa gesehen hatte, ich hab da einfach nicht mehr dran gedacht. Mir fiel es vorhin wieder ein, als ich dich bewusstlos im Hof hab liegen sehen.«

»Schon gut«, sagte Susanne und hob beschwichtigend die Hand. »Kann ja passieren.«

»Aber sonst«, fuhr Jon fort, »war da nicht viel. Nach dem Vorfall mit Opa waren Margret und Eva ständig zusammen und redeten. Mir fiel das auf, weil Eva vorher ja mit keinem geredet hatte.

Na ja, und dann war sie eben plötzlich weg.«

Susanne fiel auf, dass er sich bei diesen Worten unbehaglich am Kopf kratzte.

»Was ist mit dir?«, fragte sie.

Er sah sie erschrocken an, wollte schon wieder aufspringen und wahrscheinlich weglaufen, doch dann schien er regelrecht mit sich selbst zu ringen. Susanne konnte sehen, dass er ihr etwas sagen wollte, aber überlegte, ob er das wirklich tun konnte.

»Eigentlich gehöre ich ja mit zu deiner Familie«, erklärte sie, in der Hoffnung, es ihm so einfacher zu machen. »Wir beide sind quasi entfernte Cousins, verstehst du?«

Ein Lächeln überzog Jons angespanntes Gesicht.

»Was ist los?«, versuchte sie es schließlich wieder und diesmal schaffte es Jon zumindest, ihr in die Augen zu sehen.

Er atmete tief und schnell, ein untrügliches Zeichen dafür, dass ihn etwas beschäftigte, er weiter mit sich rang.

Sie ließ ihm Zeit, wartete stumm ab.

Plötzlich richtete er sich kerzengerade auf, nickte entschlossen. »Es ist wegen Tante Margret«, begann er. »Sie mag es nicht, dass du hier bist.«

»Was meinst du?«

»Margret ist wütend auf Asta, weil sie dich hier einquartiert und dir gesagt hat, dass sie vielleicht was über Eva wissen könnte. Ich hab mitbekommen, wie sie mit Asta deswegen gestritten hat. Margret wollte, dass Asta dich weiterschickt, aber die Gästehäuser gehen Margret nichts an, sagt Asta, und deswegen darfst du noch bleiben.«

Susanne sah Jon an, wusste im ersten Augenblick nicht, was sie mit dieser Bemerkung anfangen sollte.

Es dauerte eine Weile, ehe ihr die tatsächliche Bedeutung aufging.

»Sie will nicht, dass ich hier bin. Warum?«

Jon gab keine Antwort auf diese Frage und sie erwartete auch keine. Es war eher wie eine Frage an sie selbst gewesen. Eine Frage, von der sie wusste, dass sie die Antwort längst kannte.

»Margret wollte vom ersten Augenblick an nicht, dass ich hierbleibe. Sie wollte es nicht, obwohl sie mich zu dem Zeitpunkt weder kennengelernt noch jemals gesehen hatte. Und sie wollte es nicht, weil sie wusste, dass ich nach Eva suche. Wahrscheinlich ahnte sie, dass ich Staub aufwirbeln würde.«

Susanne brach ab, schüttelte den Kopf. »Ich verstehe nur nicht, wieso. Was hat deine Tante zu verbergen?«

Jon sah sie einfach weiter an, sein Gesichtsausdruck war immer noch verkrampft.

»Sie verbirgt etwas, nicht wahr?«

Als Jon den Blick von ihr abwandte und einen unbestimmten Punkt auf dem Fußboden zu fixieren schien, wusste Susanne, dass sie auf dem richtigen Weg war.

»Sie wohnt nicht hier auf dem Hof, sondern woanders, nicht wahr? Asta hat es an dem Tag erwähnt, als ich hier ankam. Margret war nicht mehr da und ihre Schwester – deine Mom – meinte, dass sie erst am nächsten Morgen wiederkomme.«

Sie griff über den Tisch nach Jons Hand, drückte sie sanft. »Du musst mir sagen, wo sie wohnt, hörst du? Ich hatte von Anfang an den Eindruck, dass sie nicht ehrlich zu mir ist. Sie kam mir immer so überzogen freundlich und keineswegs aufrichtig vor. Ich glaube, dass sie mich von Anfang an belogen hat. Sie misstraut mir, weil Eva ihr erzählt hat, dass sie vor irgendwem auf der Flucht ist. Ich bin absolut sicher, sie weiß mehr über Eva, als sie zugeben will. Vielleicht weiß sie ja sogar, wo sie jetzt ist.«

Susanne hatte bis nach Einbruch der Dunkelheit gewartet, ehe sie sich auf den Weg nach Akureyri machte. Laut Jon lebte Margret dort auf einem ehemaligen Bauernhof, der einst den Eltern ihres verstorbenen Mannes gehörte hatte. Der Hof lag knappe fünf Minuten außerhalb der Stadt in einem kleinen Dorf, dessen Hauptattraktion das Haus vom Weihnachtsmann war.

Eigentlich hatte Susanne diesen Ort auch auf ihrer To-do-Liste gehabt, doch aufgrund der Ereignisse war sie bisher nicht dazu gekommen, ihn sich anzusehen. Sie hatte ein paar hundert Meter weiter weg von Margrets Hof geparkt, damit diese ihr Auto nicht sofort sah und ihr deswegen nicht öffnete. Susanne wusste nicht genau, warum, aber etwas in ihrem Innern sagte ihr, dass es besser wäre, wenn sie nicht gleich mit der Tür ins Haus fiele, sondern sich zuerst unauffällig auf dem Grundstück umsah.

Sie stieg über den niedrigen Holzzaun, der sich um das gesamte Areal schlängelte. Anschließend versteckte sich hinter einem der Schuppen, wartete einen Augenblick und schlich, als alles ruhig blieb, näher zum Haus. Hinter den Fenstern brannte Licht und als sie näher kam, erkannte sie Margret, die gerade in der Küche herumwerkelte. Sie duckte sich instinktiv, doch dann fiel ihr ein, dass sie sie gar nicht sehen konnte, weil es hier draußen stockdunkel war. Trotzdem ging sie gebückt weiter, bis sie am Haus war, stellte sich ganz nah an die Wand, sammelte all ihren Mut. Schließlich spitzte sie seitlich ins Küchenfenster hinein. Margret war gerade dabei, sich etwas zu essen zuzubereiten. Susanne sah ein Tablett, auf dem bereits ein Krug mit Wasser stand, daneben ein Glas, randvoll mit Saft. Margret belegte ein Sandwich mit Wurst und Käse, schnitt es anschließend fein säuberlich in zwei Hälften.

Susanne wich erschrocken zurück, als Margret den Kopf hob und aus dem Fenster sah.

Hatte sie sie bemerkt?

Ihr Herz raste und sie war unfähig, sich zu bewegen. Minutenlang stand sie einfach nur da, rechnete insgeheim damit, dass die Tür aufging und die Frau sie wütend zur Rede stellte.

Doch nichts davon geschah. Dann ging plötzlich das Licht in der Küche aus. Susanne atmete auf, zuckte aber heftig zusammen, als sie wenig später ein Klirren vernahm.

Metall auf Metall.

Als sie tatsächlich eine Tür gehen hörte, schlich sie auf die Seite, versteckte sich hinter einem ans Haus grenzenden Holzspeicher.

Aus ihrem Versteck heraus beobachtete sie, wie Margret, das Tablett auf ihren Händen balancierend, das Haus verließ und auf einen in die Erde vergrabenen Schiffscontainer zuging. Susanne hatte schon ein paar solcher Verschläge überall auf den Grundstücken hier gesehen und vermutete, dass es sich dabei um so was wie Schutzräume handelte, in denen sich die Leute bei einem Erdbeben in Sicherheit brachten.

Sie zog die Stirn kraus, als Margret das Tablett vor dem Container abstellte, einen riesigen Schlüsselbund aus der Tasche ihrer Schürze zog und die schwere Metalltürtür aufschloss. Dann nahm sie das Tablett wieder auf und verschwand im Innern des Verschlags.

Sekundenlang starrte Susanne einfach nur auf die geschlossene Tür des Containers, dann ging ein Ruck durch ihren Körper. Ihre Gedanken wirbelten wie wild in ihrem Kopf herum, vermischten sich zu einem Chaos aus Fragen und abstrusen Vermutungen.

Einem Impuls folgend schlich Susanne aus ihrem

Versteck hervor und auf die nur angelehnte Haustür des Wohnhauses zu.

Im Bruchteil einer Sekunde war sie im Innern des Hauses, sah sich blitzschnell um.

Das ist Hausfriedensbruch, flüsterte die Stimme in ihrem Kopf, doch Susanne ignorierte sie.

Die Tatsache, dass Margret ein Tablett mit Essen und Getränken zu einem bunkerartigen Verschlag geschleppt hatte, beunruhigte sie zutiefst. Sie musste unbedingt herausfinden, was hinter dieser Aktion steckte. Leise schlich sie durchs Erdgeschoss des Hauses, spähte in jedes Zimmer, doch keines schien ihr geeignet zu sein, um sich verstecken zu können.

Das letzte Zimmer, ganz am Ende des Ganges, stellte sich schließlich als Rumpelkammer heraus. Es war vollgestellt mit alten Möbeln, einem Babybett, unzähligen übereinandergestapelten Kartons. Susanne wurde klar, dass Margret hier die Habseligkeiten ihrer verstorbenen Familie aufbewahrte.

Als die Haustür ging, hatte sie keine Wahl. Sie musste sich genau hier verstecken. In diesem Zimmer, das voller trauriger Erinnerungen steckte. Vielleicht war es deswegen ja sogar die beste Wahl, um nicht entdeckt zu werden.

Warum sonst hatte Margret all das Zeug hierhergebracht, wenn nicht damit es sie nicht ständig an das Grauen erinnerte, das sie hatte durchmachen müssen?

Sie schlüpfte zwischen einem Stapel Kartons und einem Regal hindurch auf einen riesigen Kleiderschrank zu, der am anderen Ende des Zimmers stand. Sie öffnete vorsichtig die Tür, erkannte trotz der Dunkelheit im Zimmer, dass der Schrank voller Klamotten war.

Egal, sie musste auch noch reinpassen. Irgendwie musste es gehen.

Sie quetschte sich an hängenden Jacken und Hosen vorbei, setzte sich schließlich auf den Boden des Schranks, zog ihre Beine so dicht an den Körper, wie sie konnte, schaffte es anschließend sogar, die Tür zuzubekommen.

Sie legte den Kopf in den Nacken, atmete tief durch.

Und nun?, fragte die Stimme in ihrem Kopf, *was willst du jetzt machen? Die ganze Nacht hier verbringen?*

Susanne überlegte angestrengt. Im Notfall bliebe ihr keine andere Wahl, aber der weit bessere Plan war es, wenn sie abwartete, bis Margret zu Bett ging und fest schlief. Dann musste sie nur noch den Schlüssel zu dem Container finden und konnte nachsehen, was es damit auf sich hatte.

Sie lehnte sich zurück, versuchte, eine bequeme Sitzposition zu finden, doch der Schrank war dermaßen vollgestopft, dass es aussichtslos war. Bald schmerzte ihr jeder Knochen.

Lange würde sie das nicht aushalten.

Plötzlich öffnete sich langsam die Zimmertür. Ein Lichtstrahl fiel zwischen den beiden Türhälften des Schrankes zu ihr herein. Susanne brach der kalte Schweiß aus. Sie schloss die Augen, rechnete schon damit, entdeckt zu werden, doch dann vernahm sie ein leises Rascheln. Sie öffnete die Augen. Wieder erkannte sie durch den geöffneten Türspalt Margrets Umrisse.

Was tat sie da?

Susanne konnte nicht anders. Ganz vorsichtig beugte sie sich vor, bis sie mit ihrem Gesicht fast an dem Spalt war. Ihr Innerstes verkrampfte sich, als sie sah, wie Margret in einem der Kartons herumwühlte und einen Baby-Strampler hervorzog. Sie faltete ihn auseinander, presste ihr Gesicht hinein, schien den Duft des winzigen Kleidungsstücks geradezu in sich aufzusaugen.

Plötzlich fühlte Susanne sich seltsam beklommen.

Was tat sie hier eigentlich? Sie beobachtete eine trauernde Frau, versteckte sich in deren Schrank.

Doch halt!

Was war das?

Sie erstarrte.

Margret hatte ihr Gesicht von dem Strampler gelöst, sodass Susanne sie jetzt richtig sehen konnte. Die Frau wirkte keineswegs traurig oder verzweifelt, stattdessen umspielte ein sanftes Lächeln ihre Lippen.

Dann sah Margret plötzlich genau zu ihr.

Sekundenlang starrte sie den Schrank an, dann setzte sie sich entschlossen in Bewegung.

Scheiße, verdammt!, dachte Susanne und wich panisch zwischen zwei dicke Daunenjacken zurück, schlug die Hände vors Gesicht.

Es war zwecklos, das wusste sie.

Sobald Margret diese Tür öffnete, würde sie sie entdecken und ihr die Hölle heiß machen.

Susanne schloss die Augen, hielt die Luft an und wartete.

NEUNZEHN
AKUREYRI

SEPTEMBER 2022

Ein Klingelton riss sie aus ihrer Schockstarre. Entsetzt riss sie die Augen auf. Hatte sie ihr Handy etwa …?

Doch nein, sie erinnerte sich genau. Sie hatte es lautlos gestellt, bevor sie sich auf den Weg vom Auto zu Margrets Haus gemacht hatte.

Sie sah durch den Ritz, wie Margaret innehielt und unschlüssig in ihre Richtung starrte.

Dann machte sie auf dem Absatz kehrt, löschte das Licht, verließ das Zimmer.

Susanne atmete erleichtert auf.

Doch wo sollte sie jetzt hin?

Margret würde wiederkommen, sobald sie telefoniert hatte.

Sie öffnete vorsichtig die Schranktür, stieg hinaus, lauschte.

In einem der anderen Zimmer hörte sie Margret mit jemandem sprechen.

Ihr war klar, dass sie schnellstens aus diesem Zimmer rausmusste. Sie schlich zur Tür, schlüpfte hinaus, huschte den Gang entlang. Sie hatte keine Wahl, musste sich irgendwo anders verstecken. Alles war besser als der

Schrank. Sie öffnete die nächste Tür, sah, dass es sich um das Badezimmer handelte, schüttelte den Kopf. Hier wäre die Gefahr, entdeckt zu werden, am größten.

Die nächste Tür führte zu einem kleinen Gästezimmer, zumindest hoffte Suanne, dass sie richtig lag. In Sekundenschnelle schlüpfte sie ins Innere des Raums, kroch unter das Bett, betete, dass Margret nicht genau hier die Nacht verbringen würde.

Sie lauschte angestrengt, doch wie es aussah, telefonierte Margret noch immer.

Was sollte sie jetzt machen?

Einfach abwarten, bis Margret schlafen ging?

Sie seufzte angesichts ihrer misslichen Lage, verfluchte sich in Gedanken dafür, hergekommen zu sein. Doch dann fiel ihr der Container wieder ein. Irgendwas war seltsam daran, dass Margret ein Tablett voller Essen dorthin gebracht hatte.

Susanne bezweifelte, dass sie selbst es sich in diesem Ding gemütlich gemacht und gegessen hatte. Viel eher vermutete sie …

Ja was eigentlich?

Was war mit diesem Container. Oder viel mehr, wen hielt Margret dort versteckt?

Als ihr klar wurde, in welche Richtung ihre Gedanken gingen, erstarrte sie.

Nicht vor Überraschung.

Nein, vielmehr weil sie schon seit ihrem Gespräch mit Jon, vielleicht sogar schon viel länger, geahnt hatte, dass Margret mehr wusste und etwas verbarg.

Das war der wahre Grund dafür, dass sie noch hier in dieser Gegend geblieben war.

Sie hatte Margret von Anfang an misstraut.

Gespürt, dass die Frau etwas Dunkles in ihrem Innern barg.

Eva!

Plötzlich war Susanne absolut sicher, dass sie sie hier finden würde.

An diesem Ort.

Womöglich versteckt in diesem alten Schiffscontainer.

Doch warum?

Hatte Eva ihr tatsächlich die ganze Geschichte erzählt?

Dass sie geflohen war, weil sie um ihr Leben fürchtete?

War Eva freiwillig hier?

Doch wenn dem so wäre, wieso versteckte Margret sie dann in dem Container?

Ergab das irgendeinen Sinn?

Sie könnte sie ebenso in ihrem Haus unterbringen.

Genug Platz dafür hatte sie definitiv.

Vielleicht, weil Eva nicht wollte, dass überraschend jemand aus Margrets Familie kam und sie hier sah.

Immer weitere Fragen und Gedanken droschen auf Susanne ein. Das viele Überlegen, der Stress des heutigen Tages, sie kam nicht dagegen an, dass sie sich wie von Furien gejagt und zugleich wie erschlagen fühlte.

Sie legte ihren Kopf auf ihre Arme, genehmigte sich einen kurzen Augenblick des Innehaltens.

Ein Quietschen drang in ihr Bewusstsein.

Ihr Kopf schoss hoch.

Warum war es auf einmal hell im Zimmer?

Benommen starrte sie auf ein paar Unterschenkel, wusste im ersten Augenblick nicht, wo sie war.

Margret.

Sie saß auf dem Bett.

Susanne wurde eiskalt.

Sie musste eingeschlafen sein und jetzt … jetzt war es

nur noch eine Frage der Zeit, bis Margret sie hier unten finden würde.

Vielleicht hatte sie sie sogar schon entdeckt und machte sich jetzt einen Spaß daraus, sie hier unten zappeln zu lassen.

Kurz spielte Susanne mit dem Gedanken, hervorzukriechen, sich zu erklären, doch dann würde sie nie erfahren, wer in dem Bunker war.

Ob sie dort tatsächlich Eva finden würde.

Sie musste das Risiko eingehen, darauf hoffen, dass Margret sie nicht entdeckt hatte.

Ein Schluchzen erklang.

Dann ein leises Geräusch, das Susanne an das Umblättern eines Buches erinnerte.

Sie zuckte zusammen, als etwas zwischen Margrets Füßen zu Boden fiel.

Das Bild eines Babys.

Margret sah sich ein Fotoalbum an und weinte.

Ein Familienalbum.

Susannes Innerstes verkrampfte sich.

Sie selbst hatte ihre Familie verloren. Ihre Eltern, ihre Großmutter, Daniel. Doch natürlich war ihr klar, dass der Verlust des eigenen Kindes noch viel, viel schwerer wog.

Plötzlich tat Margret ihr furchtbar leid.

Nach einer Weile stand Margret auf, ging zur Tür, löschte das Licht.

Susanne war wieder allein, doch anstelle von Erleichterung breiteten sich vor allem Schuldgefühle in ihrem Innern aus. Es war nicht richtig, eine trauernde Frau zu belauschen, sich unter ihrem Gästebett zu verstecken.

Sie musste weg hier, so schnell es ging.

Dann hörte sie ein Knarzen über sich.

Ging Margret endlich schlafen?

Susanne kroch unter dem Bett vor, schlich zur Tür, presste ihr Ohr fest an das Holz.

Tatsächlich hörte sie nur wenige Sekunden später das Geräusch einer sich schließenden Tür im Haus. Sie drückte die Klinke hinunter, schlich den Gang entlang bis zur Haustür, sah sich um. Irgendwo musste doch der Schlüssel sein. Doch es gab weder ein Board noch eine Schale oder Ähnliches.

Hatte Margret ihn mit nach oben genommen?

Dann sah sie eine schmale Kommode hinter den Garderobenhaken. Auf Zehenspitzen ging sie darauf zu, durchsuchte alle Schubladen, bis sie in einer davon einen Schlüsselbund fand. Sie hoffte, dass es der richtige war, nahm ihn vorsichtig heraus, huschte zur Tür. Gott sein Dank hatte Margret nur den Riegel vorgeschoben und nicht von innen abgesperrt. Innerhalb weniger Augenblicke war Susanne aus dem Haus heraus und zum Container gehuscht.

Sie versuchte einen Schlüssel nach dem anderen, bis endlich das Schloss knackte. Sie drückte die Klinke hinunter, lehnte sich gegen das Metall, schob die Tür auf, schlüpfte ins Innere des Containers, ließ die Tür hinter sich zufallen.

Ein fürchterlicher Gestank schlug ihr entgegen.

Eine stechende Mischung aus Harnsäure und Kot.

Außerdem war es stockdunkel.

Sie zog ihr Handy aus der Hosentasche ihrer Jeans hervor, aktivierte die Taschenlampenfunktion.

Nachdem ihre Augen sich an die plötzliche Helligkeit gewöhnt hatten, leuchtete sie jeden Winkel des Containers ab. Da stand ein Eimer an der Wand. Sie trat näher, spähte hinein, zuckte zurück, als sie sah, dass Fäkalien darin schwammen.

Die Quelle des Gestanks, schoss es ihr durch den Kopf.

Sie schluckte gegen den Brechreiz an, leuchtete an der Wand entlang, bis der Lichtstrahl das Ende einer Matratze erfasste, auf der sich Bettzeug befand.

Daneben ein Tablett mit benutztem Geschirr.

Susanne leuchtete weiter, zuckte zurück, als ihr Blick an etwas Dunklem hängen blieb.

Sie trat näher, erkannte, dass dort, in der äußersten Ecke des Containers, jemand saß und sie mit weit aufgerissenen Augen anstarrte.

»Eva?«, stammelte sie, leuchtete ins Gesicht der Person.

Vor Angst geweitete Augen, ein blasses, ausgezehrtes Gesicht, fettiges Haar, an den Spitzen schwarz, die Ansätze mittelblond.

Die Person vor ihr sah ihrer Beinahe-Schwägerin kaum noch ähnlich und doch bestand kein Zweifel daran, dass es Eva war.

Susanne trat vorsichtig näher, ging vor ihr in die Hocke, sah sie forschend an.

Eva starrte zurück, ihr Blick seltsam ruhig und emotionslos, fast leer.

Als ihr Blick an deren Körper hängen blieb, zuckte Susanne zurück, sank entsetzt auf ihr Hinterteil.

»Oh Gott«, stieß sie aus, sah Eva mit weit aufgerissenen Augen an.

Die nickte langsam, verzog das Gesicht zu einem irren Grinsen, klappte den Mund auf, flüsterte ein paar unverständliche Worte.

»Du musst lauter reden, ich kann dich nicht hören«, gab Susanne, noch immer vollkommen schockiert, zurück, obwohl sie längst ahnte, was Eva ihr zu sagen versuchte.

»Sie will mein Baby.«

ZWANZIG

AKUREYRI

SEPTEMBER 2022

»Nicht dein Baby«, ertönte eine Stimme hinter ihnen. »Es ist meins, hörst du? Mein Baby!«

Susanne sprang auf, wirbelte herum, wich zurück, als sie Margret in der Tür stehen sah. Sie hatte eine Taschenlampe in der einen und einen Holzprügel in der anderen Hand. »Schön ruhig bleiben«, drohte sie und starrte Susanne mit einer Mischung aus Zorn und Wehmut an. »Ich wusste, dass du Ärger machen würdest«, erklärte sie. »Von dem Zeitpunkt an, als Asta mir sagte, dass du mich sprechen willst, weil du jemanden suchst. Ich hab meine Schwester zu überreden versucht, dich weiterzuschicken, doch sie wollte nicht auf mich hören, meinte, dass wir das Geld brauchen, das der umgebaute Schuppen einbringt.«

»Was wollen Sie?«, fragte Susanne. »Warum halten Sie Eva hier fest?«

Die Frau lachte. »Das weißt du doch längst, nicht wahr?«

»Aber … das ist unmöglich«, stammelte Susanne. »Das ist nicht Ihr Kind. Sie können nicht einfach …«

»Ich kann und ich werde«, unterbrach Margret sie.

»Dieses Baby gehört mir. Es ist meine zweite Chance.«
Sie brach ab, senkte den Blick. Als sie wieder aufsah, war
ihr Gesicht tränenüberströmt. »Was mit Greta passiert
ist, war doch nicht meine Schuld«, sagte sie dann leise.
»Mein Opa hat das getan, zusammen mit Gudrun.
Warum also musste ich dafür bezahlen? Oder Jon? Vor
dem Unfall war er ein ganz normaler Junge und jetzt …
Er ist psychisch krank, wird vielleicht niemals ein eigen-
ständiges Leben führen können, wird immer seine
Familie brauchen. Und mein Baby, mein kleiner süßer
Junge, mein geliebter Mann. Sie sind beide tot. Und
warum das alles? Weil mein Großvater etwas Schreckli-
ches getan hat, für das sie seine Nachfahren jetzt
bezahlen lässt.«

Susanne schüttelte den Kopf.

»Dieser Unfall hat doch nichts mit Greta zu tun.
Greta ist tot, niemand kann mehr ändern, was ihr
angetan wurde.«

Margret starrte sie an. »Du weißt es also?«

»Alles.« Susanne nickte. »Ich hab das Tagebuch
gelesen und ein paar Nachforschungen angestellt. Und
dann hab ich Kristjan zum ersten Mal gesehen, da wurde
mir einiges klar. Seine Schwester Erla war meine
Großmutter.«

Die Frau nickte traurig. »Dennoch hättest du niemals
herkommen sollen.«

»Ich bin genau da, wo ich sein muss.«

»Schon möglich«, gab Margret zurück.

»Sie müssen uns gehen lassen.«

»Das wird nicht passieren. Zumindest nicht sie.«
Margret machte eine abfällige Kopfbewegung in Evas
Richtung.

»Sie hat Ihnen nichts getan.«

Margret sah sie an, stieß ein Lachen aus.

»Sie ist genauso ein Monster wie mein Großvater.«

Susanne runzelte die Stirn, sah zu Eva, doch die starrte nach wie vor einfach nur mit leerem Blick vor sich hin.

»Ich musste ihr etwas zur Beruhigung geben, weil ich mir schon gedacht habe, dass du irgendwann hier herumschnüffelst. Keine Sorge, es geht ihr gut, ich würde niemals etwas tun, was meinem Baby schadet.«

»Das Baby gehört Eva.«

»Nur noch ein paar Wochen, dann nicht mehr.«

»Sie können nicht eine Unschuldige bestrafen, für etwas, das Ihnen widerfahren ist.«

»Eva ist nicht unschuldig. Genauso wenig wie mein Großvater und wir anderen alle.«

»Die einzigen Menschen, die etwas Furchtbares getan haben, sind tot. Es ist also vorbei.«

»Und warum ist sie dann noch da? Auf dem Hof? Du selbst hast sie gehört. Und ich auch. Zum ersten Mal, als ich ein kleines Mädchen war. Ich glaube, sie ist wütend, weil alle leugnen, was Opa getan hat. Alle leben ganz normal weiter, als ob nichts gesehen wäre. Deswegen hat sie mir meine Familie genommen.«

Susanne schluckte. »Greta ist Ihre Großmutter«, wandte sie schließlich ein. »Sie weiß, dass Sie nichts für das können, was mit ihr geschah. Sie würde Ihnen niemals Schaden zufügen wollen. Was passiert ist, war ein Unfall, verstehen Sie? Genau wie das Lawinenunglück meiner Eltern ein Unfall war.«

Margret starrte sie an. »Alles was uns widerfahren ist, geschah wegen ihr. Auch der Tod deines Bruders. Sie lässt uns bezahlen. Uns alle.«

»Wenn Sie Eva nicht gehen lassen, dann sind Sie genau wie ihr Großvater und Gudrun. Die beiden haben zwei Menschen umgebracht, nur weil sie die Kinder für sich haben wollten.«

Margret sah sie fragend an. »Warum zwei Menschen?«

Susanne erzählte ihr von Hannes und von ihrer Vermutung, dass auch er vor siebzig Jahren den Tod gefunden hatte.

Als Margret entsetzt den Kopf schüttelte, sah Susanne eine Chance. »Sie wollen doch nicht dasselbe Unrecht wie die beiden begehen, oder?«

Margret sah sie an, verzog das Gesicht. »Olaf und Gudrun töteten Unschuldige. Aber Eva … sie ist alles andere als ein nettes Mädchen, nicht wahr?«

Sie starrte das zusammengesunkene Häufchen Elend angewidert an. »Als sie im Sommer auf dem Hof ankam, wusste ich sofort, dass sie schwanger war. Sie übergab sich ständig, konnte verschiedene Gerüche nicht ertragen. Ich mochte Eva irgendwie. Sie war ruhig und fleißig, schien ein schweres Päckchen mit sich herumzutragen, genau wie ich. Doch dann … eines Tages … änderte sich alles. Mein Vater lief Eva über den Weg. Sie versuchte, es sich nicht anmerken zu lassen, schob einen Übelkeitsanfall vor und verschwand in ihrem Zimmer. Ich jedoch begriff sofort, dass sein Anblick irgendwas bei ihr ausgelöst haben musste. Als ich ihr folgte, hörte ich, dass sie bitterlich weinte. Ich klopfte, bat sie, mich hereinzulassen, und dann fing sie plötzlich an zu reden. Sie erzählte mir von ihrem Ex-Verlobten, Daniel, und dass mein Vater sie an ihn erinnerte. Sie erzählte mir auch von dir, von eurer Familiengeschichte. Von eurer Großmutter Erla, von euren toten Eltern und dass ihr unbedingt nach Island wolltet, um nach euren Wurzeln zu forschen.« Margret brach ab, rang mit den Tränen. »Was soll ich sagen? Als ich Evas Worten lauschte, war mir sofort klar, dass diese Erla die verschollene Schwester meines Vaters sein musste. Dass es mehr als nur Zufall war, dass Eva gerade hier bei uns

gelandet ist. Bei mir … Ich war so glücklich, malte mir
aus, wie mein Vater reagieren würde, wenn er erführe,
dass wir Erlas Enkelkinder gefunden haben, doch dann …
dann …« Margret brach ab, sah Susanne düster an, schien
nach den richtigen Worten zu suchen. »Sie erzählte mir,
dass Daniel tot sei und es ihre Schuld war. Sie hat mir
alles gebeichtet. Jedes einzelne Detail ihrer dunklen
Vergangenheit und die damit verbundene Verkettung von
Umständen, die zu Daniels Tod geführt haben musste.«

»Sie wusste, dass er …« Verwirrt brach sie ab, starrte
die Frau an. »Und was meinen Sie damit, dass es ihre
Schuld war?«

Margrets Gesichtsausdruck veränderte sich. »Warum
noch so förmlich? Wir sind verwandt, nenn mich einfach
Margret.« Sie holte Luft, sah zu Eva. »Sie hat nie mit
Daniel oder dir darüber gesprochen, was sie als junges
Mädchen getan hat?«

Susanne verneinte.

»Eine Freundin und sie haben den Tod eines jungen
Mädchens zu verantworten. Sie lauerten der armen
Kleinen auf – sie war noch keine achtzehn – sie wollten
sie erschrecken, doch das ging gründlich schief. Die
andere Beteiligte hatte plötzlich ein Messer in der Hand
und es kam, wie es kommen musste. Das Mädchen
wurde tödlich verletzt und die beiden Irren ließen es
verschwinden. Sie haben das arme Ding einfach im Wald
verscharrt und die Eltern all die Jahre im Ungewissen
darüber gelassen, was ihrem Kind widerfahren ist.

Und eines schönen Tages hat unsere Eva hier die
Mutter des toten Mädchens getroffen. Sie hat sich mit ihr
unterhalten und an jenem Tag wohl erst so richtig begriffen, was sie damals getan hatte. Von da an ging es bergab
mit Eva. Sie litt unter Albträumen und Schuldgefühlen,
wollte ihre Komplizin von damals dazu überreden, sich
zu stellen, doch die reagierte nicht ganz wie erwartet. Ihr

Mann und sie schlugen sie nieder, wollten auch sie verschwinden lassen, weil sie Angst hatten, dass sie auspacken könnte. Doch Eva hat es irgendwie geschafft, aus dem fahrenden Wagen zu springen und abzuhauen. Anstatt zur Polizei ist sie zur Wohnung deines Bruders geflohen, hat sich das Geld genommen und ist abgehauen. Den Rest kennst du ja.«

Susanne sah Margret an, klappte den Mund auf, fühlte sich vollkommen überfordert von der Flut an Abscheulichkeiten.

»Wieso ist sie denn nicht einfach zur Polizei gegangen?«, fragte sie. Dann drehte sie sich zu Eva um, starrte sie sekundenlang einfach nur an. »Warum bist du nicht zur Polizei gegangen, verdammt? Daniel könnte noch leben, wenn du nicht so völlig bescheuert reagiert hättest.« Die letzten Worte hatte sie fast geschrien, doch Eva gab keinen Mucks von sich.

Margret lachte bitter. »Das Wichtigste hab ich ja vergessen. Der Mann von Evas Komplizin, der arbeitet als Polizist. Deswegen ist sie mit dem Geld abgehauen und deswegen hat sie sich auch dann nicht bei der Polizei gemeldet, als sie durch die sozialen Medien mitbekommen hatte, dass dein Bruder tot ist. Sie hat das alles einfach hingenommen und sich hier verkrochen. Doch das Schlimmste an der Sache war, dass sie sogar ganz kurz darüber nachgedacht hat, das Baby abzutreiben. Daniels Baby … unser Baby. Sie wollte es nicht, wahrscheinlich weil es sie ihr Leben lang daran erinnern würde, dass ihretwegen sein Vater tot ist. Zum Glück war es für einen Abbruch aber längst zu spät.«

Susanne ließ Margrets Worte ein wenig wirken, drehte sich dann zu Eva um. »Ist das alles wahr?«, fragte sie. Eva starrte sie an, dann nickte sie kaum wahrnehmbar.

Susanne schluckte gegen die aufsteigenden Tränen

an, sah wieder zu Margret. »Ich verstehe, warum du sie hasst, wirklich, aber es bringt deine Familie nicht zurück, wenn du sie auf diese Weise leiden lässt, ihr das Baby nimmst und sie dann tötest. Ganz im Gegenteil. Es wird dich innerlich zerfressen, genau wie ihre Vergangenheit Eva zerfressen hat und zu dieser unglückseligen Verkettung der Umstände führte. Sie muss sich vor einem Gericht verantworten, muss dafür geradestehen, dass ein Unschuldiger ihretwegen in Untersuchungshaft war und jetzt tot ist. Sie wird für den Rest ihres Lebens damit klarkommen müssen, was sie getan hat, hörst du?«

Margret schüttelte stur den Kopf.

»Ich will dieses Kind, es steht mir zu, für all das Leid, das ich ertragen musste.«

»Aber es wird dir den Schmerz deines Verlustes trotzdem nicht dauerhaft nehmen können.«

»Das wird sich zeigen, nehme ich an.«

Susanne zuckte zusammen, als ein Krachen ertönte. Nur Bruchteile von Sekunden später ging die Tür auf und Kristjan trat ein. Er starrte schockiert von seiner Tochter zu Eva, dann zu Susanne. »Was ist hier los?«, donnerte er mit lauter Stimme. Dann schien er zu begreifen. Er wankte, fasste sich an die Brust, sah Margret an, stieß ein paar Worte aus, die Susanne nicht verstand.

Jon trat ein. Hinter ihm stand Asta. Beide starrten Margret mitleidig an. Als ihre Blicke auf Eva trafen, zuckten sie zurück.

Dann sah Asta Susanne an, seufzte. »Nicht gerade die optimalen Umstände für ein Familientreffen, nicht wahr?«

Drei Tage später …

Susanne zögerte nur den Bruchteil eines Augenblicks, dann klopfte sie entschlossen an die Tür.

»Komm rein«, rief sie eine schwache Stimme von drinnen.

Susanne drückte die Klinke hinunter, trat ein.

Als sie Eva zum ersten Mal seit jener Nacht im Container gegenübertrat, wunderte sie sich, dass sie weder Zorn noch Verachtung für die Frau empfand.

»Wie geht's dir?«, fragte sie.

»Alles gut«, sagte Eva. »Ich habe eine Schwangerschaftsvergiftung, aber die Ärzte sagen, dass sie sie in den Griff bekommen werden.«

»Das Baby?«

»Es wird ein Junge«, sagte Eva leise.

Susanne spürte, wie ihr die Tränen kamen.

»Es tut mir leid«, sagte Eva schließlich. »Ich wünschte, es hätte mich getroffen statt ihn.«

Sie sah auf, konnte nichts dagegen tun, dass sie nun doch Wut empfand.

»Warum bist du dann abgehauen? Und wieso musstest du unbedingt zu Daniel kommen, bevor du weg bist? Deinetwegen hat er so viel durchmachen müssen.«

»Ich hatte solche Angst«, erklärte Eva. »Als ich an jenem Abend zu Martina gefahren bin, um sie zu bitten, mit mir zur Polizei zu gehen, da hat sie so getan, als ob es okay für sie wäre. Stattdessen hat sie mir was in den Tee getan und gewartet, bis Fabian, ihr Ehemann, nach Hause kommt. Sie hat ihm alles gebeichtet, und weil er Angst um sie hatte, sich Sorgen machte, dass sie vielleicht verhaftet würde, wollten sie mich loswerden. Ich konnte mich retten, war aber ziemlich stark verletzt. Und weil mir natürlich klar war, dass sie bei mir zu Hause zuerst suchen würden, bin ich zu Daniel. Und was die Polizei angeht … Ich wusste, dass Martina einen Polizisten geheiratet hatte. Wie sollte ich unter diesen Umständen sicher sein, dass mir nichts passieren würde, wenn ich mich stelle? Also hab ich das Geld genommen und die Tickets vom Kühlschrank, bin zum Flughafen. Dort stellte sich raus, dass die Tickets ohne Daniel wertlos waren, also kaufte ich eins für mich.« Eva brach ab, sah sie ernst an. »Wie hast du mich überhaupt gefunden?«

Susanne, die mit dieser Frage bereits gerechnet hatte, zog das Foto aus dem Petite aus der Tasche. »Kannst dich bei Marvin bedanken. Er hat mich auf die richtige Fährte gebracht.« Susanne hielt inne, musterte Eva durchdringend. »Du wusstest von Daniels Tod. Wieso hast du dich da nicht gemeldet? Dir muss doch klar gewesen sein, dass es dieselben Leute waren, die dich ebenfalls aus dem Weg schaffen wollten.«

Eva wich ihrem Blick aus. »Weil ich Angst hatte. Angst vor Martina und ihrem Mann, Angst davor, ins Gefängnis zu kommen. Und ich hatte eine Heidenangst davor, dir vor die Augen zu treten. Ich wusste, dass Daniels Tod dich am meisten getroffen hatte. Dir gegenüberzutreten und sagen zu müssen, dass alles meine Schuld gewesen ist, wäre das Schlimmste gewesen.«

»Also hast du alle im Glauben gelassen, dass mein Bruder ein Selbstmörder ist und vielleicht sogar der irre Killer seiner Ex, nur weil du feige warst?«

Eva hob die Schultern. »Ich wünschte, ich könnte es rückgängig machen.« Sie zögerte. »Wie genau ist er eigentlich gestorben?«

»Ein Unfall. Angeblich ist er von einer Brücke auf die Fahrbahn gesprungen, wurde von einem Laster überrollt. Die Polizei war überzeugt, dass es Selbstmord ist, und zum Schluss hab sogar ich begonnen zu zweifeln.«

»Die waren das«, schluchzte Eva. »Martina und ihr Mann.«

Susanne nickte. »Sie wussten, dass dein Blut in seiner Wohnung gefunden worden war, und waren sicher, er wüsste, wo du bist. Bestimmt dachten sie auch, dass er über alles Bescheid wusste. Sie haben ihn abgefangen, ihn bearbeitet, versucht, aus ihm rauszubekommen, wo du bist. Und nachdem sich herausstellte, dass er keine Ahnung hatte, konnten sie ihn nicht mehr gehen lassen.«

»Also ist es wirklich meine Schuld, dass er tot ist.«

Susanne schwieg, denn es gab nichts, was sie darauf hätte antworten können. Dann fiel ihr etwas ein. Sie sah Eva ernst an.

»Und das was Margret gesagt hat? Wolltest du das Baby wirklich abtreiben lassen? Ist es überhaupt sicher, dass es von Daniel ist?«

»Hundertprozentig«, sagte Eva und nickte. »Und der Gedanke eines Abbruchs ging mir auch nur ganz kurz durch den Kopf. Danach wurde mir klar, dass ich es niemals gekonnt hätte. Das Baby ist ein Teil von Daniel, und ob du es mir glaubst oder nicht, ich hab ihn über alles geliebt.«

»Wieso dann die Trennung? Wieso bist du fremdgegangen?«

Eva lachte. »Nachdem ich die Mutter des toten Mädchens von damals wiedergesehen habe, konnte ich einfach nicht mehr so weitermachen. Ich redete mir ein, dass ich kein Glück verdiene, solange ich nicht für meine Tat bezahlt habe. Deswegen hab ich Daniel weggestoßen, ihm gesagt, dass es jemand anderen gäbe.«

»Das war gelogen?«

Eva nickte. »Ich dachte, er würde mich verlassen, doch das tat er nicht.«

»Deswegen hast du dich schließlich getrennt?«

»Ja.«

»Warum hast du dich ihm nicht einfach anvertraut? Mit Daniel über alles gesprochen?«

»Ich hatte Angst, dass er mich dann mit anderen Augen sieht.«

»Und das wäre schlimmer gewesen als das, was stattdessen passiert ist?«

»Ich konnte doch nicht wissen …«

»Schon gut«, beschwichtigte Susanne. »Das konntest du nicht, das stimmt.«

Sie stieß die Luft aus, sah Eva an. »Ich hab die Polizei informiert.

Sowohl die Polizei hier vor Ort als auch Lara Widmann in Augsburg. Sie bieten dir mehr oder weniger einen Deal an. Wenn du dich bereit erklärst, noch mal zu Martina und ihrem Mann zu gehen, und sie sie dazu bringst, zuzugeben, was sie getan haben, würde sich das vor Gericht strafmildernd für dich auswirken.«

»Ich soll zu den zwei Irren gehen? Ihnen eine Falle stellen, damit sie alles gestehen?«

»Du musst sogar. Schließlich gibt es keine Beweise

dafür, dass Martina damals das Messer hatte, dass sie und ihr Mann dich bedroht haben und töten wollten. Auch Daniels Tod ist nach wie vor ein Rätsel und Vermutungen helfen nicht bei der Aufklärung. Sie brauchen Fakten oder ein Geständnis und das wirst du beschaffen. Natürlich nicht allein. Du wirst verkabelt, die Beamten bleiben in der Nähe. Soweit klar? Ich finde, dass ist das Mindeste, was du tun kannst. Außerdem bist du es Daniel schuldig, ganz zu schweigen von den Eltern des Mädchens, an dessen Tod du nicht ganz unschuldig bist.«

»Und wann soll das stattfinden? In dem Zustand kann ich wohl kaum zurück nach Hause fliegen.«

»Du wirst abgeholt«, erklärte Susanne ihr. »Lara Widmann hat alles in die Wege geleitet. Du wirst von der Polizei vor Ort nach Reykjavik gebracht. Dort wartet Lara auf dich und bringt dich zurück nach Deutschland.«

»Und das Baby? Ich darf doch in diesem Zustand nicht mehr fliegen.«

»Vom Fliegen hat auch keiner gesprochen. Lara und du, ihr werdet mit der Fähre nach Dänemark übersetzen und von dort nach Bayern runterfahren. An Bord der Fähre ist ein Ärzteteam, doch laut den Ärzten hier im Haus sieht es nicht danach aus, als würde das Baby früher kommen. Der Termin ist Ende Oktober und bis dahin wird das alles hoffentlich über die Bühne gegangen sein.«

Eva seufzte. »Und du? Kommst du nicht mit?«

Susanne sah sie an, schüttelte dann den Kopf. »Ich hab hier noch einiges zu erledigen, aber zur Geburt werde ich in Deutschland sein, das verspreche ich.«

»Willst du etwa noch bei deiner Familien bleiben? Bei Margret, nach allem, was sie getan hat?«

Susanne sah Eva an. »Margret ist eine gebrochene Frau. Was sie getan hat, war falsch, aber sie wusste es nicht besser, weil sie wegen ihrer Trauer nicht klar denken konnte.«

»Der Tod ihrer Familie liegt Jahre zurück«, stieß Eva aus.

»Sie hat ihn aber nie richtig verarbeiten können«, antwortete Susanne. »Du hingegen wusstest genau, was du tust, als du Martina dabei geholfen hast, das Mädchen zu vergraben. Du wusstest auch, wie sehr ihre Mutter noch immer leidet, und hast trotzdem nichts gesagt. Und du bist einfach abgehauen, hast meinen Bruder im Stich gelassen. Hast dich selbst dann nicht gemeldet, als du von seinem Tod erfahren hast.«

Susanne holte Luft, schloss die Augen. Es tat gut, die Wahrheit auszusprechen.

»Margret ist jetzt in psychologischer Behandlung und wird sich dafür verantworten müssen, dass sie dich über Monate hinweg gefangen gehalten hat. Und was den Rest meiner Familie angeht … keiner von denen kann etwas für all die Dinge, die geschehen sind. Sie sind genauso unschuldig an allem wie Daniel und ich.«

»Dann bleibst du tatsächlich hier?«

»Für ein bis zwei Wochen, ja. Kristjan will eine Firma beauftragen, die das Grundstück umgräbt, um nach den Überresten seiner Mutter zu suchen. Er will sie ordentlich bestatten lassen und uns allen die Möglichkeit geben, sich von ihr als Familie zu verabschieden, und so endlich wenigstens einen Teil des Unrechts seines Vaters wiedergutmachen.«

EPILOG/KEFLAVIK
ANFANG OKTOBER 2022

»Hey, ich hätte niemals damit gerechnet, dich noch mal wiederzusehen«, sagte Marvin und kam um den Tresen herum auf sie zu.

Susanne grinste. »Ich wollte mich noch mal in aller Form bei dir bedanken.«

»Für was?«

»Dank dir hatte ich Erfolg bei meiner Suche.«

Er starrte sie an. »Hast du Eva tatsächlich gefunden?«

Sie nickte.

»Und wo ist sie jetzt?«

»In Deutschland.«

»Geht es ihr gut?«

Kurz überlegte Susanne, Marvin die ganze Geschichte zu erzählen, auch den Teil, den sie ihm bei ihrem ersten Treffen vorenthalten hatte, doch dann entschied sie, dass dieses Wiedersehen zu schön war, um es durch ein solches Gespräch zu beschmutzen.

»Ich denke schon«, sagte sie daher. »Sie ist schwanger, von meinem Bruder übrigens.«

»Sagtest du nicht, er sei ...«

»Das Kind kommt Ende des Monats. Als sie schwanger wurde, waren Daniel und sie noch ein Paar.«

»Und weißt du inzwischen, warum sie abgehauen ist?«

Susanne nickte, machte aber keine Anstalten, etwas zu sagen.

»Du willst nicht darüber reden, mhm?«

Sie schüttelte den Kopf. »Nicht heute, nicht jetzt.«

»Kein Ding. Hast du dir wenigstens die Insel angesehen?«

Sie nickte strahlend. »Aber nicht allein.«

»Was meinst du?«

»Ich hab außer Eva auch noch etwas anderes hier gefunden.«

Marvin sah sie verwirrt an.

»Wir werden uns ab jetzt wahrscheinlich häufiger sehen. Mindestens einmal im Jahr.«

»Ich verstehe immer noch Bahnhof.«

»Ich hab meine Familie gefunden. Besser gesagt die Familie meiner Urgroßmutter. Leider ist auch das eine lange und traurige Geschichte.«

Marvins Augen wurden immer größer. Dann lachte er. »Du willst mich heute also komplett im Ungewissen lassen?«

Susanne lächelte. »Irgendwann erzähle ich dir alles, versprochen, aber für heute würde es mich freuen, wenn wir uns einfach über Alltägliches unterhalten könnten, okay?«

Marvin nickte, sah sie mitfühlend an. Dann verzog sich sein Mund zu einem Grinsen. »Da hab ich ein paar Themen. Als Erstes: Was an Island hat dir am besten gefallen?«

Susanne überlegte. »Die Gletscherlagune«, sagte sie dann und hatte augenblicklich das Foto von ihrer

Urgroßmutter vor Augen, das Jon ihr vor ihrer Abreise geschenkt hatte.

Marvin nickte verträumt. »Die hat mich damals auch total umgehauen. Diese riesigen schwimmenden Eisberge, die in der Sonne blau schimmern.« Er sah sie neugierig an. »Hast du Seehunde gesehen?«

Sie nickte. »Sogar ein paar Babys.«

»Du Glückliche«, seufzte Marvin. »Und warst du am Black Beach?«

Susanne nickte lachend. »Das war ein Drama, sag ich dir. Jon wollte nicht hören, ist mit den Wellen um die Wette gerannt und wurde von so einer Monsterwelle erwischt. Wir hatten Mühe, ihn rauszuziehen, doch er war klatschnass.«

»Ich hab's dir ja gesagt«, gab Marvin zurück.

»Und sonst? Was habt ihr noch gemacht?«

»Ich glaube, ich hab so gut wie jeden Wasserfall auf der Insel gesehen.«

»Und welchen fandest du am coolsten?«

»Da waren mehrere. Einer, hinter dem man durchlaufen konnte, dann der Dettifoss natürlich ... das Monster unter den Wasserfällen.« Susanne hob die Schultern. »Sie sind alle atemberaubend und wenn ich wiederkomme, dann sehe ich mir alles noch mal an.«

»Da fällt mir gerade was ein«, sagte Marvin, ging um die Theke herum, zog einen Umschlag hervor, reichte ihn Susanne.

Sie runzelte die Stirn. »Was ist das?«

Er grinste. »Keine Ahnung.«

Sie riss den Umschlag auf, zog ein Polaroid hervor. Sie stutzte beim Anblick von Ralfs lachendem Gesicht, sah zu Marvin. »Wann war er hier?«

»Ist vor drei Tagen nach Deutschland zurück und wollte, dass ich dir den Brief gebe, falls du noch mal vorbeikommst. Er hat dich mir in allen Einzelheiten beschrieben, wollte unbedingt, dass du diesen Brief bekommst.«

Sie starrte auf die von Hand geschriebenen Zeilen auf dem freien Feld des Polaroids, spürte, wie ihr warm ums Herz wurde.

»Verrätst du mir wenigstens, was er dir geschrieben hat?«

Sie sah Marvin grinsend an. »Nicht viel, ehrlich gesagt. Hier steht nur: *Pfeif auf das Schicksal und ruf mich an!*

Daneben seine Handynummer und das wars.«

»Und wirst du es tun?«

»Was? Ihn anrufen?«

Marvin nickte.

»Vielleicht.«

ZWEIUNDZWANZIG
AUGSBURG
MITTE NOVEMBER 2022

Sechs Wochen später …

Als Susanne das Gelände der Universität verließ, fühlte sie sich so gut wie lange nicht mehr. Sie hatte ein paar Wochen mit sich gerungen, sich gefragt, ob sie tatsächlich schon so weit war, ihr Studium wieder aufzunehmen, doch am Ende hatte sie gespürt, dass genau jetzt der richtige Zeitpunkt dafür war.

Sie zog ihr Handy hervor, schaltete es ein, wartete. Sie sah, dass einige Nachrichten eingegangen waren und blieb stehen. Mindestens sechs davon waren von Eva. Eine von Ralf. Sie lächelte, las seine zuerst.

Sehen wir uns am Wochenende?

Klar, schrieb sie zurück. *Bei mir?*

Ein Lachen brach aus ihr hervor, als nur eine Sekunde später eine Abfolge von Herzen und Auberginen auf ihrem Display erschienen.

»Verrückter Kerl«, murmelte sie leise und kam nicht umhin, zuzugeben, dass sie das Wochenende kaum noch erwarten konnte. Sie scrollte weiter, zögerte kurz, dann drückte sie auf Evas Namen.

Als sie den Sinn der vielen Nachrichten begriff, fing ihr Herz an zu rasen. Seit ihrer Ankunft in Deutschland hatte sie es vermieden, sich bei der Ex-Verlobten ihres Bruders zu melden, obwohl diese ihr beinahe täglich Nachrichten schickte oder sie anrief. Sie hatte es einfach nicht über sich gebracht, der Frau gegenüberzutreten, weil sie beim besten Willen nicht sagen konnte, was sie sie empfand. War es Hass? Wut?

Sie wusste es noch immer nicht.

Doch jetzt hatte sie keine andere Wahl mehr. Sie musste eine Entscheidung treffen.

Daniels Sohn war letzte Nacht und mit zweiwöchiger Verspätung zur Welt gekommen und natürlich konnte das Baby nichts dafür, dass sie ein Problem mit seiner Mutter hatte.

Dabei hatte Eva wirklich alles in ihrer Macht Stehende getan, um ihr Unrecht wiedergutzumachen. Sie hatte den Vorschlag der Polizei, sich verkabeln zu lassen, um Martina und ihren Mann Fabian, den Polizeipsychologen, überführen zu können, angenommen. Lara Widmanns Plan, beide durch ein Gespräch und Provokation dazu zu bringen, alles zuzugeben, war aufgegangen.

Die Polizei hatte nur noch deren Wohnung stürmen und beide festnehmen müssen. Eva hatte den Beamten auch Hinweise gegeben, wo sie Jana Bergmanns Leiche finden würden. Und sie war zu den Eltern des Mädchens gefahren und hatte sie aufrichtig um Vergebung gebeten.

Ob sie diese bekommen hatte … Susanne bezweifelte es.

Auch bei ihr hatte Eva sich in unzähligen Nachrichten entschuldigt und sie um eine Aussprache gebeten, doch bislang hatte Susanne es nicht über sich gebracht, darauf zu antworten, geschweige denn, darauf einzugehen.

Bei ihrem Wagen angekommen, ließ sie sich hinters Lenkrad fallen, schloss für einen Moment die Augen.

Wie hätte ihr Bruder in dieser Situation reagiert?

Wie würde er damit umgehen?

Was würde er wollen?

Das weißt du genau, flüsterte die Stimme in ihrem Kopf.

Susanne stieß die Luft aus, drehte den Schlüssel im Schloss herum, fuhr los.

❄

»Willst du ihn mal halten?«, fragte Eva und sah sie beinahe flehend an.

Susanne wusste, dass auch diese Geste nur ein hilfloser Versuch war, ihr endlich wieder näherzukommen.

Sie sah auf den niedlichen Kerl hinab und plötzlich brach etwas in ihrem Innern entzwei. »Gern«, gab sie mit brüchiger Stimme zurück, nahm das Baby vorsichtig auf den Arm. Ihr fehlten die Worte, während sie das winzige Gesichtchen betrachtete, vorsichtig die weiche Haut des kleinen Kerlchens berührte.

»Hat er schon einen Namen?«

Eva schüttelte den Kopf. »Ich hatte gehofft, dass du einen weißt, der passen könnte.«

Susanne starrte sie an. »Ich soll …?« Sie brach ab, sah das Baby an, schüttelte den Kopf. »Ich weiß nicht, wirklich.«

»Was hältst du davon, wenn wir ihn Daniel nennen? Wie seinen Papa?«

Susanne wollte schon den Kopf schütteln, doch dann horchte sie in sich hinein. Würde ihm das gefallen? Würde ihr Bruder wollen, dass Eva seinen Sohn nach ihm benannte? Sie wusste es nicht. Unschlüssig sah sie Eva an, dann das Baby in ihren Armen. Sie konnte nichts dagegen tun, dass ihr Mund sich zu einem Lächeln verzog. Der kleine Mann war einfach zu goldig. »Nicht Daniel«, brachte sie schließlich hervor. »Aber was hältst du von Danilo? Ich glaube, der Name passt zu ihm.«

Eva nickte dankbar. »Und jetzt? Wie geht es weiter?«

Susanne räusperte sich. »Tut mir leid, dass ich mich den Rest deiner Schwangerschaft nicht bei dir habe sehen lassen. Ich wollte es, wirklich, aber es ging einfach nicht. Da war noch so viel, das ich verarbeiten musste, verstehst du?«

Eva nickte.

»Kann ich dich was fragen?«, kam es Susanne über die Lippen, ohne dass sie sich hätte zurückhalten können.

»Klar.«

»Als du auf dem Olafsson-Hof gewesen bist, hast du da irgendwann mal nachts ein Mädchen ganz bitterlich weinen gehört? Oder sogar ein Mädchen gesehen? Blond, lange Haare, sehr zierlich, keine zwanzig Jahre alt.«

Eva schüttelte den Kopf. »Warum fragst du mich das?«

Susanne schluckte, sah auf das Baby hinab, dann zu Eva.

»Es gibt einen Grund, weshalb ich überhaupt darauf gekommen bin, dass diese Familie auf dem Hof zu mir gehört.«

»Na, weil du Kristjan gesehen hast und wegen deiner Oma, nehme ich an.«

»Nicht nur«, erklärte Susanne. »Alles fing an, als ich dieses nächtliche Weinen gehört habe. Kurz darauf hab ich sie gesehen.«

»Wen?«

»Greta, meine Urgroßmutter.«

Eva riss die Augen auf.

»Ich weiß, wie verrückt sich das anhört, aber genauso war es. Ich hab ein Weinen gehört und ein Mädchen gesehen. Jon konnte sie auch sehen, bei Margret weiß ich nur, dass sie sie gehört hat.«

»Aber diese Greta, ist sie nicht … tot? Und was heißt junges Mädchen, sie müsste heute ja über neunzig sein.«

»Genau das ist es, worüber ich seit Wochen grübele. War das, was ich gehört und gesehen habe, real? Oder hab ich es mir nur eingebildet? Und wenn ja, wieso hatten Jon und Margret dann ähnliche Erlebnisse? Ergibt das irgendeinen Sinn für dich?«

Eva sah sie an, schwieg.

»Weißt du, was ich heute, mit einigem Abstand zu den Ereignissen denke?«, fuhr Susanne schließlich fort. »Ich denke, dass es irgendwas mit dem Unterbewusstsein zu tun hat. Ich kannte ja den Namen des Hofs. Olafsson. Ich selbst konnte am Anfang zwar noch keine Verbindung erkennen, aber mein Unterbewusstsein schon. Und weil ich ja wusste, dass meine Oma Erla aus Island weg ist und nie drüber gesprochen hat, warum, war mir natürlich klar, dass etwas passiert sein musste, weshalb sie nie mehr zurückgeblickt hat. Ich vermute, dass mein Unterbewusstsein sich das alles zusammengesponnen hat. Und dieses Tagebuch … ich hab's zufällig gefunden. Zufall, so was gibt's ja häufiger.«

»Und wie erklärst du, dass es die anderen auch sehen und hören konnten?«

»Schuldgefühle«, gab Susanne zurück. »Margret wusste ja Bescheid, nachdem sie ihren Vater belauscht hatte. Und Jon … er ist trotz allem ein aufgeweckter Junge, bestimmt hatte er auch irgendwann etwas über diese schreckliche Geschichte aufgeschnappt.«

Eva schloss die Augen, schien nachzudenken. »Es gäbe noch eine weitere Möglichkeit.«

»Du denkst, es könnte echt gewesen sein? Ein Geist sozusagen?«

»Wenn ich inzwischen etwas über das isländische

Volk weiß, dann, dass sie an Magie glauben. An Geister, an Trolle, an Elfen.«

»Ich bin aber keine Isländerin.«

»Ach wirklich?« Eva öffnete die Augen, sah sie an und lächelte.

»Zumindest keine gebürtige«, gab Susanne zurück.

»Vielleicht stimmt es ja, dass es mehr zwischen Himmel und Erde gibt als das, was wir sehen können.«

»Ich glaube nicht an Geister.«

»Dein Gesichtsausdruck besagt aber was anderes.«

Susanne senkte den Blick. »Ich würde es ja gern, aber ich kann nicht.«

»Dein Bruder hat daran geglaubt, das weißt du oder?«

Sie sah auf, starrte Eva an. »Wirklich?«

Sie nickte. »Und was Greta angeht, ihr ist wirklich ein so großes Unrecht widerfahren, dass es doch möglich wäre, dass ihre Seele keine Ruhe gefunden hat, ehe sie nicht sicher sein konnte, dass auch der letzte ihrer Nachfahren endlich begreift, dass sie die wahre Mutter dieser drei Kinder gewesen ist.«

»Nach dem, was du sagst, müsste dann ja auch Daniel noch irgendwo hier herumgeistern.«

Eva verzog das Gesicht. In ihren Augen schimmerten Tränen.

»Ich träume oft von ihm. Und manchmal hab ich das Gefühl, dass er noch bei mir ist.«

»Aber das bedeutet nicht, dass es real ist.«

Eva lächelte versonnen. »Aber schön wäre es, nicht wahr?«

Susanne nickte und plötzlich verzog sich das Gesicht des Babys wie zu einem Grinsen. In dem Augenblick sah der Winzling genau wie Daniel aus.

Ihr wurde heiß und kalt zugleich.

War das ein Zeichen?

Sie wusste es nicht.

»Wirst du uns trotzdem ab und zu besuchen kommen?«, durchbrach Evas Stimme ihre Gedanken.

Susanne sah das Baby an, gab ihm ein Küsschen auf die Stirn. »Ich werde da sein. Sowohl für meinen Neffen als auch für dich.«

Evas Augen füllten sich mit Tränen.

»Ich danke dir. Dabei habe ich deine Großzügigkeit doch gar nicht verdient.«

Susanne gab Eva ihren Sohn zurück. Dann strich sie ihr sanft über die Schulter. »Gib mir einfach ein bisschen Zeit, dann wird das schon wieder mit uns, okay?«

Ein Schluchzen brach aus Eva hervor. Dann nickte sie.

»Wann findet eigentlich die Verhandlung statt?«, wollte Susanne wissen.

Eva schniefte. »Mein Anwalt meint, im Frühjahr.«

»Weißt du schon, worauf es hinauslaufen wird?«

»Bei Martina wohl auf eine längere Haftstrafe. Wobei alles, was sie und ihr Mann deinem Bruder angetan haben, auch eine Rolle spielen wird. Allerdings wird es für diese Taten noch eine zweite Verhandlung geben. Und was mich angeht …« Eva schnappte nach Luft. »Mein Anwalt wird darauf plädieren, dass ich damals minderjährig und nur Mittäterin war. Das Messer gehörte Martina und es war ihre Idee, keinen Notarzt zu rufen und Janas Leiche zu vergraben. So werde ich wohl mit einer Haftstrafe von unter einem Jahr oder sogar Bewährung davonkommen.«

Susanne sah das Baby an, dann Eva. »Ich glaube nicht, dass sie eine frisch gebackene Mutter ins Gefängnis stecken. Vor allem wird es sich begünstigend auf dein Urteil auswirken, dass du bei der Aufklärung geholfen hast. Ich vertraue Lara Widmann da voll und ganz, dass sie vor Gericht zu deinen Gunsten sprechen wird.«

»Wir werden sehen«, stieß Eva aus. »Aber nur für den Fall, dass ich tatsächlich für eine Weile ins Gefängnis muss, hast du eine Idee, was wir mit Danilo machen?«

Susanne sah sie an, lächelte. »Ich überleg mir was, versprochen.«

ENDE

NACHWORT

Liebe Leserin, lieber Leser,

ich hoffe sehr, dass mein Buch Ihnen gefallen hat.

Da es sich bei **Das Gletschermädchen** um eine Geschichte mit realen Hintergründen handelt, möchte ich die Chance nutzen, hier ein paar Worte an Sie zu richten.

Selbstverständlich ist die komplette Story um Greta Stein meiner blühenden und sehr düsteren Fantasie entsprungen.

Nichtsdestotrotz gab es jedoch den Aufruf des Isländischen Bauernverbandes tatsächlich. Im April 1949 erschien dieser in einigen norddeutschen Zeitungen, nachdem isländische Landwirte nach Arbeitskräften und Dienstmädchen für Landhaushalte suchten. Die Bezahlung – 500 isländische Kronen, sowie freie Kost und Logis.

Der tatsächliche Hintergrund des Bauernverbandes für den Aufruf: in den ländlichen Gegenden Islands herrschte Frauenmangel, nachdem unzählige Isländerinnen wegen der boomenden Fischindustrie an die Küste gezogen waren.

So kam es, dass im Juni 1949 die Esja in See stach, mit Kurs auf ein fernes Land, weit oben im Norden – Island.

Zweihundert Frauen und siebzig Männer befanden sich an Bord der Esja und es sollten noch viele weitere folgen.

Überlieferungen nach sollen dreihundert der Frauen für immer auf Island geblieben sein. Sie verliebten sich, heirateten, waren glücklich über ihren gelungenen Neuanfang.

Noch heute leben tausende Nachfahren deutscher Frauen auf Island, doch nicht nur das – die deutschen Einwanderinnen hinterließen noch weitere Spuren in ihrer neuen Heimat. Sie bauten Gemüse auf den isländischen Höfen an, pflanzten Blumen, errichteten erste Gewächshäuser.

Ein erstklassiges Beispiel für gelungene Integration.

Als ich vor einiger Zeit von diesen Ereignissen gelesen habe, wusste ich, dass ich eines Tages meine eigene Geschichte über dieses Thema schreiben werde. Dass es ein so finsteres Buch wurde, ist, wie bereits erwähnt, eigens meiner Vorstellungskraft geschuldet, sowie der Tatsache, dass ich nun einmal Thriller schreibe und keine romanischen Geschichten. Ich hoffe also, dass sie mir dies nachsehen.

Ihre Daniela Arnold

VERLOSUNG

Liebe Leserin, lieber Leser,

es handelt sich bei **Das Gletschermädchen** bereits um meinen 37. Thriller.

Und natürlich freue ich mich sehr, dass es stetig mehr Leser werden :-)

Deswegen möchte ich auch diesmal wieder unter jenen meiner Leser, die nicht bei Facebook oder Instagram sind, ein Gewinnspiel veranstalten.

Verlost werden insgesamt mehrere Preise (Buchpakete, Amazon-Gutscheine und vieles mehr …) unter all meinen Newsletter-Abonnenten.

Wer mitmachen möchte und bereits meinen Newsletter abonniert hat, muss nichts weiter tun, da er automatisch im Lostopf ist und dies auch bei künftigen Veröffentlichungen sein wird.

Alle anderen schreiben mir bitte eine Mail an:

autorin@daniela-arnold.com

und landen somit in meinem Newsletter-Verteiler sowie im Lostopf.

DANKSAGUNGEN

Ich danke meiner grandiosen Coverdesignerin Kristin Pang, für das tolle Cover! Auf eine weiterhin so tolle Zusammenarbeit!

Ich danke meiner Lektorin/Korrektorin Ilka Bredemeier für die wunderbare Arbeit, die sie geleistet hat! Liebe Ilka, du hast mich davor bewahrt, die Nerven zu verlieren und alles an die Wand zu schmeißen! Ich danke dir tausend Mal!!!

Ich danke Inca Vogt, dafür, dass sie meinen Bücher ein so wundervolles Innendesign verpasst.

Ich danke all jenen Lesern und Kollegen,

die mich bei der Coverauswahl und sonstigen Problemchen unterstützt haben.

Ich drücke euch von Herzen.

Ich danke euch Bloggern da draußen, für all das, was ihr für uns Autoren macht. Eure Arbeit und Mühe ist so wertvoll – danke sehr.

Ich danke meinen Kollegen für das offene Ohr in Hinsicht auf Klappentext-Bastelarbeiten (das ist wirklich keine meiner Stärken). Besonderer Dank geht vor allem an Inca Vogt, die neben dem Buch-Layout auch noch mit wachsamen Auge ganz am Schluss über den gesamten Text geht und im Zuge dessen schon so manchen Klopper entdeckt hat.

Ich danke meinem Sohn, der, obwohl er meine Bücher nicht liest, dennoch Verständnis hat, wenn ich mich tagelang im Büro verbarrikadiere und zickig bin wie … (mir fällt gar kein Vergleich ein, so schlimm ist das manchmal) ;-).

Meinen Freunden, die mich aufbauen, wenn ich am Boden bin.

Eventuelle Fehler bei der Ermittlung meiner Protagonisten gehen übrigens einzig und allein auf meine Kappe oder sind meiner Fantasie geschuldet. Im Übrigen habe ich mir auch in diesem Roman wieder einige künstlerische Freiheiten genommen – welche selbstverständlich nicht verraten werden.

Über Mails mit Anregungen und Kritik freue ich mich unter:

autorin@daniela-arnold.com

LESEPROBE WEITERER WERKE

DANIELA ARNOLD

IM TIEFEN MOOR

CORNWALL THRILLER

ÜBER DAS BUCH

Du glaubst, du seist sicher in den eigenen vier Wänden?
Du hast dich noch niemals im Leben so sehr getäuscht!

Grace: Nach einem Schicksalsschlag lebt Grace zurückgezogen in einem ehemaligen B&B mitten im südenglischen Dartmoor. Sie leidet unter furchtbaren Panikattacken, schafft es nicht mehr, das Cottage zu verlassen, geschweige denn, Gäste hereinzubitten. Doch dann stehen eines Tages eine verängstigte junge Frau und ihre kleine Tochter vor der Tür. Beide benötigen dringend Hilfe. Grace schafft es nicht, die Fremden abzuweisen. Ein schrecklicher Fehler, wie sich bald herausstellt ...

Summer: Auf der Flucht vor ihrem gewalttätigen Ehemann stranden Summer Hill und die fünfjährige Annabelle in Widecombe in the Moor, einem kleinen Örtchen inmitten des Dartmoors. Sie finden Zuflucht bei einer Frau, die, abgeschottet von der Außenwelt, allein in einem riesigen Cottage lebt.

Das anfängliche Gefühl von Sicherheit schlägt schnell in Angst um, als Summer mehr und mehr das Gefühl hat, beobachtet zu werden. Als es zu mehreren bedrohlichen Übergriffen kommt, fragt sie sich, ob ihre Retterin in der Not wirklich so harmlos ist, wie sie zu sein vorgibt.

Was verbirgt die Frau, die angeblich seit einem Jahr ihr Haus nicht mehr verlassen hat?

PROLOG

»Schön, dass es so viele von euch einrichten konnten, mit ihren Partnern zum heutigen Geburtsvorbereitungskurs zu erscheinen.«

Der Blick der Hebamme glitt durch den Raum, blieb schließlich an Mia hängen. Erst jetzt bemerkte sie, was ihre Worte bei der jungen Frau ausgelöst hatten. Entschuldigend verzog sie das Gesicht.

»Schon okay«, murmelte Mia betreten, sah zu Boden. Sie hasste es, wenn sie von ihrem Umfeld dafür bemitleidet wurde, dass sie schon bald eine alleinerziehende Mutter sein würde.

Ständig bekam sie zu hören, wie mutig es doch von ihr sei, sich trotz allem für das Baby entschieden zu haben anstatt für eine Abtreibung. Selbst ihr Bruder hatte neulich etwas in dieser Art zu ihr gesagt.

Dabei hatte sie schlicht und ergreifend keine andere Wahl gehabt. Als sie Aiden mitgeteilt hatte, sie sei schwanger, hätte sie niemals damit gerechnet, dass er sie verlassen würde. Ganz im Gegenteil hatte sie insgeheim gehofft, dass er sie fest in die Arme nehmen und ihr sagen würde, dass alles gut werde.

Okay, die Schwangerschaft war nicht geplant gewesen und sie beide waren erst seit Kurzem ein Paar, dennoch hätte sie dem Mann an ihrer Seite, dem verständnisvollen und treu sorgenden Aiden, niemals zugetraut, dass er sie wie eine heiße Kartoffel einfach würde fallen lassen.

Nachdem er genau das getan hatte, war sie eine Zeit lang in eine Art Schockstarre verfallen, nicht wissend, was sie tun sollte, nicht wissend, wie es weitergehen sollte. Doch dann hatte ihre Mutter ihr erfolgreich ins Gewissen geredet, ihr gesagt, dass Aiden es nicht wert war, dass sie ihm nachtrauerte. Dass er ein schlechter Mensch war, seine Freundin und sein ungeborenes Kind einfach im Stich zu lassen.

Nach und nach war ihr klar geworden, wie recht ihre Mutter hatte. Aiden war schwach und tat ihr nicht gut. Jemanden wie ihn brauchte sie nicht in ihrem Leben. Und das Baby brauchte eine Mutter, die sich der Verantwortung bewusst war. Und verdammt, das war sie!

Dieses Kind in ihrem Leib war so unschuldig, es konnte nichts dafür, in diese Familienkonstellation hineingeboren zu werden. Also musste sie jetzt einfach zusehen, für das Baby stark zu bleiben, sich niemals unterkriegen zu lassen. Und dazu gehörte auch, dass sie über dem Gerede der Leute stand und sich von dümmlichen Bemerkungen nicht den Wind aus den Segeln nehmen ließ.

Sie war eine werdende alleinerziehende Mutter und, verdammt, sie würde ihre Sache mindestens genauso gut machen wie ein Elternpaar. Sie musste eben beides sein. Vater und Mutter.

Tief einatmend setzte sich in Position, fing an, ihre Atemübungen durchzugehen. Durch die Nase ein, durch den Mund wieder aus. Die Hände auf den Bauch. Ihr Baby spüren.

Und ja, das spürte sie.

Sie hatte nicht wissen wollen, was genau es werden würde, hatte sich deswegen klamottentechnisch sowohl auf einen Jungen als auch auf ein Mädchen eingestellt. Doch wenn sie tief in sich hineinhorchte, dann war da eine Stimme, die ihr sagte, dass es ein Mädchen war, das in ihr wuchs.

Sie lächelte beim Gedanken daran, dass es bald so weit wäre und sie ihr Kind in den Armen halten würde. Dann wäre sie nicht mehr nur Mia … die von ihrem idiotischen Ex verlassen worden war, sondern Mia und ihr Kind. Mia und ihr Sonnenschein.

Sie sah in die Runde, spürte, dass es ihr inzwischen emotional viel besser ging.

Nein, mehr noch!

Sie spürte, dass es ihr egal war, was die anderen von ihr dachten.

Ob sie Mitleid für sie empfanden.

Sich fragten, was wohl geschehen sein mochte, dass sie keinen Partner an ihrer Seite hatte.

Ihr Blick blieb an einer jungen Frau hängen, die genau wie sie allein zu sein schien. Sie zwinkerte ihr zu, bekam ein Zwinkern zurück, dann ein Augenrollen.

Ein Lachen brach aus ihr hervor, die andere Frau stimmte mit ein.

Als sie knappe zwanzig Minuten später vor die Tür des Gebäudes trat, in dem der Geburtsvorbereitungskurs stattgefunden hatte, bemerkte sie die junge Frau von vorhin. Sie stand da, an ein Geländer gelehnt, als würde sie auf sie warten. Mia trat auf sie zu, grinste. »Das war hart heute, hm?«

Die andere Frau reichte ihr die Hand. »Kann man wohl sagen. Ich bin Lisa.«

Sie erwiderte den Gruß. »Mia.«

Eine Weile schwiegen sie, dann sah Lisa sie an.

»Sollen wir vielleicht eine Kleinigkeit essen gehen? Da drüben ist ein nettes Bistro und ich könnte echt ein Pferd verschlingen. Beim Essen möchte ich mit dir über all die perfekten Paare lästern, die vorhin im Duett gehechelt haben. Ist dir auch aufgefallen, wie dämlich sich die meisten der Kerle dabei angestellt haben?«

»Klar.« Mia grinste. »Und Hunger hab ich immer.«

Als sie kurz darauf einander gegenüber an einem der Tische saßen und bestellt hatten, überlegte Mia, ob sie Lisa fragen durfte, warum sie heute allein in dem Kurs gewesen war. Doch dann kam diese ihr zuvor. »Er ist gestorben, weißt du? Vor vier Monaten. Es war ein Unfall. Dabei hat er sich so sehr auf sein Baby gefreut.«

Mia sah Lisa bestürzt an. »Das tut mir so leid, ganz ehrlich.«

Lisa nickte, senkte den Blick. Als Mia das Zucken der Schultern ihres Gegenübers bemerkte, war sie beschämt. Bis vor einer knappen halben Stunde hatte sie darüber lamentiert, was für ein Arschloch Aiden doch war, weil er sie einfach verlassen hatte. Doch diese Frau hier vor ihr … Lisa … die hatte ihren Mann durch einen Unfall verloren. Ihren Mann, den sie geliebt hatte und der nun niemals sein Baby würde kennenlernen oder in den Armen halten dürfen.

Sie griff über den Tisch nach Lisas Hand, drückte sie sanft.

Lisa erwiderte den Händedruck, lächelte. »Und du? Was ist bei dir? Wieso bist du alleine?«

»Weil der Vater meines Babys ein Arschloch ist.«

Lisa grinste. »Tut mir leid.«

Mia winkte ab.

Plötzlich kamen ihr ihre eigenen Probleme beinahe lächerlich vor.

Sie hatte keinen Mann – na und?

Sie würde ihr Baby alleine bekommen – was solls?

Sie sah Lisa an und bemerkte, wie sehr sie diese Frau bewunderte.

Sie war so stark …

»Bist du mit dem Auto hier?«

Mia schüttelte den Kopf, sah Lisa fragend an.

Diese machte eine Kopfbewegung in Richtung Fenster. Es hatte zu regnen begonnen. Der Himmel verdunkelte sich zusehends und rasch schüttete es wie aus Kannen.

»Ist schon okay. Ich wohne nur knappe zwanzig Minuten von hier.«

»Soll ich dich mitnehmen?«

Mia winkte ab, doch Lisa legte den Kopf schräg, lächelte. »Das macht mir nichts aus, ehrlich.«

Schließlich gab Mia auf, grinste. »Ist vielleicht tatsächlich besser. Eine Erkältung kurz vor der Geburt braucht wirklich niemand.«

Als ihr Essen kam, machten sie sich hungrig darüber her, unterhielten sich über dies und das.

Mia musste insgeheim zugeben, dass sie schon lange nicht mehr so viel Spaß gehabt hatte. Vielleicht sollte sie Lisa nach ihrer Nummer fragen, dann konnten sie sich irgendwann mal wieder treffen.

Schließlich sah Lisa auf die Uhr. »Ich muss dann so langsam …«

Mia nickte, steckte sich den letzten Bissen ihres Burgers in den Mund, winkte dem Kellner.

Nachdem sie bezahlt hatten, machten sie sich auf den Weg nach draußen. Der Regen fühlte sich eiskalt auf ihrem dünnen Jäckchen an und Lisa neben ihr schien es ebenso zu gehen. »Mein Wagen steht um die Ecke. Schaffst du es, die kurze Strecke zu rennen?«

Mia nickte.

Als Lisa blitzartig davonstob, hatte Mia Mühe, Schritt

zu halten. Der riesige Bauch behinderte sie beim Laufen, nahm ihr die Luft zum Atmen.

Bereits nach wenigen Metern wurde sie langsamer, fragte sich staunend, wie Lisa, deren Bauch noch größer als der ihre war, dieses Tempo halten konnte.

Als sie schließlich erschöpft an einem alten dunkelblauen BMW zum Stehen kamen, sah Lisa sie prüfend an. »Alles in Ordnung?«

Sie nickte, lachte auf. »Ich bin es nicht gewöhnt, schnell zu laufen. Keine Ahnung, wie du es mit dem Bauch noch schaffst, so einen Sprint vorzulegen.«

Lisa hob die Schultern, öffnete ihr die Beifahrertür, ließ sie auf dem Sitz Platz nehmen.

Als sie beide im Innern saßen und Lisa den Wagen startete, überkam Mia aus heiterem Himmel das Gefühl, einen Fehler zu machen. Sie wusste nicht, woran es lag, doch auf einmal wollte sie nur noch eines – aussteigen.

»Kannst du bitte anhalten?«

Lisa warf ihr einen Blick zu. »Warum?«

»Mir ist schlecht.«

Lisa machte eine Kopfbewegung in Richtung Handschuhfach. »Da sind Kotztüten drin … bedien dich.«

»Bitte«, stieß Mia stammelnd aus, »ich will aussteigen.«

Lisa ignorierte sie, wurde schneller.

Mittlerweile wurde Mia klar, dass diese Frau niemals beabsichtigt hatte, sie nach Hause zu fahren, geschweige denn, sich mit ihr anzufreunden.

»Wer bist du?«, fragte sie mit dünner Stimme.

»Linda … Linda Barnes.«

»Warum hast du gelogen? Wieso hast du gesagt, dass du Lisa heißt?«

Linda grinste, warf ihr einen Seitenblick zu.

»Das mit deinem toten Mann stimmt auch nicht?«

Linda legte einen gespielt zerknirschten Gesichtsausdruck auf. »Er erfreut sich allerbester Gesundheit … nicht wahr, Schatz?«

Mia schluckte.

Dann runzelte sie verwirrt die Stirn, als sie plötzlich eine Bewegung hinter sich wahrnahm.

Aus ihrem peripheren Blickwinkel erkannte sie die Umrisse eines Mannes, der sich in der Lücke hinter den Sitzen versteckt haben musste.

»Überraschung.« Die Stimme klang amüsiert und bösartig zugleich.

Ein Schrei entfuhr Mia. Das Herz hämmerte wie wild gegen ihre Brust.

Sie hatte das überwältigende Bedürfnis zu urinieren, befürchtete, es nicht eine Sekunde länger halten zu können. Sie zwang sich, ruhig zu bliebern, nachzudenken, stellte fest, dass ihr Körper nur auf ihre Angst reagierte.

»Wer sind Sie und was wollen Sie von mir?«, fragte sie und versuchte bedacht zu atmen. Doch es war zwecklos. Sie hörte selbst, wie ihre Stimme vor Panik vibrierte, wie ihr Körper unkontrolliert zuckte.

»Willst du es ihr sagen?«, fragte der Mann mit einem Schmunzeln in der Stimme.

»Wäre nur fair, oder?«

Mia riss die Augen auf, als Linda während der Fahrt ihr Shirt hochriss und sich ihr Babybauch darunter als eine ziemlich gut gemachte Attrappe herausstellte.

»Ich nehme an, dass deiner echt ist?«, kicherte die Frau und schien keine Antwort darauf zu erwarten.

Mia spürte, wie ihr der Schweiß ausbrach, rüttelte verzweifelt am Türgriff.

Plötzlich spürte sie einen Stich seitlich am Hals.

Sie zwinkerte benommen, bemerkte, dass ihr die Sicht verschwamm.

»Was passiert mit mir?«, fragte sie mit verwaschen klingender Stimme.

»Du wirst leider sterben.« Linda sah sie an, lächelte bedauernd, und für einen Augenblick hatte Mia das Gefühl, als empfände die Frau tatsächlich Mitleid.

»Bitte«, stammelte sie aus letzter Kraft. »Mein Baby, ich flehe euch an, lasst mich gehen.«

»Keine Angst«, kam es sanft von Linda. »Deinem Baby wird nichts geschehen, hörst du? Es wird überleben und wir werden es aufziehen, als wäre es unser eigenes, versprochen.«

WIDECOMBE IN THE MOOR

2019
GRACE

»Was glaubst du, denken die Leute, wenn sie uns beide zusammen sehen?«, fragte Grace und sah Terry an. Er lächelte, nahm ihre Hand, führte sie zu seiner Brust, presste sie fest auf die Stelle, an der sein Herzschlag pulsierte. »Sie werden sich fragen, warum zur Hölle ein alter Knochen wie ich eine so wunderschöne junge Frau sein eigen nennen darf.« Er grinste, zwinkerte ihr zu.

Grace löste sich aus seiner Umklammerung, sah ihn an. Dann schüttelte sie lächelnd den Kopf. »Lügner«, murmelte sie. »Sie werden sich darüber wundern, wieso du mich ausgewählt hast, wo du doch jede hättest haben können.«

»Aber ich wollte dich. Nur dich.«

Sie grinste. »Ich bin schon ein Glückspilz, mhm?«

Er lachte auf. »Wenn du meinst.« Dann wurde er schlagartig ernst. »Wieso ist es dir so wichtig, was die Leute denken?«

»Ich weiß nicht.« Sie hob die Schultern. »Du bist mein Professor gewesen, hast mich schließlich geheiratet. Eine mittellose Studentin.«

»Eine talentierte Studentin. Und mittellos warst du nicht. Du bist kreativ, die Menschen lieben deine Bücher. Und ich liebe dich.«

»Einige Leute glauben, dass ich dich nur wegen deines Geldes um den Finger gewickelt habe.«

»Wichtig ist nur, was ich glaube.«

Sie drehte sich um, ging weiter, legte den Kopf in den Nacken, beobachtete einen Wildvogel, der über ihnen seine Kreise zog. »Und was glaubst du?«

Sie zuckte zusammen, als sich wie aus dem Nichts der Himmel über ihr verdunkelte, ein kalter Wind aufzog. Sie schluckte, drehte sich um, sah Terry an, auf dessen Brust sich schwarze Flecken gebildet hatten. Es sah aus, als sei die Haut unter seinem Hemd verbrannt. Ihr Mund klappte auf, wurde urplötzlich staubtrocken. »Was glaubst du?«, fragte sie erneut, spürte, wie ihr Herz in der Brust zu einem eisigen Klumpen erstarrte.

»Ich glaube, dass alles deine Schuld ist«, sagte ihr Mann mit finsterem Blick. »Du bist nicht gut für mich. Du bist für niemanden gut.«

»Warum sagst du das?« Ihre Stimme war nur mehr ein Wispern.

»Weil es die Wahrheit ist. Du hast so viel Leid verursacht, so viel Schmerz, und jetzt ... jetzt ...« Er brach ab.

Sie runzelte die Stirn, als hinter ihr ein Knacksen ertönte. Sie wirbelte herum.

Doch da war niemand.

Als sie sich wieder zu ihrem Mann umwandte, zuckte sie zurück. Da, wo noch vor wenigen Sekunden Terry gestanden hatte, war keiner mehr. Stattdessen brach um sie herum ein loderndes Feuer aus, das sich in Sekundenschnelle auf die Büsche und Gräser ringsum ausbreitete. Sie erschrak, wollte losrennen, sich in Sicherheit bringen, doch es war, als hielte eine unsichtbare Macht sie an den Füßen umklammert. Zugleich kamen die Flammen näher und näher, würden schon bald den Saum ihres Kleides erreichen. Ihr brach der Schweiß aus. Sie keuchte, presste ihre Lider zusammen.

Dann spürte sie etwas Feuchtes zwischen ihren Zehen.

Ein Schrei hatte sie geweckt. Benommen schrak Grace aus dem Schlaf hoch, sah sich zitternd um. Sie konnte nicht mehr zählen, wie oft in den vergangenen Wochen sie diesen Traum gehabt hatte. Es war meistens derselbe, nur manchmal mit kleinen Abweichungen, aber stets endete er damit, dass sie inmitten eines Feuers stand.

Etwas zupfte an ihren Füßen, ließ sie zusammenzucken.

Ein leises Winseln ertönte.

»Snoopy«, rief sie erleichtert, tastete im Dunkeln nach ihrer Nachttischlampe, drückte auf den Schalter. Als warmes Licht das Zimmer durchflutete, sie die vertrauten Möbel erblickte, ihren Hund – einen schwarzen Labrador – stieß sie seufzend die Luft aus.

Sie schlug die Decke zurück, klopfte einladend auf den leeren Platz neben sich. Ein Angebot, das Snoopy begeistert annahm. Er sprang auf, machte einen Satz, war neben ihr im Bett und streckte sich mit einem wohligen Schnaufen auf der Matratze aus. Der warme Körper des Hundes neben ihr nahm ihr auch noch den letzten Schrecken des Albtraums, ließ ihre Atmung ruhiger werden, sorgte dafür, dass das Zittern und Beben ihrer Gliedmaßen abebbten.

Sie lehnte sich zurück, kraulte das Tier hinter den Ohren, schloss die Augen.

Als sie das nächste Mal erwachte, schien die Sonne bereits hell ins Zimmer, sorgte dafür, dass sie sich unter ihrer dicken Zudecke wie in einem Backofen fühlte. Sie strampelte sich frei, setzte sich auf, was der soeben aus tiefem Schlummer gerissene Snoopy mit einem leisen Jaulen kommentierte. Sie lachte, knuffte den Hund in die Seite, stand auf. »Kommst du mit?«, fragte sie das Tier. Doch

Snoopy schloss demonstrativ die Augen, als wollte er sagen, dass zehn Uhr am Morgen nun wirklich keine adäquate Zeit dafür war, sich aus den Kissen zu schleppen.

Schmunzelnd schüttelte sie den Kopf, machte sich auf den Weg nach unten, wo Diva, ihre schwarze Katze, bereits auf sie wartete. Das Tier streckte vorwurfsvoll seine Schwanzspitze in die Höhe, sah sie maunzend an.

»Ich weiß, dass du Hunger hast«, beschwichtigte Grace sie, nahm eines der Döschen aus dem Schrank oberhalb der Anrichte, gab den Inhalt in ein kleines Schüsselchen.

Schließlich stellte sie das Mahl vor Diva auf den Boden, setzte sich im Schneidersitz davor, beobachtete, wie sich ihre Katze schmatzend über ihr Frühstück hermachte.

Nachdem Diva fertig war und auch den letzten Krümel Hähnchen in Aspik vom Teller geschleckt hatte, erhob sich Grace, schaltete den Vollautomaten ein, wartete, bis das grün aufleuchtende Licht signalisierte, dass alles für ihren ersten Kaffee des Tages bereit war. Als Grace schließlich die Tasse mit dem Wachmacher in Händen hielt und sich an einen der Tische im ehemaligen Speisezimmer setzte, hatte sie plötzlich das Gefühl, von der Leere in ihrem Innern erdrückt zu werden.

Sie schloss die Augen, rief sich einen Morgen vor etwas über einem Jahr in Erinnerung, sah Menschen die Treppe von den Gästezimmern nach unten kommen und sich an die üppig gedeckten Frühstückstische setzen. Grace schluckte angestrengt.

Terry hatte dieses Cottage extra für sie gekauft, weil es schon immer ihr Traum gewesen war, neben dem Schreiben auch noch etwas anderes zu tun. Das Betreiben eines B&B inmitten des Dartmoor National Parks hatte sich damals einfach richtig angefühlt. Der

Kontakt zu vielen fremden Menschen sollte sich positiv auf ihr Schreiben auswirken, ihre Sinne schärfen, sie davor bewahren, sonderlich zu werden, nachdem sie tagein, tagaus allein vor ihrem Laptop saß.

Ja, anfangs hatte das funktioniert. Das Haus hatte ihr gutgetan, hatte all diese Zwecke erfüllt. Und auch sie hatte funktioniert. Sie hatte ein Mädchen für das Reinigen der Zimmer eingestellt, eine Küchenhilfe, den Rest der anfallenden Arbeit hatte sie selbst nur zu gerne erledigt. An den Wochenenden, an denen Terry von der Universität in London nach Hause kam, hatte er oft mit angepackt. Sie hatten ein so erfülltes Leben gehabt. Arbeitsreiche und lebhafte Frühlings- und Sommermonate sowie ruhige und verträumte Herbst- und Wintermonate.

Sie hatte das Leben an Terrys Seite mehr als genossen, hatte sich nicht vorstellen können, noch glücklicher werden zu können. Bis sie schwanger geworden war. Eigentlich hatte ein gemeinsames Baby niemals zur Debatte gestanden, sie beide waren sich als Paar immer genug gewesen, doch nachdem sich eine hartnäckige Magenentzündung letztendlich als Schwangerschaft herausstellte, hatten sie beide erkannt, dass ein gemeinsames Kind ihrem Glück die Krone aufsetzen würde.

Gemeinsam hatten sie die Wohnung in der Etage über den Gästezimmern kindersicher gemacht, passendes Mobiliar auf Flohmärkten zusammengesucht und es liebevoll restauriert.

Ihrem gemeinsamen Baby hatte es an nichts fehlen sollen, doch dann … eines Tages …

Grace keuchte.

Ein scharfer Schmerz durchzuckte ihre Handinnenfläche.

Erstaunt stellte sie fest, dass sie ihre Kaffeetasse so fest umklammert hatte, dass sie in der Mitte entzweigebrochen war.

Sie stand auf, warf sie in den Müll, trank einen Schluck Wasser direkt aus dem Hahn.

Als sie sich wieder aufrichtete, bemerkte sie, dass ihre Sicht verschwommen war. Sie hatte Tränen in den Augen, wie immer, wenn sie an die schönste Zeit in ihrem Leben zurückdachte.

Sie atmete gegen die Beklemmung an, zuckte zusammen, als das Telefon im Gang klingelte.

Sie nahm den Hörer auf, sah im Display die Nummer des Pflegeheims, in dem ihre Mutter untergebracht war. Sie litt unter einer mittelschweren Form von Demenz, die mal stärker und mal schwächer ausgeprägt war. Die Schwestern nutzten die guten Tage ihrer Mutter, um sie mit Grace sprechen zu lassen. Augenblicklich verspürte sie ein schlechtes Gewissen. Ihr letztes Telefonat lag mehr als eine Woche zurück und eigentlich hatte sie ihrer Mutter versprochen, sie so bald wie möglich zu besuchen. Sie hatten einander seit über einem Jahr nicht mehr gesehen und so langsam gingen ihr die Ausreden aus.

Sie wollte ihre Mutter nicht verletzen, ihr nicht wehtun und sie bei Gott schon überhaupt nicht belügen.

Doch warum hatte sie es dann bis heute nicht fertiggebracht, ihr zu beichten, dass Terry sie verlassen hatte?

Sie schaffte es einfach nicht, ihr die Wahrheit zu sagen, vertröstete ihre Mutter, wenn diese mit ihrem geliebten Schwiegersohn sprechen wollte.

Auch bezüglich eines Besuches verstrickte sie sich bei ihren Telefonaten zunehmend in Notlügen und Ausflüchte. Sollte das immer so weitergehen?

Sie streckte die Hand nach dem Hörer aus, verharrte sekundenlang, ohne jedoch zuzugreifen. Als das Klingeln endlich verstummte, seufzte sie leise.

Sie wusste, dass es falsch war, vorzutäuschen, dass sie nicht zu Hause war, doch für eine weitere Ausrede, für noch mehr Lügen hatte sie so früh am Tag schlicht keinen Nerv.

Stattdessen ging sie in den gemütlichen Aufenthaltsraum hinüber, dessen Herzstück ein riesiges und reich bestücktes Bücherregal war, setzte sich auf den Ohrensessel direkt vor dem Fenster, schaute nach draußen.

Heute war ein so wundervoller Tag.

Knappe zweiundzwanzig Grad, strahlend blauer Himmel und ein leichter Wind, der dafür sorgte, dass man auch bei anstrengenden Wanderungen durch das Moor nicht ins Schwitzen kam.

Sie schluckte, stellte sich vor, wie es wäre, jetzt aufzustehen, ihre Schuhe anzuziehen und sich auf den Weg nach draußen zu machen. Mit geschlossenen Augen stellte sie sich ihre Hand vor, die entschlossen nach der Klinke griff, sie hinunterdrückte, die Tür aufriss, einen Fuß vor den anderen setzte, nach draußen trat.

Ihr Herz begann zu rasen.

Noch mal: *Ihre Hand nähert sich der Klinke, greift nach dem schweren Metall, umschließt es, drückt gegen den Widerstand.*

Der Schweiß brach ihr aus.

Panisch öffnete Grace die Augen, sprang vom Sessel auf, rannte in den Gang hinaus.

Was war denn nur los mit ihr?

Erst gestern hatte sie diese Vorstellung ohne jedes Herzklopfen hinbekommen.

In ihren Gedanken war sie sogar über die Schwelle auf die Veranda vor dem Haus getreten, hatte sich auf die Hollywoodschaukel gesetzt und die frische Luft genossen.

Sie holte tief Luft, ging auf die Tür zu, spürte, wie eine unsichtbare Macht – oder war es ihre Panik? – sie davon abhielt, einen weiteren Schritt zu tun.

»Du machst sie einfach auf und gehst über die Schwelle«, murmelte sie und versuchte, gegen die Sperre, die sie zwang, stehen zu bleiben, anzukämpfen. Ein leichtes Stupsen an ihre Kniekehle brachte sie zum Wanken. Sie wirbelte herum, sah Snoopy, der sie mit zur Seite geneigtem Kopf anstarrte.

»Denkst du, ich schaff es heute?«, fragte sie den Hund.

Ein Winseln ertönte.

Ihr Herz zog sich zusammen.

»Ich weiß, mein Süßer«, murmelte sie, ging in die Knie, nahm seinen Kopf zwischen ihre Hände, drückte ihm einen Kuss auf die Schnauze, oberhalb seiner feuchten Nase.

Sie konnte sich nur zu gut vorstellen, was das Tier sich wünschte. Es wollte mit seinem Frauchen draußen herumtollen, Ball spielen, das Leben genießen und nicht Tag für Tag miterleben, wie sie sich damit quälte, endlich ihre Angst zu besiegen.

»Es ist ganz einfach«, sagte sie mehr zu sich als zu Snoopy. Drehte sich wieder in Richtung Tür. »Einfach hingehen, aufmachen und dann einen Schritt vor den anderen setzen.«

Ihr Mund wurde trocken, die Luft blieb ihr weg, ein Gefühl von Schwindel ergriff sie.

Sie seufzte, kämpfte gegen die Tränen, dann sah sie sich zu Snoopy um. »Ich versuche es morgen wieder, okay? Irgendwann schaffe ich es, versprochen.«

CONISTON/LAKE DISTRICT

2001

MASON

»Schon gehört? In Coniston hat es ein Gemetzel gegeben. Ein Urlauberpaar wurde geradezu abgeschlachtet.«

Detective Sergeant Dylan Ward hob den Kopf, sah seinen Kollegen verblüfft an. »Wann?«

»Die Morde selbst müssen vor ein paar Tagen passiert sein. Gefunden wurden die Leichen jedoch erst heute. Die Leute waren aus London, machten Urlaub hier in der Gegend und haben dafür ein kleines Ferienhäuschen am See gemietet. Die Sauerei ist erst heute aufgefallen ...«

»Wodurch?«

»Der Vermieter hat seine Putzkolonne ins Haus geschickt, nachdem der Buchungszeitraum abgelaufen war. Du kannst dir sicher vorstellen, wie es den beiden zwanzigjährigen Mädchen erging, als sie im Ferienhaus die Toten fanden.«

Dylan stieß die Luft aus. »Fährst du zum Tatort?«

Detective Inspektor Mason Foster nickte. »Ich sage Hunter Collins von der Spurensicherung Bescheid und fahre mit Amanda.«

Dylan nickte. »Falls die Presse sich am Ort des Geschehens tummelt, dann schickt sie weiter. Keinen Ton zu irgendwem, bis wir Genaueres wissen!«

Als Mason eine knappe halbe Stunde später den Wagen vor dem schnuckeligen Cottage am Ufer des Coniston Water abstellte und ausstieg, wünschte er, aus einem netteren Grund an diesen beschaulichen Ort berufen worden zu sein. Der vor ihm liegende See glitzerte im Sonnenlicht beinahe silbern, die umliegenden Wiesen und Wälder verliehen der Landschaft etwas Malerisches, ja, eine beinahe magische Atmosphäre. Kaum vorstellbar, dass an einem beschaulichen Ort wie diesem, wo Menschen Urlaub machten, sich des Lebens erfreuten und sich erholten, neue Kräfte schöpften, etwas so Grausames passierte.

Zwei Leben … einfach ausgelöscht.

Sein Blick glitt zu seiner Kollegin Amanda Pike, die neben ihm stand und aussah, als gingen ihr in diesem Augenblick genau dieselben Gedanken durch den Kopf. Als er ein leises Schluchzen vernahm, zuckte sein Blick nach rechts, blieb auf einem blonden Mädchen hängen, das sich an der Brust eines anderen Mädchens ausweinte.

Die beiden Reinigungskräfte.

Er kannte beide Mädchen, weil sie genau wie er in Coniston lebten.

Roan Tyler und Lucy Fisher, zwei junge Studentinnen, die sich ihr Studium mit Aushilfsjobs während ihrer Semesterferien finanzierten.

Wahrscheinlich würden die beiden jungen Menschen niemals wieder arglos die Tür zu einem Ferienhaus aufsperren. Der grauenvolle Leichenfund würde ihnen nachhängen.

»Reden wir zuerst mit den Mädchen?«, fragte er an Amanda gewandt. Seine Kollegin nickte.

Er winkte den beiden, setzte seinen professionellen Gesichtsausdruck auf, während er auf sie zuging. Roan kannte er, seit sie ein kleines Mädchen gewesen war, doch noch nie zuvor hatte er sie derartig verängstigt erlebt.

Die junge Frau zitterte am ganzen Körper, ihre Gesichtsfarbe war beinahe grau, und sie sah aus, als stünde sie vor einem mentalen Zusammenbruch.

»Wer ich bin, wisst ihr ja«, sagte er und lächelte mitfühlend. »Und das ist meine Kollegin Amanda Pike. Wir sind diesem Fall zugeteilt und hätten ein paar Fragen an euch.«

Roan sah ihn an, wischte sich tapfer die Tränen aus dem Gesicht, nickte.

»Habt ihr etwas im Haus angefasst?«

»Ziemlich viel sogar«, kam es von Lucy Fisher. »Wir sind zuerst ins Badezimmer, haben die Toilette und das WC mit Putzmittel eingeweicht. Danach sind wir in die Küche. Ich glaube, im Korridor haben wir auch schon angefangen abzustauben.«

»Was ist mit dem Raum, in dem die Leichen liegen?«

Roan begann wieder zu schniefen. Lucy, wohl die nervenstärkere von beiden, strich ihr über den Rücken, sah erst ihn an, dann Amanda. »Der Mann sieht aus, als hätte ihm jemand im Schlaf den Schädel eingeschlagen. Sein Gesicht ist … Und das Bett … die Wand oberhalb …« Sie hielt inne, schien sich zu sammeln.

»Habt ihr dort etwas angefasst?«, drängte Amanda sanft.

Lucy schüttelte heftig den Kopf. »Wir sind sofort raus, als wir die beiden gesehen haben.«

»Mir ist der Wischeimer aus der Hand gefallen. Ich bin erschrocken, wissen Sie? Tut mir sehr leid.« Roan schluchzte noch heftiger.

»Das macht doch nichts«, schaltete Mason sich ein. »Wir würden jetzt reingehen, okay? Darf ich euch bitten, später ins Präsidium zu kommen, damit wir das Ganze offiziell machen können? Ich brauche eine Aussage von euch beiden mit Unterschriften für die Protokolle.«

Roan sah Lucy an, dann nickten beide.

»Und seid so nett und behaltet Einzelheiten über das, was ihr gesehen habt, bitte für euch. Nichts darf an die Presse geraten oder an die falschen Ohren. Wir wollen weder eine Panik auslösen noch die Ermittlungen gefährden, okay?«

Die Mädchen nickten.

Mason verabschiedete sich mit einem freundlichen Lächeln von den beiden, dann folgte er Amanda ins Innere des Hauses.

Augenblicklich fiel ihm der beißende, kupferartige Gestank auf, der in der Luft lag und den Putzmittelduft übertünchte.

Er fragte sich, ob den beiden jungen Frauen der Geruch nach altem Blut nicht aufgefallen war oder ob sie ihn nur einfach nicht hatten zuordnen können.

Im Korridor kam ihnen Dr. Matthew entgegen. Er sah blass aus, wirkte vollkommen durch den Wind. »Eine schöne Scheiße«, murmelte er und schüttelte den Kopf. »Ich hab die Totenscheine ausgefüllt und ihrem Kollegen von der Spurensicherung gegeben, der im Schlafzimmer ist und Fotos macht.«

Mason nickte. »Gibt es schon etwas, mit dem wir arbeiten können?«

Der Arzt räusperte sich. »Der Ehemann wurde im Schlaf erschlagen und ich gehe davon aus, dass er innerhalb weniger Sekunden tot war. Sein Schädel ist … na ja … was soll ich sagen, Sie sehen es sich besser selbst an. Und was die Frau angeht … Sie liegt neben dem Bett, wollte wohl weglaufen.«

»Wurde ihr auch der Schädel eingeschlagen?«

Der Arzt schüttelte den Kopf.

»Jemand hat ihr mehrmals in den Rücken gestochen und dabei vermutlich Herz und Lunge getroffen. Genaueres wird der Gerichtsmediziner sagen können.«

»Danke Ihnen«, sagte Mason, reichte dem Arzt die Hand. Dann sog er die Luft scharf ein, warf Amanda einen Blick zu. »Dann mal los.«

Je weiter sie ins Innere des Hauses vordrangen, desto penetranter wurde der Gestank. Blut vermischt mit Fäkalien und Angstschweiß.

»Himmel!«, stieß Amanda aus, die als Erste das Schlafzimmer betrat.

Mason zog instinktiv die Schultern hoch, folgte ihr. Als er das viele Blut an der Wand oberhalb des Bettes sah, zog sich sein Magen zusammen. Sein Blick schweifte weiter, zu der Stelle, wo einst der Kopf des Mannes gewesen sein musste. Jetzt war da nur noch eine Masse aus Fleisch, Blut und Knochensplittern. »Wer auch immer das gewesen ist, muss ziemlich wütend gewesen sein«, murmelte er.

Amanda drehte sich zu ihm um, verzog das Gesicht. »Oder vollkommen irre«, gab sie lapidar zurück und deutete auf die Frau am Boden, die inmitten einer Lache aus bereits getrocknetem Blut lag. »Das sind auf den ersten Blick mindestens zehn Stiche«, erklärte sie. »Der Täter wollte wohl sichergehen.«

Sie sah Hunter von der Spurensicherung an, der damit beschäftigt war, eine Probe von der Leiche im Bett zu nehmen. »Wie viel Mann hast du dabei?«

»Wir sind zu viert«, gab Hunter zurück. »Emma untersucht die Schlösser an den Türen und die Fenster nach Einbruchspuren. Sam kümmert sich um die Fingerabdrücke im Haus und Theo und ich überprüfen die

Leichen und den Tatort selbst nach Fasern und dergleichen.«

Mason sah sich um, runzelte die Stirn. »Theo?«

Hunter grinste. »Ist hinterm Haus und kotzt sich die Seele aus dem Leib.«

Amanda seufzte. »Wissen wir schon, wer die Leute sind?«

»Bislang nicht«, verneinte Hunter. »Die beiden Mädchen vom Reinigungsservice haben uns die Kontaktdaten des Ferienhaus-Vermieters gegeben, der müsste alles haben.«

Mason nickte, sah dann zu der leblosen Frau zu seinen Füßen. Er konnte nur einen Teil ihres Gesichts sehen, doch dieser reichte, um zu erkennen, dass die Frau mindestens Ende fünfzig, wenn nicht gar älter war.

»Sie muss wach geworden sein, als der Täter ihren Mann bearbeitet hat, wollte – genau wie der Arzt vermutete – weglaufen, als auch sie angegriffen wurde.«

Amanda räusperte sich. »Ich denke, dass es sich um zwei Täter handelt.«

Er nickte. »Der Mann wurde mit einem Schlagwerkzeug getötet, ein Hammer oder so was in der Art. Ich schätze, du hast recht. Wäre der Mörder allein gewesen, hätte er für die Frau vermutlich dieselbe Waffe benutzt.«

UNTERWEGS

2019

SUMMER

»Fahren wir zu Grandpa?«

Summer zuckte so stark zusammen, dass das Auto einen Schlenker nach rechts machte. Ruckartig lenkte sie dagegen, schluckte angestrengt. Sie hatte geglaubt, Annabelle würde schlafen, doch angesichts dessen, was sie vor knapp einer Stunde hatte miterleben müssen, fragte Summer sich nun, wie sie so naiv sein konnte. Das kleine Mädchen war höchstwahrscheinlich noch immer zu Tode verängstigt.

»Nein«, gab sie leise zurück. »Wir fahren nicht zu Grandpa.«

»Warum nicht?«, wollte Annabelle wissen.

Weil der Scheißkerl seine Eltern anruft, kaum dass wir da sind, dachte sie.

»Es ist mitten in der Nacht, mein Schatz. Grandpa und Grandma schlafen bestimmt tief und fest.«

»Aber wo fahren wir dann hin?«

Summer seufzte. Sie wusste nicht, was sie Annabelle antworten sollte. Sie war einfach losgefahren, ohne Ziel, nur fort. Wohin zum Teufel konnten sie fliehen?

»Wir suchen uns ein nettes Plätzchen«, erklärte sie

schließlich. »Ruhen uns ein wenig aus und dann überlegen wir, wie es weitergeht.«

»Ich will zu Daddy«, kam es von Annabelle.

»Ich weiß«, murmelte Summer. Fast beneidete sie das kleine Mädchen für die Fähigkeit, seinem Vater selbst die schlimmste Verfehlung zu verzeihen.

Sie fragte sich, wie Annabelle es schaffte, all die Bestrafungen, die harschen Worte, ja, sogar die Handgreiflichkeiten zu vergessen, wenn es um ihren Vater ging.

Okay, Ron war heute zum ersten Mal auch auf Annabelle losgegangen. Und das auch nur, weil sie ihr zu Hilfe gekommen war, nachdem Ron mal wieder ausgerastet war. Doch das Endergebnis war dasselbe: In Rons Nähe war Annabelle nicht mehr sicher. Vielleicht war sie es niemals gewesen.

Im Grunde war niemand in seiner Nähe sicher.

Detective Ron Hill war bekannt dafür, seine berufliche Autorität auszunutzen, um ans Ziel zu kommen. Das galt sowohl für seinen Job als auch für sein Privatleben. Und was war mit seinen Kollegen? Wieso hielten sie so loyal zu ihm? Ob es daran lag, dass sie ihn schätzten oder Angst vor ihm hatten? Summer konnte es nicht einschätzen und das machte es noch schlimmer. Sie hatte niemanden, an den sie sich wenden konnte und mittlerweile eine Heidenangst vor ihm.

Was hatten der angestaute Frust und seine innere Unzufriedenheit, unter der er litt, nur aus ihm gemacht?

Dabei hatte alles so wundervoll angefangen. Sie hatten sich auf dem Polizeipräsidium kennengelernt, als sie einen Überfall zur Anzeige brachte. Eine Bande Halbstarker hatte ihre Tasche geklaut, mitsamt ihrem Mietanteil, fast allen Papieren, sämtlichen Schlüsseln und ihrem Handy. Sie war fix und fertig gewesen, doch Detective Ron Hill hatte sie damals an den Schultern gepackt, sie angesehen und ihr versprochen, dass er alles tun würde, um ihre Tasche wiederzufinden. Sie hatte natürlich angenommen, dass er sie damit nur hatte beruhigen wollen. So war sie aus allen Wolken gefallen, als er zwei Tage später anrief, sie ins Revier bestellte und ihr eine Überraschung versprach. Bis heute wusste sie nicht, wie er es in einer Stadt wie London geschafft hatte, gerade ihre gestohlene Tasche wiederzufinden. Doch als er ihr die Tasche überreichte, war sie hin und weg von ihm gewesen. Natürlich war ihr Geld futsch gewesen, ebenso ihr Handy, aber alle Papiere und Schlüssel waren noch da, was ihr viel Ärger und Aufwand erspart hatte.

Als er sie halb im Scherz gefragt hatte, was sie davon hielt, ihn zum Dank auf einen Kaffee einzuladen, konnte sie gar nicht anders, als darauf einzugehen. Keine Woche später waren sie ein Paar gewesen und Summer war glücklich wie nie zuvor in ihrem Leben. Schon zwei Monate später bat er sie, seine Frau zu werden. Nicht eine Sekunde lang war sie auf den Gedanken gekommen, dass es vielleicht zu früh sein konnte, sich vollkommen in ein neues Leben an der Seite eines fast fremden Mannes zu stürzen. Stattdessen hatte sie ja gesagt und stand einen weiteren Monat später an seiner Seite vor dem Altar, absolut bereit dazu, seine Ehefrau zu werden.

Selbst nach dem ersten handfesten Streit zwischen ihnen hatte sie sich noch eingeredet, dass dieser eine einmalige Sache gewesen war und nach Erklärungen gesucht. Ron hatte unter Stress gestanden, die Beherrschung verloren, und so ganz unschuldig, das redete sie sich damals ein, war sie auch nicht an dem Streit gewesen.

Schon wenig später kam es zu einer weiteren Auseinandersetzung, die in einer schallenden Ohrfeige gipfelte.

Danach fing er an, sie zu kontrollieren. Sie durfte ihre

Freundinnen nicht mehr treffen, nicht mit ihnen telefonieren, weil diese Schlampen, wie er sie nannte, einen schlechten Einfluss auf sie ausübten.

Schließlich verbot er ihr, eigenes Geld zu verdienen, verlangte von ihr, sich ausschließlich um den Haushalt und Annabelle zu kümmern.

Sie musste Rechenschaft über ihren Tagesablauf ablegen, ihre Ausgaben für Lebensmittel auf den Cent genau dokumentieren und fühlte sich schon bald wie eine Gefangene ihres Ehemanns. Und dann … dann … Sie erzitterte bei der Erinnerung an den Tag, an dem sie ihr altes und gestohlen geglaubtes Handy zwischen seinen Unterlagen fand. Er hatte damals behauptet, dass die Diebe es bereits veräußert hatten, als er sie zu fassen bekam. Doch in Wahrheit hatte er es behalten, ihre intimsten Nachrichten gelesen, es quasi auseinandergenommen, um zu erfahren, wer genau sie war.

Als sie ihn daraufhin zur Rede gestellt hatte, war er zum ersten Mal wie ein Berserker auf sie losgegangen und ihr dabei eine Rippe gebrochen. Sie hatte ihn anzeigen wollen. Doch seine Drohung ließ keinen Zweifel daran, dass er sie, wenn es hart auf hart käme, fertigmachen würde. Schließlich musste sie einsehen, dass sie einem Sadisten ins Netz gelaufen war.

Doch es sollte noch schlimmer kommen.

Mit jedem Tag lernte sie seine brutalen Seiten besser kennen und fand heraus, dass sie nicht sein erstes Opfer gewesen war. Auch die erste Frau an Rons Seite, ihre Vorgängerin, hatte die Hölle auf Erden durchlebt. Wut überkam sie, während sie daran dachte, was er ihr angetan hatte …

»Wann sind wir da?«, durchbrach Annabelle ihre Gedanken.

»Ich weiß nicht«, gab Summer zurück.

Inzwischen waren sie seit knappen zwei Stunden

unterwegs und sie hatte noch immer keinen blassen Schimmer, was sie tun konnte. Sie verfügte über ein schmales Budget von gerade einmal 1500 Pfund. Geld, das Lauren ihr gegeben hatte, nachdem sie selbst nicht einen Cent besaß.

Wohin kam sie mit so wenig Geld?

Und was sollte sie tun, wenn sie – wo auch immer – endlich ankam?

»Können wir ans Meer fahren?«, fragte Annabelle.

Das kleine Mädchen liebte es genau wie sie, sich von den Wellen treiben zu lassen, im warmen Sand zu liegen. Doch Ron wusste um die Liebe seiner ›beiden Lieblingsmädels‹ zum Meer, was einen Abstecher an die Küste gefährlich machte. Er durfte sie nicht finden. Nicht, bevor sie einen Weg gefunden hatte, wie sie Annabelle und sich schützen konnte.

Nachdenklich fuhr sie auf den Seitenstreifen, nahm das Ersatzhandy, das sie von Lauren hatte, schaltete das Internet ein. Dann überlegte sie. Wo konnten sie hin?

Bei Lauren wäre es nicht sicher, genauso wenig wie bei ihren anderen alten Freundinnen und Bekannten. Er kannte sie alle, würde sie dort leicht finden.

Und ansonsten?

Es gab nur Ron, seine Eltern, Annabelle und sie.

Hatte dieser Wahnsinnige sie deshalb ausgewählt?

Weil sie außer ihm niemanden an ihrer Seite hatte, dem sie sich anvertrauen konnte? Keine Geschwister, keine Familie, nur eine Handvoll Freunde, zu denen er ihr im Laufe der Zeit jeden Kontakt untersagt hatte?

Plötzlich fiel ihr etwas ein.

Sie öffnete Maps, runzelte verwundert die Stirn, als ihr auffiel, dass sie unbewusst in die richtige Richtung gefahren war.

Als ihre Eltern noch gelebt hatten, waren sie jeden Sommer mit ihr nach Cornwall in die Ferien gefahren.

Oft an die Küste aber ab und an waren sie in die Gegend um den Dartmoor National Park gefahren. Genauer nach Widecombe in the Moor – ein zauberhaftes Fleckchen Erde, das ein wenig an einen Ort aus einem Märchenbuch erinnerte. Sie hatten damals in einer Pension namens The Rugglestone gewohnt und die Tage damit verbracht, die herrliche Landschaft zu erkunden, lecker zu essen und an malerischen kleinen Seen zu baden.

Sie sah Annabelle durch den Rückspiegel an. »Was hältst du davon, wenn wir nach Devon fahren? Ins Moor? Dort gibt es Steinkreise und Ruinen von alten Gemäuern. Man munkelt, dass man von dort aus sogar durch die Zeit reisen kann.«

»Durch die Zeit? Was bedeutet das?«

Summer grinste. »Das war nur Blödsinn, meine Süße. Ich hab geflunkert. Aber der Rest stimmt. Es ist wunderschön da. Genau das Richtige für uns, um mal ein bisschen Abstand zu London zu gewinnen. Zur Ruhe zu kommen.«

»Kommt Papa uns dort besuchen?«, wollte die Fünf-jährige wissen.

Summer schluckte, wusste nicht, was sie sagen sollte.

Dann drehte sie den Schlüssel herum, fuhr wieder auf die Straße zurück.

»Was, wenn Papa uns dort nicht findet?«, quengelte Annabelle weiter.

Summer sah das kleine Mädchen durch den Rück-spiegel nachdenklich an. »Hoffen wir das Beste«, murmelte sie so leise, dass Annabelle es nicht mitbekam.

»Schlaf jetzt ein bisschen«, sagte sie dann liebevoll, »und wenn du wieder wach bist, sind wir an einem Ort, an dem ich als kleines Mädchen oft gewesen bin. Es ist wirklich schön da, du wirst schon sehen.«

www.ingramcontent.com/pod-product-compliance
Lightning Source LLC
Chambersburg PA
CBHW020321160726

47992CB00004B/1635